CATALEYA

DER DRACHE IN DIR

Hawkify Books c/o
Inh. Svenja Hawkins
4514 Sandy Cv
Memphis, TN, 38122
United States

Mehr Infos unter: www.hawkifybooks.com

Autorin © 2019 Jacqueline V. Droullier

Covergestaltung: Jaqueline Kropmanns -
http://www.jaqueline-kropmanns.de/ -
https://de.depositphotos.com - @yyanng / @pellinni /
@verbaska / @ChrisTefme

Lektorat: Jennifer Jancke -
https://www.facebook.com/JenniferJanckeAutorin/

Korrektorat: Jo D. Shannon - https://de-
de.facebook.com/Jo.D.Shan/

Illustrationen: Anna Stöcker

ISBN: 978-3-947288-54-0
Druck: booksfactory

Für meinen Bruder Jean-Pierre

Manchen Wesen ist ihr Lebensweg von Geburt an vorbestimmt. Er liegt klar und deutlich vor ihnen, ohne Gabelungen oder Umwege, ohne Verzweiflung und Verwirrung. Anderen offenbart sich ihr Weg erst nach und nach. Bei einigen schneller, bei anderen langsamer, jedoch ganz genau so, wie es die Natur für sie vorgesehen hat. Doch egal wie hoffnungslos ein Weg auch erscheinen mag, jeder von ihnen führt zu einem Ziel. Man muss nur gewillt sein, die Reise mit offenem Herzen anzugehen und seiner Bestimmung zu folgen.

1

Mit zehn Jahren hatte ich aufgehört an Drachen zu glauben. Es war wie ein Donnergrollen gewesen, wie ein Blitzschlag, der mich durchfuhr, als meine Mama mir beizubringen versuchte, dass alle Wesen aus meinen liebsten Geschichten nur erfunden waren. Seitdem hatte ich mich nicht mehr mit übernatürlichen Dingen auseinandergesetzt. Ich wurde älter, kam in die Pubertät, musste mich als Teenager mit einer nervenden Mutter und minderbemittelten Klassenkameraden herumschlagen. Zwerge und Einhörner gerieten in Vergessenheit, wurden ersetzt durch die binomischen Formeln und Kafka.

Einzig das zerknitterte Poster eines schwarzen, feuerspuckenden Ungeheuers auf der Innenseite meiner Spindtür zeugte von meiner abstrusen Hoffnung, dass es irgendwo doch noch mehr gab, als wir Menschen annahmen.

Ich tauschte meine Englisch- und Deutschlektüren gegen mein Mathebuch, schlug die Tür zu und ließ den Drachen in seinem dunklen Gefängnis zurück. Gehetzt irrte ich durch die weiß gestrichenen Korridore, die mich mehr an ein Krankenhaus erinnerten als an eine Schule, und sprintete bis zu dem Klassenraum, in dem mein Mathekurs bereits begonnen hatte. Kurz vor der Tür kam ich schlitternd zum Stehen, atmete tief durch und versuchte, nicht ganz so laut zu schnaufen, bevor ich anklopfte und eintrat.

»Zwölf Minuten zu spät«, fuhr meine Lehrerin mich sofort, vor den Augen der gesamten Klasse, herrisch an. »Nur weil du in der Oberstufe bist, gibt dir das noch lange nicht das Recht, meinen Unterricht zu versäumen oder zu kommen und zu gehen, wie es dir beliebt, Leya Martens. Wir sind hier schließlich nicht auf einem Basar!«

Als ich in einigen Gesichtern meiner Schulkameraden ein gehässiges Grinsen erkannte, schluckte ich schwer. Ob sie überhaupt wusste, wie sehr mich ihre Worte demütigten? »Entschuldigen Sie, Frau Lohrmann. Ich musste dringend für kleine Mädchen. Erdbeerwoche, Sie wissen schon«, raunte ich ihr zu. »Ich kann nichts dafür, dass es in der ganzen Schule nur drei Toiletten gibt.« Dass ich eigentlich nicht wegen meiner Periode, sondern wegen des Idioten Sven zur Toilette gerannt war, behielt ich lieber für mich. Die Situation war so schon peinlich genug.

Mit hochgezogener Augenbraue und gespitzten Lippen sah sie mich durch ihre schäbige Harry-Potter-Brille scharf an. Ihr Blick fiel auf meine zu einem unordentlichen Zopf zusammengeknoteten Haare und anschließend – wie ich fand, ziemlich dreist – auf meine Brüste, als müsste sie sich davon überzeugen, dass ich wirklich ein Mädchen war. Ich besuchte ja auch erst seit fünf Jahren ihren Unterricht, da war es doch schön, dass sie immer noch nicht zu wissen schien, welchem Geschlecht ich angehörte. Mein Selbstvertrauen wuchs ins Unermessliche. Nicht.

Wie gut, dass ich einen Kapuzenpulli trug, sonst hätte ich vor Unbehagen angefangen, an meinem Ausschnitt zu zupfen.

»Na gut«, sagte sie schließlich. »Setz dich. Aber das war das letzte Mal!«

Schnell huschte ich zu meinem Platz in der hintersten Reihe, stieg über die absichtlich ausgestreckten Beine der Jungs hinweg und ignorierte die kühlen und distanzierten Blicke der anderen. Bevor ich mich setzte, vergewisserte ich mich, dass nichts Ekliges auf meinem Stuhl lag. Von Kaugummi über rohe Eier und Kleber hatte ich schon alles erlebt. Traurig, aber wahr. Je älter die Menschen wurden, desto mehr entwickelten sie sich zurück. Zumindest traf das auf diejenigen aus meiner Jahrgangsstufe zu.

Hinter meinem Pult machte ich mich so klein wie möglich, zog mir die Kapuze über den Kopf und wurde unsichtbar. Die Zeit in der Schule war für mich die reinste Hölle. Als einziger Lichtblick blieb mir die Tatsache, dass wir in zwölf Monaten unseren Abschluss feiern würden. *Und was würde dann geschehen?* Ich passte nirgendwo hin, in keine Schublade wollte ich mich zwängen lassen, und das hatte mir schon einige Probleme beschert. Doch was machte ich mir Gedanken um Dinge, die weit in der Zukunft lagen? Ich musste erst noch das Jahr überstehen und hoffen, dass sie mich einfach nur alle in Ruhe ließen.

Was sie natürlich nicht taten.

In der Pause räumte ich meine Schulbücher in den Spind, als jemand die Schranktür zuschlug und meine Finger einklemmte. Sofort schossen mir Tränen in die Augen und ich biss mir auf die Unterlippe, um nicht zu schreien. *Scheiße, tat das weh!* Nur wollte ich denen auf keinen Fall die Genugtuung geben und vor ihnen zusammenbrechen.

»Entschuldige, Vamp.« Sven lachte und musterte mich abfällig. »Aber ich konnte nicht riskieren, dass du vor mir wegläufst. Ich wollte doch so gerne meine Unterhaltung von vorhin mit dir fortführen.«

Würde meine Hand nicht so schmerzen, hätte ich ihm für sein hässliches Grinsen einen Kinnhaken verpasst. Ein ausgerenkter Kiefer würde ihm bestimmt gut stehen. Er wartete nur darauf, dass ich die Fassung verlor, soviel war mir klar, aber noch ein Ausraster meinerseits würde mir einen Schulverweis einbringen. Das wusste er ebenso gut wie ich.

»Lass mich in Ruhe, Arschloch«, zischte ich stattdessen, krampfhaft darum bemüht, mich zu beherrschen.

Sven pfiff durch die Zähne und streckte herausfordernd die Arme aus.

Vor Jahren hatte er mich als Opfer auserkoren und seitdem ließ er keine Gelegenheit ungenutzt, mir eins reinzuwürgen. Es erfüllte ein Klischee, dass sich der Sunny Boy der Schule, der zudem auch noch Schulsprecher war, alle Freiheiten herausnahm und jeden piesackte, der nicht in seine Ordnung passte. Es fing schon mit der Kleidung an: Wer keine Markenklamotten trug, war unten durch. Das galt auch für die Lehrer. Je wohlhabender die Eltern, desto schlimmer die Kinder. Den Grund für seine

Aggressionen kannte ich nicht - wahrscheinlich bekam er Zuhause ständig eins auf den Deckel und musste seinen Frust an jemand schwächeren auslassen. Und ich war zur falschen Zeit am falschen Ort gewesen. Man könnte meinen, die Lehrer an deutschen Schulen hätten einen ausgeprägten Sinn für Anstand, doch sie sahen in Düsseldorf genauso weg wie überall und hofften wahrscheinlich nur, selbst nicht ins Visier des Schönlings zu geraten.

»Sieh an, das hässliche Entlein kann reden.« Nach Bestätigung suchend drehte er sich zu seinen Anhängern um, die nicht weniger dämlich grinsten als er. Zudem überraschte es mich nicht, dass sie alle die gleichen Klamotten trugen: Bluejeans, schwarzes T-Shirt und Basecap. Was für ein erbärmlicher Haufen.

Ich ballte die Finger meiner unversehrten Hand zur Faust und versteckte sie in meiner Jackentasche. *Ruhig Blut, Leya.*

»Hallo, Schatz.« Melina Mohr, das angeblich hübscheste Mädchen der Schule, kam auf ihren hohen Hacken angedackelt und hakte sich bei Sven unter. Sie waren das Traumpaar schlechthin. Die Schöne und das Biest. Wobei Melina für meinen Geschmack jeden Tag zu tief in ihr Make-up-Schränkchen griff und ihre Kleidung ein bisschen zu pink war. Zudem umgab sie eine penetrante Parfümwolke, die mir Übelkeit verursachte. Als sie bemerkte, dass ihr toller Freund mich mal wieder schikanierte, sah sie mich kurz mitleidig an, bevor sie ihn am Arm zerrte. »Wir müssen noch über die Party am Wochenende reden.«

Zu der natürlich die gesamte Jahrgangsstufe eingeladen worden war - bis auf ... nun ja ... mich.

Sven war deutlich hin- und hergerissen, entschied sich dann jedoch für seine Barbie. »Wir sehen uns, Vamp!«, zischte er und trottete Melina hinterher, ebenso wie seine Klone, die ihm überallhin folgten.

Erleichtert atmete ich durch und bewegte vorsichtig die Finger, die ich zur Faust geballt hatte. Einerseits hatte Melina mir unwissentlich einen Gefallen getan, andererseits war ihr Mitleid schlimmer als alles andere.

Den Rest des Tages ließen sie mich zum Glück in Ruhe. Ich überstand Chemie und Physik, ohne einzuschlafen, und schwänzte Musik. So ein unnötiges Fach brauchte nun wirklich niemand. Stattdessen joggte ich eine Runde durch den Wald. Das Laufen hatte mich schon immer beruhigt und dafür gesorgt, dass mein Kopf frei wurde.

Wieder zu Hause ging ich direkt unter die heiße Dusche, damit sich meine Muskeln von der Anstrengung erholen konnten. Als ich mir nach dem Abtrocknen meine schmerzende Hand eincremte, hörte ich, wie die Haustür aufging und zurück ins Schloss fiel. Natürlich wusste ich, dass es meine Mutter war, die von der Arbeit kam. Ich schlüpfte in saubere Klamotten, kämmte mir die nassen Haare gewaltsam durch und knotete sie anschließend zu einem unordentlichen Zopf zusammen. Dann schminkte ich mich und lief die Treppe runter, sobald ich fertig war.

Der fürchterlich schiefe Gesang meiner Mama schlug mir entgegen, noch bevor ich die Küche erreicht hatte.

»Was ist denn mit dir los?«, fragte ich sie zerknirscht, schnappte mir einen Apfel aus dem Obstkorb und biss hinein. Der Frischeste war er nicht mehr, schmeckte schon ziemlich pappig. Unauffällig ließ ich den Rest in unserem quietschgrünen Mülleimer verschwinden.

»Leya«, rief sie vor Freude strahlend und nahm mich in den Arm. Herrgott, wer war diese Frau und wo hatte sie meine Mutter versteckt? »Ist heute nicht ein wunderbarer Tag?«

So gut gelaunt hatte ich sie schon lange nicht mehr gesehen. Der Job als Innenarchitektin raubte ihr zurzeit den letzten Nerv, meist, wenn sie wieder einen besonders anspruchsvollen Kunden hatte, schlug sie sich die ganze Nacht um die Ohren und dementsprechend mies war ihre Stimmung. Weiterhin verwirrt starrte ich sie an, bis es mir wie Schuppen von den Augen fiel, als sie sich lässig die kurzen, blonden Haare zerzauste. Ich ergriff ihre Hand und musterte den Ring an ihrem Finger. Sie trug sonst nie Schmuck.

»Was ist das?«

»Gar nichts«, lächelte sie, löste sich von mir und packte die Einkaufstüten aus. »Wie war es in der Schule?«

»Wie immer«, brummte ich nur.

Ein Ring war mit Sicherheit nicht *gar nichts.* Ich kannte sie lange genug, um zu wissen, dass sie etwas vor mir verheimlichte.

»Ach, Liebling.« Sie drückte mir einen besorgten Kuss auf die Stirn, wich jedoch meinem bohrenden Blick weiterhin aus. »Hat dich dieser Junge wieder geärgert?«

»Ich möchte nicht darüber reden.« Nun bin ich diejenige, die sich windet, will nicht ständig daran erinnert werden.

Sie nickte verständnisvoll und räumte das frische Gemüse in den Kühlschrank, der eigentlich viel zu groß für zwei Personen war. »Kochen wir heute Abend zusammen?«

»Von mir aus.« Seufzend rieb ich mir die Stirn und lehnte mich gegen die Anrichte.

»Ralf wird auch kommen.«

»Hm.« Der Ring wollte mir einfach nicht mehr aus dem Kopf gehen, aber bevor ich mir weitere Gedanken machen konnte, ergriff sie meine Hände und führte mich zu unserem Esstisch.

»Ich muss mit dir reden«, sagte sie und wirkte auf einmal sichtlich nervös.

Ein ungutes Gefühl beschlich mich. Wenn sie so mit mir sprach, erwartete mich nichts Gutes, das wusste ich aus Erfahrung, weshalb ich mich vorsichtshalber auf einen der mit blauem Stoff bezogenen Stühle setzte. Hatte sie etwa wieder einen Anruf von meiner Schule bekommen? Das wäre schlecht für mich.

»Wenn es darum geht, dass ich regelmäßig den Musikunterricht schwänze, dann lass es mich erklären …«

»Nein, das ist es nicht«, unterbrach sie mich sofort, stutzte jedoch plötzlich. »Du schwänzt Musik?«

Oh Mist, jetzt hatte ich mich selbst verraten.

»Wolltest du nicht über etwas anderes mit mir sprechen?«, versuchte ich rasch, das Thema zu wechseln.

Sie runzelte die Stirn und bedachte mich mit einem vorwurfsvollen Blick, der mich gefühlt etliche Zentimeter kleiner werden ließ. Oh ja, das konnte sie gut. »Auch wenn ich Musikunterricht für völlig überflüssig halte«, sagte sie streng und drückte ihren Zeigefinger auf das Holz der

Tischplatte, »kann ich es nicht gutheißen, wenn du schwänzt, Leya. Du darfst dir keinen Ärger einfangen, das weißt du doch.«

»Aber …«, setzte ich an, wurde jedoch von ihr in warnendem Tonfall unterbrochen: »Ende der Diskussion!«

Schnaubend lehnte ich mich zurück und verschränkte die Arme vor der Brust. Mit meiner Mutter zu streiten, hatte keinen Sinn, immerhin kam mein Dickkopf schließlich nicht von irgendwoher. Und so gab ich mich geschlagen. »Was wolltest du mir sagen?«

Sie holte tief Luft, betrachtete das neue Schmuckstück an ihrem Finger - es hatte also doch etwas mit dem Ring zu tun! »Ralf und ich werden heiraten«, eröffnete sie mir.

Entsetzt starrte ich sie an. Ihre Offenbarung traf mich wie ein harter Schlag in den Nacken.

Wie konnte sie nur?

Ohne ein weiteres Wort sprang ich auf und rannte die Treppe hoch in mein Zimmer.

»Leya, warte!«, rief sie mir hinterher. »Ich kann dir alles erklären! Ralf ist doch wirklich-«

Aber da hatte ich die Tür schon wutentbrannt hinter mir zugeschlagen. Ich ließ mich auf mein Bett fallen, atmete tief ein und aus und schloss die Augen. Um mich herum wurde es still. Mama wusste, dass sie mich besser in Ruhe ließ, wenn ich aufgewühlt war.

Wie konnte sie mir das nur antun?

Natürlich hatte ich längst mitbekommen, dass meine Mutter was mit unserem Nachbarn am Laufen hatte. Ich war schließlich nicht blind. Und obwohl ich es ihr übelnahm, dass sie mir die Beziehung verschwiegen hatte – *von wegen nur Freunde!* – fühlte sich dieser Moment noch schlimmer an. Sie hatte vorher keinen Ton darüber verloren, setzte mich einfach vor vollendete Tatsachen.

Ich hatte meinen leiblichen Vater nie kennengelernt. Das Einzige, was ich von ihm wusste, war, dass er sich kurz vor meiner Geburt aus dem Staub gemacht und Mama und mich hatte sitzen lassen. Das nahm ich ihm auch siebzehn Jahre später noch übel. Nicht ein einziges Mal hatte er sich bei uns gemeldet. Meine Mutter sprach nicht über ihn, egal wie oft ich versuchte, ihr etwas zu entlocken. Er blieb ihr Geheimnis.

Und jetzt, ganz plötzlich, wollte sie Ralf heiraten? Aber ich brauchte keinen neuen Vater, ich war bisher gut ohne einen zurechtgekommen und daran würde sich nichts ändern.

Ich rappelte mich wieder hoch und drehte die Stereoanlage bis zum Anschlag auf. Aleas kratzige Stimme tönte mir lautstark entgegen. Mama konnte *Saltatio Mortis* nicht ausstehen, aber mich beruhigte Mittelalter-Rock in solchen Augenblicken ungemein. Unser Nachbar würde sich nicht beschweren, schließlich wollte er meine Mutter ja vor den Traualtar schleifen. Da musste er sich mit mir gut stellen.

Ich kramte den Nagellackentferner aus der Schublade, setzte mich an meinen Schreibtisch und beseitigte die schwarzen Lacküberreste von meinen Fingernägeln, damit ich sie mir gleich erneut lackieren konnte. Ich mochte schwarz. Das hatte etwas Mystisches an sich. Sogar meine ursprünglich blonden Haare hatte ich dunkel gefärbt. Irgendwie gefiel es mir.

Jedes normale Mädchen in meinem Alter hätte jetzt wohl als erstes ihre beste Freundin angerufen und sich bei ihr ausgeheult. Tja, ich hatte keine beste Freundin. Ich hatte überhaupt keine Freunde. An meiner Schule fürchteten sich alle vor mir, weil ich anders war und nicht in das perfekte Schema dieser Gesellschaft passte. Von der Schulleitung hatte ich mehrere Verweise wegen Prügeleien auf dem Schulhof bekommen, hauptsächlich basierten diese auf Svens Mobbingattacken, und zum Kick-Boxen ging ich nicht länger hin, weil es mir zu langweilig geworden war. Es lastete mich nicht aus.

Schon seit Jahren fühlte ich mich unruhig und rastlos. Manchmal kam es mir so vor, als würde irgendetwas in meinem Leben fehlen. Doch das war mit Sicherheit nicht mein Vater oder gar ein billiger Ersatz!

Was stimmte nur nicht mit mir?

»Du brauchst eine Aufgabe, die dich fordert.« Mein kleiner brauner Kuschelhase saß auf meinem Schreibtisch und sah mich aus seinen schwarzen Knopfaugen herausfordernd an. Das eine Ohr stand senkrecht nach oben, das rechte dagegen hing in einem abgeknickten Winkel hinab. Der Draht unter dem Stoff war schon vor vielen Jahren durchgebrochen.

Seufzend pustete ich den Nagellack trocken. »Tja, dann finde mal etwas, das ich nicht aus Langeweile oder Frustration sofort wieder abbreche.«

»Was wäre, wenn ich genau das für dich gefunden hätte?«

Lachend warf ich das Fellknäuel zurück auf mein Bett. »Na super, jetzt rede ich sogar schon mit meinen Stofftieren. Vielleicht haben die Leute mit ihrem Gerede ja doch recht. Vielleicht bin ich verrückt.«

Also wirklich. Langsam war ich zu alt, um mit Plüschhasen zu sprechen. Zum Glück war unser Überwachungsstaat noch nicht soweit ausgebaut, dass die NSA diese peinliche Szene beobachten konnte. *Oder doch?*

Mein Blick fiel kontrollierend auf die Kamera meines Laptops. Vorsichtshalber klappte ich ihn zu.

»Sag das nicht. Du bist nicht verrückt.«

Ich zuckte zusammen und sah meinem Kuschelhasen ungläubig dabei zu, wie er von meinem Bett sprang und auf mich zu hoppelte. Er sah gar nicht mehr wie ein Stofftier aus.

»Wie … was …«

Träumte ich?

Als er jedoch immer näher kam, zog ich schnell meine Beine an, sodass sie den Boden nicht mehr berührten. *Okay, jetzt war ich vollkommen übergeschnappt.*

»Was bist du?«, fragte ich verwirrt, während sich mein Herzschlag beschleunigte. *Was war hier nur los?*

Der Hase kletterte an meinem Rollcontainer nach oben, bis er wieder auf meinem Schreibtisch saß und mich besser im Blick hatte, bevor er zu einer schlichten Erklärung ansetzte: »Ich bin ein Kaninchen.« Sein kleines Näschen wackelte hin und her und er sah dabei so niedlich aus, dass ein Teil meiner Angst verschwand.

»Aber du warst vorher mein Stoffhase.«

Er kniff die Augen zusammen. »Stoffkaninchen, bitte«, sagte er erbost. »Und nein, eigentlich war ich schon immer so, nur wollte ich, dass du mich anders wahrnimmst.«

»Warum das denn?« Verständnislos runzelte ich die Stirn, wusste einfach nicht, wie ich mich verhalten sollte.

Das Kaninchen stellte sich auf die Hinterläufe und richtete sich auf, um mir auf Augenhöhe zu begegnen. »Weil ich dein Beschützer bin.«

»*Du*?«, wiederholte ich skeptisch. »Wie soll ein so kleines Tierchen mein Beschützer sein?«

Empört stapfte es mit seiner Pfote auf. »Die Größe spielt dabei keine Rolle!«

Einen Augenblick lang sah ich ihn nur an, bevor ich lauthals zu lachen anfing. Das war so absurd. Die Sache mit der Heirat musste mir noch schlimmer zusetzen, als ich angenommen hatte.

Trotzdem drehte ich die Musik leiser, um ihn besser verstehen zu können. Auch wenn ich mir hier gerade offensichtlich etwas zusammenspann, konnte ich es ausnutzen, dass mal jemand mit mir sprach. Selbst wenn es nur in meiner Einbildung geschah.

»Weshalb sollte ich einen Beschützer brauchen?«, ließ ich diesem Irrsinn weiterhin freien Lauf.

»Nur weil du dich selbst schon für verrückt hältst - was du nicht bist - musst du nicht gleich so hysterisch über mich lachen«, murmelte das Kaninchen gekränkt. »Ich weiß sehr wohl, dass du gut auf dich aufpassen kannst, aber das war nicht immer so. Erinnerst du dich? Du warst auch mal klein. Ich war immer bei dir, am Tag und in der Nacht. Du hast mich überall mit hingenommen und ich habe auf dich Acht gegeben. Und sei es nur, dass wir gemeinsam zum Kinderarzt gegangen sind und du mich fest an dich gedrückt hast, wenn der Doktor dich geimpft hat.«

Ich beruhigte mich wieder und sah das putzige Wesen schmunzelnd an. »Ich erinnere mich gut daran, dass ich dich in die Waschmaschine gesteckt habe, wenn du mir draußen in den Dreck gefallen bist.« Dadurch war auch der Draht in seinem Ohr gebrochen. Moment, wenn er lebte, war da überhaupt noch ein Gestell oder eine Füllung?

Das Kaninchen reckte mir pikiert das Näschen entgegen »Reden wir nicht mehr über diese Demütigung.«

»Nun gut«, sagte ich versöhnlich. »Doch ich verstehe immer noch nicht, warum du das alles mitgemacht hast, um dann nach siebzehn Jahren plötzlich lebendig zu werden.«

Es war ein merkwürdiger Anblick, ein sprechendes Kaninchen dabei zu beobachten, wie er erst aus tiefstem Herzen seufzte und dann den Kopf schüttelte.

»Es gibt so vieles, was du nicht weißt, Cataleya. So vieles, das dich und deine Vergangenheit betrifft und dir schon viel zu lange vorenthalten wurde.«

»Mein Name ist Leya«, fuhr ich bestimmt dazwischen.

Er nickte. »Eine Abkürzung für Cataleya. Leider bin ich nicht befugt, dir etwas über deine Vergangenheit zu erzählen, aber ich kenne jemanden, der sehnsüchtig auf dich wartet. Bist du bereit, die zu werden, die du eigentlich bist?«

Ich verstand die Welt nicht mehr. Wurde ich gerade von meinem eigenen Stoffhasen verarscht? »Ich bin auf jeden Fall bereit, jemand anderes zu werden, als ich jetzt bin«, antwortete ich deshalb schlicht.

»Das ist ein Anfang.« Mein Kaninchen öffnete auf seltsame Weise die Klappe meines Stempelkissens, drückte seine Pfote auf das mit Tinte getränkte Kissen und hinterließ einen Abdruck auf meiner Schreibtischunterlage. Er räusperte sich. »Mein Name ist übrigens Filipus Maurizius Brecht Freiherr von Untergarten.«

Auf meinen verständnislosen Blick hin verdrehte er die Augen. »Meine Freunde nennen mich Fips. Und jetzt komm mit mir.«

Mit einem Satz hüpfte er von meinem Schreibtisch runter und hoppelte zum Fenster.

»Moment mal«, hielt ich ihn zurück. »Was ist mit meiner Mutter?«

»Wenn sie meinen Pfotenabdruck sieht, wird sie Bescheid wissen.«

»Was?« Fassungslos starrte ich ihn an. »Meine Mama weiß von all dem hier?«

Fips kratzte sich verlegen hinter dem Ohr. »Ich bin nicht befugt, dir Auskunft zu erteilen. Du brauchst nichts mitzunehmen, der Weg ist nicht so weit. Jetzt folge mir.« Er warf einen Blick aus dem Fenster und sah dann beschämt zu mir herüber. Seufzend nahm ich ihn auf den Arm und kletterte von meinem Sims aus die Efeuranken hinunter. Es war nicht das erste Mal, dass ich so unbemerkt aus dem Haus verschwand, um einen Abstecher in den Wald zu machen. Ich setzte Fips auf dem Boden ab und folgte ihm durch unseren Garten ins angrenzende Dickicht. Was auch immer dieses Wesen für ein Spiel spielte, es machte mich neugierig und ich ließ mich darauf ein. Trotzdem fragte ich mich, wie es überhaupt möglich war, dass das Kaninchen mit mir sprechen konnte. Und warum es mich über einen bewucherten und unbenutzten Pfad führte.

Vielleicht passiert das hier tatsächlich nur alles in meinem Kopf und ich bin wirklich verrückt geworden? Schlafe ich gerade?

»Wohin führst du mich, Fips?«, hakte ich nach, während ich hinter ihm hereilte. Für so ein kleines Tier war er ganz schön flott unterwegs.

»Ich bin nicht befugt ...«

»... mir Auskunft zu geben, ja ich weiß«, vervollständigte ich seinen Satz. »Dann sag mir doch bitte, warum das Schicksal ausgerechnet mich dazu bestimmt hat, mit meinem Kuschelhasen sprechen zu können?«

»Ich bin ein Kaninchen, bitteschön.«

Mit einem großen Schritt trat ich über eine aus dem Boden ragende Wurzel hinweg und fluchte innerlich, als sich meine Haare in einem Geäst verfingen.

»Entschuldige. Kaninchen, nicht Hase. Ich schreibe es auf die Liste von Dingen, die ich mir merken sollte.«

Fips ignorierte meinen bissigen Kommentar. »Du bist etwas Besonderes, Leya.«

»Oh, na klar. Etwas Besonderes.« Ich lachte kurz auf. »Ein Mädchen ohne Freunde, ohne Beschäftigung, gekleidet ganz in Schwarz. Sehr besonders.«

Mein Begleiter hielt inne und sah mich an. »In der Schule hast du hervorragende Noten, du bist fleißig und lernst schnell. Zur Grundschulzeit bist du immer zu spät zum Unterricht gekommen, wenn es draußen regnete, weil du auf dem Gehweg alle Regenwürmer eingesammelt und auf einer Wiese ausgesetzt hast. Du hast Vögel gepflegt und sie wieder auf die Beine gebracht, wenn sie versehentlich gegen eine Scheibe geflogen waren und sich den Flügel gebrochen hatten. Du bist einzigartig, Cataleya.«

»Das ist lieb von dir, Fips, aber ich-«, setzte ich an, doch er unterbrach mich sofort:

»Wir sind da.«

Vor mir erstreckte sich ein Gewässer. Es war nicht besonders groß, aber durch das kristallklare Wasser konnte ich bis auf den Grund sehen.

»Ich kenne diesen Ort«, sagte ich. »Als ich klein war, ist meine Mutter oft mit mir hier schwimmen gegangen.«

»Unser Weg führt uns in die Mitte des Sees. Wir werden tauchen müssen. Du hast die Wahl, Leya, doch wenn wir weiter gehen, wirst du dich deinem Schicksal stellen müssen. Dann gibt es kein Zurück mehr.«

»Meinem Schicksal?«, murmelte ich und zog mir den Kapuzenpulli aus. »Es ist überall besser als hier.«

Und es war eh nur ein Traum.

Ich holte tief Luft und sprang in das kalte Wasser.

2

Ich war schon immer eine gute Schwimmerin gewesen und konnte länger den Atem anhalten als andere Jugendliche in meinem Alter. Doch die Minuten, die ich in diesem See ohne Sauerstoff verbrachte, waren die längsten meines Lebens. Mir wurde schwindelig, der Druck auf meine Lunge verstärkte sich und Blasen stiegen vor meinem Gesicht auf. Das hier fühlte sich verdammt echt an.

Bildete ich mir das wirklich nur ein?

Panik überkam mich. Ich musste dringend Luft holen und spürte, dass mir allmählich schwarz vor Augen wurde, als mich zwei Hände ergriffen und mit einem Ruck aus dem Wasser zogen.

Prustend und gierig nach Atem ringend kam ich an Land. Es dauerte einen Moment, bis ich mich wieder beruhigt und mein Blick sich geklärt hatte. Fips lag neben mir im Schilf und sah ebenfalls ein wenig mitgenommen aus. Bibbernd rieb ich mir die kalten Arme, als mir auch schon eine Decke um die Schultern gelegt wurde. Ich sah mich zu der Person um, die sich um mich kümmerte. Es war ein Mädchen, jünger als ich.

»Willkommen, Prinzessin«, sagte sie mit ehrfürchtiger Miene und verneigte sich vor mir. »Wir haben schon sehnsüchtig auf Eure Ankunft gewartet.«

Verwirrt blickte ich sie an. »Ich bin keine Prinze-«

»Wir müssen los, Leya«, unterbrach Fips mich hastig. Neben ihm stand eine ältere Frau, die noch mehr Decken auf dem Arm trug. Auch sie neigte das Haupt nach vorn, als ich sie ansah.

»Cataleya«, wiederholte Fips eindringlich.

Ich schüttelte den Kopf, um meine Gedanken zu ordnen, und lief ihm nach. Das Mädchen und die Frau folgten uns in einem Abstand von ungefähr fünf Metern, doch ich achtete kaum auf sie, wickelte mich nur fester in den weichen Stoff.

»Warum hat sie mich Prinzessin genannt?«, flüsterte ich meinem ehemaligen Kuschelhasen zu, während ich mühselig versuchte, mit ihm Schritt zu halten. Allmählich war ich mir nicht mehr sicher, ob ich mir das alles hier wirklich nur einbildete. Der Traum wirkte viel zu real für meinen Geschmack.

»Ich bin nicht befugt, dir Auskunft zu erteilen, Leya«, gab er zurück. »Aber du wirst es gleich erfahren.«

Seine ständige Wiederholung, er sei nicht befugt, ging mir langsam auf die Nerven, aber da er mir nicht antwortete, hatte ich wenigstens Zeit, mich umzusehen.

Der See, durch den wir hierhergekommen waren, befand sich in einem wunderschönen Garten. Vielleicht würde ich ihn sogar schon als Park bezeichnen. Gewaltige

Bäume zierten den Wegesrand, wie ich es von der Allee auf dem Weg zu meiner Schule kannte. Doch glichen sich die Pflanzen auf meinem Schulweg wie ein Ei dem anderen, waren sie hier vollkommen unterschiedlich. Keinen Baum gab es in seiner Art ein zweites Mal. Kein Ast und kein Blatt ähnelten einander. Auch die Blumen, die um die Wurzeln herum wuchsen, hatte ich so noch nie gesehen. Was für eine Pracht. Sie leuchteten in wunderschönem Rot und Violett, hatten gelbe und orangene Kleckse auf ihren Blüten. Es sah so aus, als hätte jemand einen Pinsel in einen Farbeimer getaucht und dann wild damit herumgewedelt.

Ein süßlicher Geruch stieg mir in die Nase, ich schnupperte und musste unwillkürlich lächeln. Die Sträucher sahen nicht nur toll aus, sie verströmten auch einen bezaubernden Duft.

Fröstelnd zog ich die Decke enger um meine Schultern und richtete den Blick nach vorn. Am Ende der Allee ließ sich ein großes Gebäude erahnen, doch die dichten Baumkronen verhinderten, dass ich das Gemäuer als Ganzes sehen konnte. Aber je näher wir kamen, desto gewaltiger wurde es, bis ich schließlich erkannte, dass ich vor einem wunderschönen und äußerst pompösen Schloss stand, wie ich es mir bisher immer nur im Märchen vorgestellt hatte.

Willkommen im Wunderland, Alice.

Der Palast war gemauert aus weißen Steinen, die im Schein der Sonne strahlten, dunkles Holz umrahmte die Fenster und die Dachziegel schimmerten leicht rötlich. Für einen Moment verschlug mir der Anblick dieses prächtigen

Baus die Sprache und ich konnte nicht verhindern, dass mir der Mund offenstehen blieb.

»Gefällt es dir?«, fragte Fips und blieb kurz stehen, damit wir den Augenblick länger genießen konnten.

»Es ist wunderschön«, murmelte ich überwältigt. »Wer lebt dort?«

»König Arnoldus von Lichtstein und seine Königin Mariana mit ihrem gemeinsamen Sohn und Erben Prinz Luri. Du wirst sie kennenlernen. Wir sollten uns beeilen, damit du pünktlich zum Abendessen hergerichtet bist.«

Ein König? Ein waschechter König? Ach, du meine Güte, das klang total verrückt! Hoffentlich erwachte ich bald aus diesem seltsamen Traum. Oder bekam zumindest trockene Kleidung, sonst holte ich mir noch eine Blasenentzündung.

Fips führte mich den Weg entlang bis zum Schloss und durch eine Hintertür hinein in das imposante Gebäude. Der Gang, in dem wir uns nun befanden, war recht schmal, und ich musste ein wenig seitlich gehen, um mit meinen Schultern nicht die Wände zu berühren. Das hier war bestimmt ein Dienstbotengang oder so. Die beiden Frauen hatten tuschelnd die Köpfe zusammengesteckt und folgten mir weiterhin. Ich beschloss, sie einfach zu ignorieren. Ein enger Weg folgte dem nächsten, dann standen wir plötzlich in einem riesigen Raum.

Staunend drehte ich mich um meine eigene Achse, um jedes einzelne der prunkvollen Gemälde in Augenschein nehmen zu können. Mein Blick fiel auf die großen Fenster und ich trat näher heran, um hinaussehen zu können. Von hier aus hatte man die perfekte Sicht auf den Schlosshof. Das Eingangstor war gewaltig. Zwar wies es allein beim ersten Hinschauen schon einige Mängel auf und sollte dringend wieder instand gesetzt werden, dennoch war es beeindruckend: Es war in eine hohe Mauer eingelassen worden, die von der anderen Seite aus bestimmt die Sicht auf den Palast verbarg. Auch die Befestigung zeigte deutliche Risse im Gestein.

Ich konnte hinter dem Tor eine heruntergelassene Zugbrücke ausmachen, die es einem ermöglichte, den tiefen Graben, der rund um das Schloss verlief, zu überqueren. Dahinter konnte ich mehrere Schornsteine erkennen, aus denen Qualm aufstieg. Eine Stadt lag außerhalb der Schlossmauer, doch die Tore waren geöffnet und es herrschte ein reges Treiben. Viele Händler kutschierten ihre Waren in die Festung hinein - manche auch bis in den Schlosshof - oder, wenn sie ihr Tagessoll erfüllt hatten, die leeren Karren wieder hinaus.

Begeistert wandte ich mich erneut dem Saal zu, in dem wir uns befanden, und bemerkte Fips, der schon ungeduldig mit seiner Pfote auf den Boden klopfte. Stimmengewirr schlug uns entgegen oder ein vereinzeltes leises Lachen. Neugierig folgte ich dem Kaninchen in die nächste Räumlichkeit, die zum Bersten voll mit Menschen war, Frauen wie auch Männer, die beschäftigt durch die von diesem Raum ausgehenden Korridore eilten. Ihre einfache Kleidung ließ mich vermuten, dass sie die Bediensteten des Schlosses waren. Sie trugen mit Essen gefüllte Körbe oder frisch gewaschene Laken mit sich. Ab und zu blieben sie kurz stehen, um sich kurz zu unterhalten, bevor sie weiter ihrer Arbeit nachgingen.

Wir mischten uns unter sie und für einen Moment hatte ich das Gefühl, wir wären an einem Filmset. Das

Mittelalter hatte mich schon immer begeistert, aber jetzt mittendrin zu sein, kam mir unwirklich vor.

Ich folgte Fips durch das Gedränge. Immer wieder wurde ich unsanft angerempelt, doch es störte mich nicht im Geringsten, so fasziniert war ich von diesem fremden Ort. Ich vergaß sogar fast, dass mir in den nassen Klamotten ziemlich kalt war.

Das Kaninchen führte mich weiter und das Mädchen und die ältere Frau blieben die ganze Zeit über dicht hinter uns.

Als wir einen Flur entlanggingen, an dessen linker Seite sich eine große, doppelflügelige Holztür befand, fielen mir zum ersten Mal Wachen auf, die durch die Gänge patrouillierten und für Ruhe sorgten. Sobald sie mich erblickten, weiteten sich ihre Augen und sie wurden blass um die Nase. Wenn sie ihre Fassung zurückerlangten, bevor ich an ihnen vorbei war, verbeugten sie sich vor mir, ansonsten sahen sie mir mit offenen Mündern hinterher.

Ich fühlte mich unwohl, doch ich versuchte, es mir nicht anmerken zu lassen und lächelte jeden der Männer freundlich an. So viel ging in meinem Kopf vor, dass ich mich nicht recht konzentrieren konnte, und als Fips plötzlich vor einer schweren Holztür stehen blieb, hätte ich ihn beinah umgerannt.

Er räusperte sich. »Wir sind da. Dies hier ist dein Gemach. Nora und Agatha werden sich um dich kümmern und dich für das Abendmahl herrichten. Dann wirst du alles erfahren. Wir sehen uns später wieder.«

Bevor ich etwas einwerfen konnte, war Fips im nächsten Gang verschwunden. Das Mädchen, ich vermutete, dass es sich bei ihr um Nora handelte, öffnete mir lächelnd die Tür und bedeutete mir einzutreten, aber ich folgte ihrer Einladung nur zögerlich.

Das Zimmer war riesig, bestimmt doppelt so groß wie mein eigenes zu Hause. Rechts stand ein monströses Bett, daneben eine kleine Kommode und auf der anderen Seite des Raumes befand sich ein gewaltiger Kleiderschrank, der fast die gesamte Wand einnahm. Da würden meine Klamotten mit Sicherheit fünfmal reinpassen. Zwei Fenster waren in die Mauer mir gegenüber eingelassen worden, an der anderen Seite befand sich eine Nische, in der ein wärmendes Feuer prasselte. Und in der Mitte stand ein Zuber.

Agatha brachte einen Eimer mit Wasser und mehrere Handtücher, während Nora mir half, mich aus meinen nassen Sachen zu schälen. Zitternd und ohne ein Stück Stoff an meinem Körper stand ich vor den beiden und ließ mich von allen Richtungen ansehen. Es war mir unangenehm, so entblößt zu sein, aber durfte ich es wagen, mich zu beschweren? Und wenn das Ganze hier wirklich nur meiner Einbildung entsprang, würde es wohl nicht so schlimm werden.

Nora reichte mir eine Hand, damit ich leichter in die Badewanne klettern konnte. Das warme Wasser fühlte sich gut an und ich konnte nicht widerstehen, einmal komplett unterzutauchen. Kaum stieß ich wieder an die Oberfläche, war ich schon viel entspannter, und als Agatha ein paar Tropfen einer Flüssigkeit in den Zuber schüttete, stieg mir der Duft von Lavendel in die Nase.

Hm, roch das gut.

Agatha schrubbte mir mit einem Lappen die Haut wund, doch ich traute mich nicht, ihr zu sagen, dass ich vorhin erst geduscht hatte. Mit gerunzelter Stirn betrachtete sie meine Augen und schüttelte leicht den Kopf. Die Mascara war nicht verlaufen, ich benutzte extra wasserfeste, aber der dunkle Lidschatten dagegen hatte sich bestimmt längst auf meinen Wangen verteilt. Seufzend begann sie, mir die Schminke aus dem Gesicht zu wischen. Es fühlte sich komisch an, weil ich das Haus nie verließ, ohne meine Lider schwarz zu betonen. Bis auf meine Mutter hatte mich auch noch nie jemand ungeschminkt gesehen.

Nora kippte mir vorsichtig warmes Wasser über die Haare und massierte meine Kopfhaut und meinen Nacken. Ich schloss genüsslich die Augen und ließ mich verwöhnen, doch leider half sie mir viel zu schnell wieder aus der Wanne heraus. Die beiden Frauen nahmen die Tücher zur Hand und trockneten mich ab. Als ich ihnen jedoch die Arbeit abnehmen und mich selbst abtrocknen wollte, warfen sie mir einen schwer zu deutenden Blick zu und schüttelten stumm den Kopf.

Es war seltsam, dass sie mich wie eine Prinzessin behandelten. Ich hasste es, im Mittelpunkt zu stehen und diese Situation war mir mehr als unangenehm. Ich verstand einfach nicht, warum sie das alles für mich taten, doch auch wenn ich sehr ungeduldig sein konnte, fragte ich nicht nach, sondern hoffte, dass Fips die Wahrheit gesagt hatte und man mir alles erklären würde.

Als ich trocken war, öffnete Agatha die Türen des Kleiderschrankes. Er war bis zum Rand gefüllt mit Gewändern. Bevor ich mich meinem persönlichen Grauen – Kleider waren so gar nicht mein Ding – aussetzen musste, traute ich mich, nach einer Toilette zu fragen, weil meine Blase schon seit dem Bad ziemlich drückte. Die beiden sahen mich verständnislos an.

»Eine Toilette«, versuchte ich es noch einmal. »Ein Ort, an dem man sein Geschäft verrichten kann. Ich muss mal für kleine Mädchen.«

»Oh«, entfuhr es Agatha. »Aber natürlich.« Sie durchquerte den Raum und öffnete eine Holztür, die sich direkt neben dem großen Bett befand. Ich folgte ihr hastig, schloss die Tür schnell hinter mir, lehnte meinen Kopf erschöpft gegen das Holz und atmete tief durch.

Ein Moment der Ruhe.

Als ich mich umdrehte, konnte ich mir ein Stöhnen nicht verkneifen. Von einer Toilette war weit und breit nichts zu sehen. Lediglich eine Holzbank mit einem Loch befand sich vor mir. Mir schwante Fürchterliches. Das konnte doch nicht wahr sein! Aufgebracht wollte ich mich bei Agatha beschweren, doch in der letzten Sekunde durchzuckte es mich wie ein Blitz.

Du bist so dumm, Leya!

Das war ein mittelalterliches Schloss, natürlich gab es hier weder Elektrizität noch fließend Wasser. Zum Glück hatten die Zimmer immerhin schon Glasfenster.

Es dauerte einen Augenblick, bis ich meine Scheu überwand. Als ich fertig war, hatte Agatha bereits drei Kleider ausgewählt und zeigte sie mir. Ich entschied mich für eines in moosgrüner Farbe, da es am dunkelsten war, und sie half mir, mich in dem Gewühl aus Brokat zurechtzufinden. Mein Unwohlsein verschlimmerte sich, als ich feststellen musste, dass Unterwäsche wohl auch noch nicht erfunden worden war …

Nora kämmte meine langen Haare und steckte sie mit flinken Fingern hoch. Währenddessen ergriff Agatha meine Hände und begutachtete stirnrunzelnd meine lackierten Nägel. Dann schnappte sie sich eine Feile und entfernte den Lack. Dabei hatte ich mir so eine Mühe gegeben, nicht drüber zu malen.

Als ich fertig war, öffnete Nora eine weitere Schranktür, an deren Innenseite ein riesiger Spiegel hing, sodass ich mich darin betrachten konnte. Ich mochte Kleider noch nie besonders gern, doch als ich mich misstrauisch beäugte, erkannte ich mich selbst kaum wieder. Vor mir stand eine junge Frau mit dunklen Haaren und großen, neugierigen Augen. Ihre Haut wirkte blass im Gegensatz zu dem düsteren Gewand und in ihrem Auftreten lag etwas Geheimnisvolles.

Das war doch nicht ich!

Vorsichtig hob ich eine Hand und berührte meine Wange. Die Frau vor mir tat es mir gleich. *Unglaublich!* Ich kam mir völlig fremd vor, aber hatte mich auch noch nie so schön gefühlt.

»Wundervoll«, flüsterte Nora mit leuchtendem Blick. Es war das erste Mal, dass ich sie sprechen hörte, seit wir in diesem Schloss angekommen waren, und ich zuckte unwillkürlich zusammen.

Agatha nickte zustimmend. »Und jetzt verneigt Euch.«

Ich versuchte, mich daran zu erinnern, wie sich Milla Jovovich als Milady De Winter vor Kardinal Richelieu verbeugte. Streng sah Agatha meinen kläglichen Bemühungen zu, korrigierte meine Haltung akribisch und ließ es mich wiederholen, bis sie schließlich halbwegs zufrieden schien.

»Nun kommt, Mädchen«, sagte die ältere Frau und nahm mich am Arm. »Wir dürfen den König nicht noch länger warten lassen.«

Ich folgte ihr durch die schmalen und verwinkelten Gänge des Schlosses und hatte schon bald die Orientierung verloren. Sich in diesem Labyrinth zurechtzufinden war bestimmt nicht einfach. Dennoch ließ ich es mir nicht nehmen, die mit vergoldetem Stuck besetzten Decken zu betrachten. Vor einer großen hölzernen Tür blieben wir schließlich stehen. »Dort hinter verbirgt sich der königliche Speisesaal. Neben der Königsfamilie sind auch einige Gäste geladen worden. Ihr tretet ein, wenn sich die Tür vor Euch öffnet, schreitet auf dem Teppich bis zum Ende des Saals und verbeugt Euch vor der Königsfamilie. Stört Euch nicht an den Blicken, die auf Euch gerichtet sein werden.«

»Werdet ihr mit mir hinein gehen?«, fragte ich hoffnungsvoll.

Nora schüttelte den Kopf. »Es ist uns nicht gestattet, wir sind nur einfache Zofen.«

Zofen. Dieses Wort aus ihrem Mund zu hören, war für mich mehr als befremdlich.

Agatha drückte aufmunternd meine Hand. »Ihr werdet das meistern, habt keine Angst.«

Ein flaues Gefühl breitete sich in meiner Magengegend aus. Dieses Kribbeln befiel mich sonst nur vor einer mündlichen Englischprüfung in der Schule. Tief holte ich Luft, wandte mich der Tür zu und straffte die Schultern. Ich war bereit. Agatha klopfte leise gegen das Holz und die Tür öffnete sich.

Langsam stieß ich den angehaltenen Atem wieder aus und betrat den Saal. Jegliche Geräusche verstummten, Gespräche wurden mitten im Satz unterbrochen, weil alle nur Augen für mich hatten. Wenn es eines gab, das ich absolut nicht mochte, dann im Mittelpunkt zu stehen. Vorsichtig schritt ich über den Teppich und versuchte, nicht auf die vielen Menschen rechts und links von mir zu achten.

Während ich in Gedanken das Alphabet aufsagte, um wieder Ordnung in meinen Kopf zu bekommen, konnte ich mich ein wenig umsehen. So einen großen und reich verzierten Raum hatte ich zuvor noch nie gesehen. Die massiven Holztische waren überhäuft mit Köstlichkeiten und auch der schmackhafte Duft von Schweinebraten stieg mir in die Nase. Fast augenblicklich meldete sich mein Magen zu Wort.

Ich richtete mein Augenmerk erneut nach vorn. Die königliche Tafel stand mir gegenüber am Ende des Saals, jedoch etwas isoliert von den beiden Tischreihen rechts und links, damit die Dienstmädchen und Diener schnell zwischen den Tischen umherhuschen und die Herrschaften bedienen konnten. Es war mir unangenehm, dass die Königsfamilie freie Sicht auf mich hatte und jeden meiner Schritte beobachten konnte. Deswegen wagte ich es auch nicht, ihre Blicke zu erwidern.

Als ich das Alphabet fünfmal in Ruhe wiederholt hatte, war ich bis zum letzten Zipfel des Teppichs gekommen. Ich blieb stehen und versank in dem Hofknicks, so wie Agatha es mir gezeigt hatte. Dann wartete ich. Die Stille um mich herum war so erdrückend, dass ich mein eigenes

Blut in den Ohren rauschen hörte. Ich hielt den Kopf gesenkt und wartete auf eine Reaktion.

»Bitte, erhebe dich«, erklang eine gütige Stimme. Vermutlich gehörte sie dem König, denn ein herrischer Unterton war trotz der Freundlichkeit nicht zu überhören.

Ich richtete mich auf und konnte ihn nun endlich ansehen. Er war ganz anders, als ich mir Könige immer vorgestellt hatte, denn er war weder klein und dick noch trug er einen roten Samtumhang über den Schultern oder gar eine große goldene Krone auf dem Kopf. Im Gegenteil: Er war hochgewachsen und schlank, soweit ich das erkennen konnte, und ernüchternd schlicht gekleidet. Kostbaren Schmuck hatte er sich überhaupt nicht angelegt, doch seiner Haltung nach brauchte er auch keinen, um seine Autorität deutlich zu machen. Sein Gesicht kam mir irgendwie bekannt vor, aber ich konnte nicht sagen, wo ich ihn schon einmal gesehen hatte.

Die Frau an seiner Seite, die Königin, war zwei Köpfe kleiner als er, doch auch sie war alles andere als pummelig. Ihre blonden Haare steckten in einem kunstvollen Gebilde auf ihrem Kopf und ein zierliches Silbergeflecht zierte ihre Stirn. Ihrem Kleid sah man den Reichtum mehr an als der Gewandung ihres Mannes. Dennoch strahlte sie solch eine Freundlichkeit und Wärme aus, dass ich sie vom ersten Augenblick an irgendwie mochte.

Der Prinz glich seinem Vater. Der Gesichtsausdruck, die Haltung, die Kleidung, als wäre er das Ebenbild des Königs. Nur zwanzig Jahre jünger. Er könnte so ungefähr mein Jahrgang sein. Vielleicht ein bisschen älter, aber genau konnte ich es nicht sagen. Die meisten Burschen sahen in diesem Alter kindlicher aus, als sie waren.

Zumindest in der Welt, aus der ich kam. Wie das mittelalterliche Leben einen Prinzen prägte, wusste ich nicht. Auffallend waren seine ebenfalls blonden Haare, die eine so viel schönere Farbe hatten, als mein eigentliches Straßenköterblond. Jedes Mädchen in meiner Stufe würde ihn um diese Haarpracht beneiden.

»Willkommen, liebes Kind«, ergriff die Königin das Wort. »Du musst erschöpft sein von der Reise.«

»Es geht schon, der Weg war nicht so weit«, antwortete ich und hoffte, dass meine Sprache nicht allzu neuzeitlich klang.

Die Königin lächelte herzlich. »Wir sind sehr erfreut, dich hier zu haben, Cataleya. Ich bin Königin Mariana. Bitte, nimm doch neben Prinz Luri Platz und speise mit uns.«

»Vielen Dank«, sagte ich, verwirrt darüber, dass sie meinen Namen kannte, und fügte dann noch ein schnelles »Majestät« hinzu. Ich neigte den Kopf, zwang mich zur Ruhe, während mir das Herz bis zum Hals schlug. Unauffällig wischte ich meine schweißbenetzten Hände an dem Kleid ab und ging um den Tisch herum. Zu meinem Erstaunen erhob Prinz Luri sich und rückte den Stuhl für mich zurecht. Waren nicht eigentlich genau für so etwas die Diener zuständig? Dankbar lächelnd setzte ich mich zwischen ihn und einen anderen jungen Mann.

Kaum hatte ich den Mittelpunkt der Aufmerksamkeit verlassen, kehrten die Gäste wieder zu ihren zuvor unterbrochenen Gesprächen zurück und der Raum war zu meiner großen Erleichterung erneut erfüllt von Geräuschen. Befreit atmete ich auf.

Das wäre schon mal überstanden.

Der Prinz beugte sich zu mir vor. »Hallo, Cataleya. Ich freue mich, dich kennenzulernen.« Seine Stimme machte ihn doch um ein paar Jahre älter, als ich vorerst gedacht hatte.

»Ich freue mich auch«, antwortete ich schüchtern.

»Ich bin Luri und zu deiner Linken sitzt unser geschätzter Kampf- und Waffenmeister Marlo.«

Ich sah Marlo verwirrt an, musterte die braunen Haare, die ihm wirr ins Gesicht hingen, seine freundlichen dunklen Augen, sein kantiges, glatt rasiertes Kinn und die schmalen Lippen, denen ein schelmischer Ausdruck anhing. Er musste grinsen. »Was überrascht Euch so, Cataleya?«

»Nun ja.« Ertappt wich ich seinem Blick aus. »Du siehst nicht aus wie ein Kampfmeister.« Verdammt, durfte ich ihn überhaupt duzen?

Belustigt zog er eine Augenbraue in die Höhe. »So? Wie hat ein Kampfmeister denn Eurer Meinung nach auszusehen?«

»Alt«, schoss es aus mir heraus, dann korrigierte ich schnell: »Vielleicht älter.«

Die beiden jungen Männer lachten leise.

»Wer sagt denn, dass ich nur so alt bin, wie ich aussehe?«, fragte Marlo und zwinkerte mir verschwörerisch zu. Beschämt senkte ich die Lider. Das fing ja gut an.

Luri füllte meinen Becher mit Wein und reichte mir eine Platte mit undefinierbaren Speisen. Sie rochen und schmeckten so köstlich, dass mir das Wasser im Munde zusammenlief. Luri und Marlo unterhielten sich während des gesamten Essens mit mir. Langsam taute ich auf und fing an, von mir zu erzählen. Nur oberflächlich natürlich, schließlich hatte ich keine Ahnung, wie sie reagieren würden, wenn ich ihnen erklärte, dass ich aus einer anderen Welt kam. Ich war mir nicht ganz sicher, ob es vielleicht doch dem Wein geschuldet war, den Luri mir immer wieder nachschenkte, dass ich mich nicht mehr beklemmt, sondern sogar richtig wohl fühlte. Auch war ich froh darüber, dass die beiden Männer mich nicht so steif anredeten, sich stattdessen verhielten, als wären wir alte Bekannte. Für einen Moment wünschte ich es mir sogar. Freunde zu haben, war bestimmt eine schöne Sache. Doch ich klammerte mich nicht an diese Vorstellung, damit ich – falls ich irgendwann aus diesem Traum erwachen sollte – nicht in ein Loch der Enttäuschung fiel.

Ab und zu erkundigte sich die Königin, ob mir das Essen schmeckte, was ich ihr immer glücklich bejahte. So gut hatte ich schon lange nicht gegessen. Und obwohl ich mich prächtig mit den Männern amüsierte, verriet mir doch keiner von ihnen, warum ich eigentlich hier war.

Nach einer gefühlten Ewigkeit, in der nur gespeist, getrunken und geplaudert wurde, erhob sich die Königsfamilie und dankte allen für ihr Erscheinen. Erleichtert stieß ich die Luft aus, hätte doch nicht einmal mehr eine Traube in meinem Magen Platz gefunden, ohne dass ich geplatzt wäre. Die Gesellschaft löste sich nach und nach auf, und Luri und Marlo bedeuteten mir, dass ich ihnen und dem Königspaar folgen sollte.

Ich wurde in einen Raum geführt, bei dem es sich unverkennbar um eine Bibliothek handelte. Die Regale reichten vom Fußboden bis hinauf zur Decke und waren gefüllt mit Büchern. Alten, neuen, schmalen Exemplaren und auch dicken Wälzern. Ab und zu fehlte mal eines in den Reihen, wahrscheinlich wurde es gerade gelesen, doch ansonsten war die Sammlung atemberaubend. Nicht einmal unsere Stadtbibliothek hatte so viele Werke auf Lager. In der Mitte des Saals stand ein großes, mit rotem Samt überzogenes Sofa und, diesem gegenüber, mehrere gepolsterte Sessel.

»Bitte«, sagte die Königin zu mir und deutete auf das Sitzmöbel.

Als wir Platz genommen hatten, tauchte Nora neben mir auf und reichte mir ein Glas mit Wasser, das ich dankend annahm, da ich spürte, dass mir der Wein bereits zu Kopf gestiegen war. Der König sah mich freundlich an, beinah sogar liebevoll, und mir wurde wieder ganz unbehaglich.

Wer war dieser Mann?

»Du fragst dich sicher, warum du hier bist«, begann er.

Ich nickte wild, brachte jedoch kein Wort hervor. »Das ist eine umfangreiche Geschichte. Es wird ein langer Abend werden.«

»Nun, ich habe heute nichts anderes mehr vor«, entgegnete ich und lehnte mich zurück, damit ich wenigstens versuchen konnte, mich zu entspannen.

Der König lächelte. »Natürlich nicht.« Nachdem er einen bedeutenden Blick mit seiner Frau ausgetauscht hatte, setzte er zu einer Erklärung an.

3

Verwirrt und wütend ließ ich mich auf das Bett fallen. Der Weinnebel in meinen Gedanken hatte sich mit einem Schlag verflüchtigt. Wieder vollkommen nüchtern, verschränkte ich die Arme unter meinem Kopf und starrte Löcher in die Decke.

Zu erfahren, dass mein bisheriges Dasein aus einer einzigen Lüge bestanden hatte, brachte mich in einen Zwiespalt mit mir selbst. Einerseits konnte ich nicht glauben, dass meine Mutter mich mein Leben lang belogen hatte und die Welt, wie ich sie kannte, viel kleiner war, als die, in der ich mich plötzlich befand. Andererseits war ich erleichtert, dass es nun eine Erklärung dafür gab, weshalb ich so anders war.

Es klopfte an der Tür und nach meinem mürrischen *Herein* betrat Luri das Zimmer.

»Möchtest du reden?«, fragte er.

Ich setzte zu einem Kopfschütteln an, das sich jedoch schnell in ein Nicken verwandelte. Zu groß war meine Verwirrung, als dass ich sie vollkommen allein bewältigen konnte. Also setzte ich mich auf und rückte ein Stück zur Seite, damit er sich neben mich setzen konnte. Noch vor einem Augenblick brannten mir so viele Fragen auf der Zunge, die ich ihm hätte stellen können, doch plötzlich herrschte völlige Leere in meinem Kopf.

Wo sollte ich anfangen?

Nach einer Weile des Schweigens unterbrach der Prinz die Stille. »Du hast allen Grund, wütend auf uns zu sein, doch ich bitte dich, uns zu verzeihen. Wir - und besonders deine Mutter - wollten dich doch nur beschützen.«

»Und trotzdem hätte sie mir die Wahrheit sagen können«, brummte ich mürrisch und ballte die Hände zu Fäusten. »Stattdessen schleppte sie mich von einem Therapeuten zum anderen, als wäre ich verrückt.«

»Du meinst Heiler?«, fragte Luri. »Es tut mir leid, dass du so unwürdig behandelt wurdest, Cataleya.«

»Mein Name ist Leya.« Ich atmete tief ein und aus, versuchte, mich zu beruhigen. »Entschuldige, dass ich eben aufgesprungen und aus der Bibliothek gestürmt bin, aber ich bin wohl manchmal … ein wenig impulsiv.«

Luri lachte leise. »Das ist verständlich, wir haben damit gerechnet.« Als ich ihn überrascht ansah, lachte er nur noch lauter. »Wir sind vom selben Blut, Leya. Glaub ja nicht, du wärst der einzige Starrkopf in der Familie.«

Nun musste ich auch grinsen.

»Kannst du mir die Geschichte noch einmal erzählen?«, bat ich ihn. »Vielleicht verstehe ich es dann und kann meiner Mutter vergeben.«

Luri war einverstanden und bot mir an, mich aus den Stoffbahnen meines Kleides zu befreien. Dank ihm dauerte es nur Sekunden, wofür ich allein wahrscheinlich Stunden gebraucht hätte, und mich beschlich die Vermutung, dass er nicht zum ersten Mal einem Mädchen aus ihrem Gewand half. Aber das ging mich ja nun wirklich nichts an. Nur im Unterkleid bekleidet kletterte ich zurück auf das Bett und wir machten es uns auf den weichen Kissen gemütlich.

»Mein Vater, König Arnoldus von Lichtstein, hat eine jüngere Schwester, Juliana Amina von Lichtstein. Bitte lach nicht, Großmutter hatte einen Hang zu ausgefallenen Namen, wie dir sicherlich schon aufgefallen ist. Irgendwann war Juliana alt genug, um zu heiraten. Sie wurde mit Artur von Marenfels, einem König aus dem Osten, vermählt. Wir glaubten damals alle, es wäre eine gute und glückliche Verbindung und am Anfang war sie es auch. Nie hat Juliana mehr gestrahlt, als am Tag ihrer Hochzeit. Ein Jahr später gebar sie eine wunderschöne Tochter und das königliche Familienglück hätte vollkommener nicht sein können.« Er machte eine kurze Pause und ich versuchte, zu verinnerlichen, was er mir erzählte.

»Doch die Freude war nicht von langer Dauer«, fuhr Luri schließlich fort. »Ein Schatten legte sich über das Königreich Marenfels und der König verfiel dem Wahnsinn. Albträume suchten ihn heim, in der Nacht wie auch am Tage. Er konnte sich selbst nicht mehr beherrschen und beugte sich einer dunklen Macht, die schon einige Zeit versucht hatte, von ihm Besitz zu ergreifen. Er tat Juliana, seiner einst so geliebten Frau, furchtbare Dinge an und drohte damit, ihr das Kind zu nehmen. Doch eine in die Ecke gedrängte Mutter beschützt ihren Sprössling wie eine Löwin, also nahm sie das Mädchen und floh. Mit dem Neugeborenen auf dem Rücken und wundgelaufenen Füßen kam sie völlig entkräftet in Lichtstein an. Arnoldus schickte sie an einen Ort, an dem Artur sie niemals würde finden können. Königin und Tochter waren in Sicherheit, denn sie gelangten in eine Welt ohne Magie und Fabelwesen.« Sein ernster Blick suchte meinen. »Juliana ist deine Mutter. Dein Name ist Cataleya Amalia und du bist die Prinzessin von Marenfels. Und hier gibt es all das, vor dem deine Familie dich beschützen und es dir gleichzeitig niemals vorenthalten wollte.«

Wir saßen einige Zeit schweigend nebeneinander, die ich nutzte, um die Geschichte in Gedanken noch einmal durchzugehen, und erneut versuchte, zu verstehen, was hier gerade passierte. Ich hatte einen Vater. Er existierte. Und er war nicht irgendein Vollidiot, der mit einer schwangeren Frau und der einhergehenden neuen Verantwortung nicht zurechtgekommen war. Er war ein besessener König aus einer anderen Welt. Kontrolliert atmete ich ein und aus, um zu verhindern, dass mir das Essen wieder hochkam.

»Magie«, war schließlich das, was ich als Erstes von dem Gesagten aufgriff. »So etwas gibt es wirklich?«

Luri nickte. »Ich habe mich erkundigt, die Magie hat in deiner Welt durch Geschichten ein falsches Bild vermittelt bekommen«, versuchte er, mir zu erklären. »Es gibt keine Zauberer, die mit Worten und irgendwelchen Zutaten etwas bewirken können. Unsere Magie liegt im Wesen der

Natur selbst. Was für euch Fantasiegestalten sind, ist für uns normal. Wirkliche Kräfte haben bei uns nur übermächtige Wesen wie jenes, das deinen Vater befallen hat.«

»Und ihr glaubt, dass ich euch gegen Arturs Machtgier helfen kann?« Ich wollte ihn nicht Vater nennen. Ich hatte keinen Vater. Überhaupt war ich immer noch der Überzeugung, dass mich gleich das Klingeln des Weckers aus meinem Traum reißen würde. Zumindest wünschte ich mir das. Trotzdem konnte ich nicht verhindern, dass meine Faust eine Delle in dem Kissen hinterließ.

»Wir *hoffen*, dass du uns helfen kannst«, sagte er leise und fuhr sich müde mit der Hand über das Gesicht. »Siebzehn Jahre Krieg fordern ihren Tribut. Sicherlich ist dir die beschädigte Mauer aufgefallen, das Tor wurde dieses Jahr schon fünf Mal erneuert. Die Menschen verlieren ihren Glauben an unser Königshaus, deswegen muss dieser Krieg endlich ein Ende finden. Wir haben schon so vieles versucht, doch das Gute ist dem Bösen nicht gewachsen.«

Ich sah ihn verständnislos an. »Bin ich denn nicht gut?«

Seine Miene zeigte deutlich, dass er überlegte, wie er es mir am besten sagen konnte: »Du bist weder gut noch böse, Cataleya. Oder du bist beides. So genau weiß ich es nicht. Du trägst das Licht deiner Mutter und die Dunkelheit deines Vaters in dir. Das macht dich stark. Und gefährlich.«

Als er mir einen Kuss auf die Stirn gab, fand ich es ungewöhnlich, wie nah er mir war, obwohl wir uns erst vor wenigen Stunden kennengelernt hatten. Ich wusste nicht, ob all das stimmte, was sie erzählt hatten und was hier gespielt wurde. Ich wusste auch nicht, wer diese Menschen waren. Aber es fühlte sich richtig an, sie als meine Familie anzusehen.

»Ruh dich aus.« Er stand auf und reichte mir die Decke. »Wir reden morgen weiter. Wenn du dich dafür entscheidest, für unsere Sache zu kämpfen, dann beginnen wir mit deiner Ausbildung.«

»Ausbildung zu was?«

Doch er lächelte nur geheimnisvoll, wünschte mir eine gute Nacht und ließ mich mit meinen Gedanken allein.

Was für ein Klischee. Ein Mädchen landet so mir nichts, dir nichts in einer anderen Welt, ist dort angeblich eine Prinzessin und gleichzeitig die letzte Rettung vor dem drohenden Unheil? Ich hatte solche Geschichten schon in unzähligen Büchern gelesen, aber es jetzt selbst zu erfahren war etwas ganz anderes.

Wann klingelte denn endlich mein blöder Wecker?

Es dauerte lange, bis ich mich beruhigt hatte, und wahrscheinlich noch einmal so lange, bis ich eingeschlafen war. In der Nacht wachte ich öfters auf und wusste nicht recht, was ich tun sollte. Ich wälzte mich unruhig hin und her, döste dann jedoch immer wieder ein, bis ich erneut aus meinem leichten Schlaf erwachte. Irgendwann war ich so hellwach, dass ich aus meinem Bett kletterte, mir die Decke um die Schultern legte und mich ans Fenster stellte. Der volle Mond leuchtete hell und klar und warf unheimliche Schatten auf den Schlosshof. Als ich hinauf sah, fiel mir auf, dass es sogar zwei identische, strahlende Himmelskörper gab. *Wie war das möglich?* Ein seltsamer Anblick, aber dennoch wunderschön.

Plötzlich bemerkte ich eine Bewegung, einen Umriss, der zu groß für eine streunende Katze war und für mich nicht recht ins idyllische Bild passte. Ich öffnete die Glasscheibe, zog fröstelnd das Stofflaken enger und beugte mich über den Sims, um besser sehen zu können.

Wahrscheinlich hatte ich mich nur geirrt. Sicherlich drehten Wachmänner ihre Runden, wie das zu einem Palast gehörte. Ein Lufthauch wehte mir ins Gesicht, ich schloss die Augen und genoss dieses Gefühl der Frische. Ich atmete tief ein und war überrascht, wie rein die Luft sein konnte, unberührt von Abgasen. Dann änderte der Wind auf einmal die Richtung und mir stieg ein strenger Geruch in die Nase. Puh, okay, ich hatte vergessen, dass es dafür auch weder eine Müllabfuhr noch gescheit funktionierende Kanalisationsanlagen gab.

Als mich ein eisiger Hauch streifte, verriegelte ich das Fenster, wurde jedoch plötzlich brutal von hinten gepackt. Panik überfiel mich und ließ meinen Körper für den Bruchteil einer Sekunde erstarren. Dann registrierte ich die Gefahr, holte Luft, um zu schreien, doch eine große Hand presste sich auf mein Gesicht, raubte mir jeglichen Sauerstoff. Ein Arm legte sich um meinen Brustkorb und umfasste mich wie ein Schraubstock. Es war mir unmöglich, mich zu bewegen. Ein erstickter Laut entrang sich meiner Kehle. Ich bäumte mich auf, versuchte, mich den Fängen zu entziehen, doch mir wurde schnell klar, dass ich keine Chance hatte.

»Schön, dich wiederzusehen, Prinzessin«, zischte mir eine männliche Stimme ins Ohr. »Schade, dass es nur von so kurzer Dauer sein wird.«

Ich spürte etwas Kaltes an meinem Hals und wusste, dass es ein Messer war. Augenblicklich versteifte ich mich, wollte ihm keinen Anlass geben, zuzustechen.

»Du erinnerst dich natürlich nicht mehr an mich.«

Sein Tonfall ließ mich erschaudern. Er presste sein Gesicht an meinen Hals und sog scharf die Luft ein. Eine Gänsehaut überkam mich. Wer auch immer dieser Kerl war, er widerte mich an.

»Ich fühle deine Angst, sie ist so deutlich spürbar, wie dein weiblicher Leib kurvig ist. Aus dir ist wahrlich eine Frau geworden.«

Bitte, lieber, Gott, lass mich jetzt nicht sterben!

In dem Gefecht hatte ich die Decke verloren und durch den dünnen Stoff des Unterkleides konnte ich die Wärme seines Körpers wahrnehmen. Erneut ergriff die Furcht von mir Besitz, als mir klar wurde, was gleich passieren würde. Das Adrenalin durchflutete mich, beschleunigte meinen Herzschlag und verlieh mir Kraft.

Nicht mit mir!

Ruckartig drehte ich den Kopf zur Seite und biss ihm so fest ich konnte in einen Finger. Wirklich verletzt hatte ich ihn nicht, aber er fluchte und war für einen Moment abgelenkt. Das war meine Chance. Ich schrie, so laut ich konnte.

4

Wütend packte er mich am Schopf und warf mich auf das Bett. Ich versuchte, davon zu krabbeln, doch er zog mich gewaltsam zu sich zurück. Mit einer Hand hielt er mir wieder den Mund zu und mit der anderen schob er mir das Kleid über den Hintern, riss es in Fetzen, während das Gewicht seines Körpers mich in die Laken drückte. Tränen rannen in Strömen über meine Wangen, aber mein Schluchzen wurde in meiner Kehle erstickt und ich fühlte mich so hilflos wie ein frisch geborener Säugling.

War das nicht eigentlich der Moment, an dem ich aus diesem Albtraum erwachen sollte?

Plötzlich wurde die Tür aufgestoßen und Licht erhellte das dunkle Zimmer. Ich hörte Männerstimmen, jemand rief meinen Namen, aber die Furcht hatte meine Gedanken so vereinnahmt, dass ich nicht sagen konnte, was gerade passierte. Das Gewicht auf meinem Körper verschwand, ich konnte wieder frei atmen, doch ich tat es zu schnell. Hustend und weinend rutschte ich vom Bett, sank auf den Boden und versuchte mit meinen zitternden Fingern zu bedecken, was ich bedecken konnte. Tränen liefen meine Wangen hinab und tropften von meinem Kinn auf meine Brust.

Auf einmal war es ruhig. Jemand setzte sich neben mich und nahm mich in den Arm. Instinktiv versuchte ich, mich zu wehren, schlug und trat heulend um mich, aber der Griff blieb beharrlich. Mein Kopf wurde gegen eine breite Schulter gedrückt und eine große Hand strich mir behutsam übers Haar. Stück für Stück drang eine freundliche Stimme zu mir durch.

»Ich bin hier«, murmelte Marlo und drückte mich enger an sich. »Es ist alles gut, Prinzessin, Euch wird niemand mehr etwas anhaben.«

Ich schluchzte laut auf und vergrub mein Gesicht in seinem Hemd. Weitere Personen betraten das Zimmer, ihre Fackeln warfen einen unheimlichen Schatten an die Wand, aber Marlo positionierte sich so, dass ich vor neugierigen Blicken verborgen blieb. Er erteilte Befehle, die ich nicht verstand, dann war es erneut still.

»Ich bin bei Euch«, flüsterte er und wiegte mich sachte hin und her, bis das Beben meines Körpers nachließ und ich langsam wieder Herrin meiner Sinne wurde. *Was zum Teufel war das gewesen?* Traum hin oder her, ich musste hier weg. Mühsam versuchte ich, aufzustehen, doch meine erschöpften Beine wollten meinem Befehl nicht Folge leisten.

Vorsichtig hob Marlo mich hoch, legte mich auf das Bett und deckte mich zu, bevor er einige Schritte nach hinten trat.

»Wer war das gerade, der mich … der mich …«, stammelte ich.

»Das wissen wir noch nicht mit Sicherheit«, antwortete der Waffenmeister beherrscht, »doch wir werden es herausfinden. Ich werde persönlich dafür Sorge tragen, dass er so etwas nie wieder tun wird.«

Ich schluckte mehrmals, um den Frosch aus meinem Hals zu vertreiben, doch es wollte mir nicht so recht gelingen.

»Hat er jemanden …?« *Getötet*, wollte ich fragen, aber ich wagte es nicht, meine Befürchtungen laut auszusprechen. Zum Glück verstand mein Retter mich auch so.

»Das muss nicht Eure Sorge sein«, sagte er mit verkniffener Miene. Also lautete die Antwort *Ja*. Mein Herz begann erneut zu rasen. *In was für einem Zirkus war ich nur gelandet?* Es war hier nicht sicher, wenn Meuchelmörder unbemerkt durch ein Schloss spazieren konnten.

Marlo räusperte sich. Sein Unbehagen war nicht zu übersehen. »Verzeiht, Prinzessin, aber ich muss mir Gewissheit verschaffen. Hat er Euch-«

»Nein«, unterbrach ich ihn schrill, bevor er es in Worte fassen konnte. Bei der Vorstellung, er hätte vollendet, wozu er hergekommen war, wurde mir schlecht, weshalb ich mit zitternder Stimme hinzufügte: »Ihr seid gerade rechtzeitig gekommen.«

Erleichterung zeichnete sich auf seinem Gesicht ab und mit seiner Beruhigung kam auch meine Erschöpfung. Ich brauchte Schlaf, dringend sogar, doch das Adrenalin und der Schreck pochten immer noch durch meinen Körper. In solchen Momenten fühlte ich mich in meine Kindheit zurückversetzt. Ich brauchte nur meinen Kuschelhasen an die Brust drücken und schon würde die Welt wieder viel rosiger sein.

»Fips«, entfuhr es mir. »Wo ist er?«

»Beim König, er steht ihm beratend zur Seite«, antwortete Marlo umgehend. »Soll ich ihn für Euch holen lassen?«

»Nein.« Ich war kein Kind mehr und würde es auch ohne Kuscheltier überstehen.

Eine Weile herrschte Schweigen, doch ich bemerkte Marlos Blicke auf mir. »Wieso habt Ihr schwarze Farbe in Euren Haaren?«, fragte er schließlich und mir war klar, dass er das nur tat, um mich abzulenken.

Dafür war ich ihm sehr dankbar.

»Weil ich mich mit dunklen besser fühle, als mit hellen«, schniefte ich und konnte nicht verhindern, einen ängstlichen Blick zur Tür zu werfen. Ich rechnete jeden Moment damit, dass sie sich erneut öffnete und ein finsterer Geselle hineinstürmte.

Er runzelte die Stirn und sah mich nachdenklich an. Wahrscheinlich versuchte er, sich vorzustellen, wie ich mit blonden Haaren aussah.

»Habt Ihr normalerweise so helles Haar wie der Prinz?«

»Nein«, erwiderte ich und schüttelte den Kopf. »Ein hässliches Blond.«

»Warum habt Ihr es gefärbt?«

Es wunderte mich ein wenig, dass er diesem Thema gegenüber so gelassen reagierte, wo es im Mittelalter bestimmt schon als Hexerei galt. Oder hatte man das früher auch schon gemacht? Vielleicht hätte ich in Geschichte besser aufpassen sollen. Aber er wusste ja, dass ich aus einer anderen Zeit stammte. Vielleicht rechnete er mit solchen, für ihn ungewöhnlichen, Dingen.

»Schwarz hat etwas Geheimnisvolles an sich«, murmelte ich und unterdrückte ein Gähnen. »Es ist eine starke Farbe.«

Ich wusste, dass Schwarz und Weiß genau genommen gar keine Farben waren, doch mir war nicht klar, als was ich sie sonst bezeichnen konnte. Vielleicht war auch gerade das so faszinierend, schoss es mir durch den Kopf, während ich mich in die weichen Kissen kuschelte.

»Was hat es mit den beiden Monden auf sich?«, wollte ich wissen und hoffte, dass er auf meine Frage einging und mich seine Erklärung ablenken würde, bis ich eingeschlafen war.

»Die zwei Monde?«, fragte Marlo überrascht. »Was soll mit ihnen sein?«

»In meiner Welt … also dort, wo ich herkomme, gibt es nur einen. Warum habt ihr hier gleich zwei davon?«

Die linke Augenbraue des Kriegers hob sich ein wenig. »Es gibt eine Legende, sie existiert schon seit vielen, vielen Generationen. Die Mütter erzählen sie ihren Kindern oft vor dem Schlafen gehen.« Auffordernd blickte ich ihn an, woraufhin er sich auf die Bettkante setzte und lächelte. »Zu einer Zeit, in der die Menschen noch lange nicht erschaffen waren, sondern die Tiere und magische Wesen die Herrschaft über Erde und Wasser innehatten, da lebten hoch oben in den Bergen zwei einäugige Riesen.«

»Du meinst Zyklopen?«, fiel ich ihm sofort ins Wort. Ich liebte Geschichten aus der griechischen Mythologie.

Wieder sah er mich fragend an. »Wenn das in Eurer Welt der Begriff für einäugige Riesen ist, dann ja, ich rede von Zyklopen. Wie dem auch sei, diese Wesen waren friedliche Kreaturen, sie lebten in Einklang mit den anderen Lebewesen und der Natur. Ihre Namen waren Druna und Waldo. Eines Tages stürzte ein glühender Stern vom Himmel. Er riss einen tiefen Krater in den Berg hinein, doch zum Glück wurde keiner verletzt.«

Ich zog die Decke enger um mich und wischte mir das Salz meiner Tränen von den Wangen, während ich Marlos Geschichte lauschte.

»Die Riesen erkundeten das Loch, da sie als einzige groß genug waren, um wieder hinausklettern zu können. Doch sie konnten nichts Ungewöhnliches entdecken, und so beachteten die Tiere den gefallenen Stern nicht weiter. Mit der Zeit vergaßen sie ihn sogar vollends. Dann plötzlich verschwand ein Tier nach dem anderen wie von Zauberhand.« Der Waffenmeister räusperte sich und befeuchtete seine Lippen mit der Zunge. »Es dauerte lange, bis sie schließlich herausfanden, dass sich der gefallene Himmelskörper geöffnet hatte. Er war zu einer Art Portal geworden und zog jeden Tag ein weiteres Tier in seinen Schlund. Die Riesen konnten die Angst ihrer Freunde nicht länger ertragen. Also kletterte Waldo in den Abgrund hinein, schritt durch das Portal und zerstörte es mit den gewaltigen Schlägen seiner Fäuste. Druna tat es ihm von dieser Seite aus gleich. Der Berg erbebte, stürzte in sich zusammen und das Portal wurde für immer verschüttet. Die Riesen überlebten ihre Heldentat nicht, doch seit dieser Nacht erscheinen stets zwei Monde am dunklen Himmelszelt. Es heißt, Druna und Waldo sehen mit ihren wachsamen Blicken auf uns herab und beschützen uns auch heute noch.«

»Das ist eine sehr schöne Geschichte«, murmelte ich und konnte ein Gähnen nicht mehr unterdrücken.

Marlo erhob sich langsam von meinem Bett. »Das ist sie. Schlaft, Prinzessin. Ich werde auf Euch achten, bis Ihr wieder erwacht.«

»Bist du jetzt mein Leibwächter?«

Seine Grübchen vertieften sich. »Wenn Ihr das wünscht.«

Ich nickte schwach, ergriff seine Hand und hielt sie fest, während mir schließlich doch erschöpft die tränennassen Augen zufielen.

5

Ich schreckte hoch und brauchte einen Moment, um mich daran zu erinnern, wo ich war. Nach einem kurzen Augenblick der Orientierungslosigkeit, kamen alle Gedanken an letzte Nacht zurück. Ich war hinterrücks angegriffen worden und auch beinah … Mein Herzschlag beschleunigte sich. Nein, es war vorbei. *Es ist alles gut.* Die Sonne schien hell in das Zimmer und ihre Strahlen kitzelten mich an der Nase, sodass ich lautstark niesen musste.

»Wie fühlt Ihr Euch«, fragte der Waffenmeister. Er saß vor dem offenen Fenster und sah mich freundlich an, doch unter seinen Augen lagen tiefe Schatten. Er hatte wirklich auf mich aufgepasst. »Ihr werdet Euch letzte Nacht doch nicht etwa verkühlt haben?«

Sofort spielte mein Gedächtnis erneut die Bilder von gestern ab. *Es ist vorüber, Leya. Er ist fort.* Das Lächeln verschwand von Marlos Lippen. »Prinzessin«, sagte er krampfhaft, richtete sich auf und verschränkte die Arme hinter seinem Rücken. »Mit Verlaub, es stand mir nicht zu, Euch vergangene Nacht so nahe zu kommen und deswegen bitte ich Eure Hoheit untertänigst um Vergebung.«

Ich schmunzelte. »Ist schon okay.«

Die Verwirrung spiegelte sich unübersehbar in seinen Gesichtszügen. »Was bedeutet *okay*?«

»Du hast nichts Unrechtes getan«, beantwortete ich seine Frage, gähnte und streckte mich, bis es in meinem Rücken laut knackte. »Wie spät ist es?«

»Bald Mittagszeit«, gab er zurück. »Nicht mehr lange und die Sonne erreicht ihren höchsten Punkt. Hier, esst erst einmal etwas.« Er deutete auf einen kleinen, aber reich gedeckten Tisch mit Früchten aller Art. Ich kannte kaum eine der dort liegenden Sorten, doch sie sahen so frisch und saftig aus, dass kein Obst aus dem Supermarkt jemals hätte mithalten können.

Voller Freude auf das Frühstück schlug ich die Decke zurück, nur um sie im nächsten Moment – und mit brennenden Wangen - wieder an mich zu ziehen und mich beschämt zu räuspern.

»Oh«, entfuhr es Marlo. »Verzeiht mir.«

Mit wenigen Schritten war er an der Tür, öffnete sie und sah hinaus. »Nora?« Niemand schien seinem Ruf zu antworten, weswegen er seufzend den Zimmereingang wieder verschloss und sich dem Schrank zuwendete. Er öffnete ihn, suchte eines der Nachtgewänder heraus, reichte es mir und drehte mir den Rücken zu, damit ich mein zerrissenes Kleid gegen das andere tauschen konnte. Als ich mich fertig umgezogen hatte, setzte ich mich an den Tisch und griff nach einem verlockend aussehenden Stück Obst. Beherzt biss ich in eine blutrote Frucht hinein, sodass mir der süße Fruchtsaft das Kinn herunterlief. Beschämt wischte ich mich mit einem Tuch sauber, das er mir grinsend entgegenhielt.

»Ihr scheint noch nie eine Feuerfrucht zu Euch genommen zu haben«, stellte er fest.

Ich schloss genüsslich die Augen. »In meinem ganzen Leben habe ich nie etwas vergleichbar Leckeres gegessen.« Seufzend öffnete ich die Lider und schaute ihn überrascht an. Weil mir sein Blick, der plötzlich so prüfend auf mir ruhte, unangenehm war, rieb ich mir hastig über das Kinn. »Habe ich noch Saft im Gesicht?«

Er schüttelte den Kopf. »Verzeiht mir, ich wollte Euch nicht anstarren. Es ist nur …«

»Ja?«

»Ihr strahlt.«

Das verwirrte mich. »Ich strahle?«

Er fuhr sich mit der Hand durch das Haar, blinzelte mehrmals, als wollte er sich versichern, dass er keine Wahnvorstellungen hatte. »Ihr habt ein rötliches Schimmern um Euch.«

Ich sah mich um, konnte jedoch nichts erkennen. »Ist das schlecht?«

»Ich weiß es nicht. Das ist … seltsam. Noch nie hatte eine Feuerfrucht so eine Auswirkung auf einen Menschen. Die einzigen Wesen, die die Kraft dieser Frucht zum Vorschein bringen können, sind …« Er zögerte, schien mit sich zu ringen, ob er mir diese Information wirklich anvertrauen sollte.

Mit großen Augen sah ich ihn an, drängte ihn dazu, mir zu antworten: »Was für Wesen?«

»Drachen.«

»*Drachen*?« Ich konnte mir ein Lachen nicht verkneifen. »Es gibt tatsächlich *Drachen*?«

Sein ernster Blick jagte mir einen Schauer über den Rücken. »Sie sind die dunkelsten Geschöpfe von allen. Sie dienen einzig und allein dem Bösen. Keiner weiß, wo sie leben oder wo sie als Nächstes ihr Unwesen treiben. Ihr solltet Euch vor ihnen in Acht nehmen.«

Ich stieß langsam die angehaltene Luft aus, was wie ein schwerer Seufzer klang. Drachen also. Obwohl es mich nicht wirklich überraschte. Nicht, nachdem sich mein Kuschelhase nach fast achtzehn Jahren in ein richtiges Kaninchen verwandelt hatte und wir durch einen See in eine andere Welt gelangt waren. In diesem Moment hielt ich alles für möglich.

»Sobald Ihr gegessen habt, bringe ich Euch zum König. Er wird mit Euch über das reden, was letzte Nacht geschehen ist.«

Ein Zittern durchlief meinen Körper, doch ich schluckte meine Angst rasch herunter. »Wird *er* auch da sein?«

Marlo sah mich mit einem besorgten Ausdruck in den Augen an und nickte schließlich. »Der König wird über ihn richten, aber keine Sorge, Prinzessin, ich werde Euch nicht mehr von der Seite weichen. Ich beschütze Euch mit meinem Leben.«

Dieser Aufopferungswille war mir unheimlich, doch andererseits konnte ich froh sein, dass ich mich der Situation nicht allein stellen musste. Ich putzte mir meine klebrigen Finger an dem Tuch ab, legte es auf den Teller und schob ihn von mir. Mir war der Appetit vergangen.

»Bringen wir es hinter uns.«

Der Waffenmeister nickte verständnisvoll. »Ich hole Nora, sie wird Euch beim Ankleiden helfen.«

»Marlo?«

Er hielt im Gehen inne und sah fragend zu mir zurück. »Ja, Prinzessin?«

Ich zwang meine Mundwinkel dazu, nach oben zu wandern. »Danke.«

Er erwiderte mein, mit Sicherheit, klägliches Lächeln. »Bedankt Euch nicht, Cataleya. Das ist meine Aufgabe, dafür bin ich da.«

Natürlich war er das. Ich sah ihm nach, bis sich die Tür hinter ihm geschlossen hatte. Erst dann erstarb mein Lächeln und eine einsame Träne bahnte sich ihren Weg über meine Wange. Hastig wischte ich sie fort. In dem Moment öffnete sich erneut die Tür mit leisem Knarzen und Nora kam herein. Schweigend sah sie mich an, bevor sie den Blick senkte und mir half, mich anzuziehen. Ich war ihr dankbar dafür, denn ohne ihre Hilfe hätte ich mich in den vielen Stoffbahnen verirrt.

Sie puderte mir das Gesicht, ließ die Schwellungen unter meinen Augen verschwinden. Dann nickte sie zufrieden, ging zurück zu der Tür und klopfte dagegen. Marlo kam wieder in den Raum und schenkte mir einen aufmunternden Blick. Er bot mir galant seinen Arm und ich ergriff ihn.

»Ich habe gar nicht gefragt, wie es dir geht«, bemerkte ich, während er mich durch die Gänge führte.

»Mir geht es gut, Prinzessin.«

Ich sah ihn von der Seite an, glaubte ihm kein Wort. »Du siehst müde aus.«

Er seufzte leise. »Ich leide seit einiger Zeit unter Schlaflosigkeit. Die letzte Nacht hätte ich sowieso kein Auge zugetan.« Er hielt an und sah mir mit festem Blick entgegen. »Seid Ihr bereit?«

»Würde es etwas ändern, wenn nicht?« Ich schluckte schwer, um das Kratzen in meinem Hals zu vertreiben, dann zwang ich mich zu einem schwachen Nicken.

»Ich weiche nicht von Eurer Seite«, versicherte er und stieß die Türen auf.

Es wurde still um uns, als wir gemeinsam durch den Raum schritten. Der König stand erhobenen Hauptes in unserem Blickfeld, eine Handvoll seiner Krieger um ihn herum.

Ich gestattete es mir, einen kurzen Blick auf ihre Rüstungen zu werfen. Die Harnische waren so akribisch poliert worden, dass das Symbol auf Brusthöhe glänzte. Ich betrachtete es näher. Es war ein Gebilde aus einer Art Efeu, der sich um einen unförmigen Gegenstand rankte und es hatte Ähnlichkeit mit einem Felsen, von dessen Spitze Strahlen in den Himmel führten. Wahrscheinlich war es das Wappen von Lichtstein, denn ich hatte dieses Zeichen schon auf einigen Fahnen gesehen.

Vor den Kriegern auf dem Boden kauerte eine Gestalt, und auch wenn sie von zwei weiteren Soldaten verdeckt war, wusste ich genau, um wen es sich handelte. Wut stieg in mir auf und Marlo berührte mich sanft an der Schulter. Ich atmete tief ein und versuchte, mein Zittern unter Kontrolle zu bekommen.

»Komm her, mein Kind.« Arnoldus streckte mir seine Hände entgegen. Als ich sie ergriff, zog er mich zu sich heran und küsste mich auf die Stirn.

Mein Blick fiel auf den Gefangenen. Er sah aus wie die Penner, die sich nachts im Park neben dem Bahnhof herumtrieben und das bisschen erbettelte Geld in Alkohol oder Drogen investierten. Sein kurzes Haar stand ihm wild in alle Richtungen ab, das Gesicht war eingefallen, gezeichnet vom Schmutz der Straße, und die Augen umrandeten tiefe Schatten. Allein die staubigen Gewänder, die er am Leib trug, zeigten seine wahre Herkunft. Der Stoff war fein und edel, das konnte selbst ich als absoluter Modemuffel erkennen. Mit Sicherheit hatte der Kerl einen unschuldigen Adeligen überfallen und dessen Klamotten gestohlen. Dennoch sah er nicht so aus, als hätte er ein angenehmes Leben. Aber auch das konnte die Abscheu nicht vertreiben, die ich für ihn empfand.

»Schön, dich wiederzusehen, Leya.« Seine kratzige Stimme ließ mich erschaudern, rief sie doch die Bilder der vergangenen Nacht in mir hervor. Unwillkürlich wich ich einen Schritt von ihm weg, woraufhin einer der Krieger dem Gefangenen in den Rücken trat, sodass dieser stöhnend nach vorn sackte.

»Erweise unserer Prinzessin die Hochachtung, die ihr gebührt!«, fuhr der Soldat ihn an.

Der König hob die Hand und der Wachmann zog sich zurück.

»Was hattest du im Schlafgemach meiner Nichte zu suchen?«, fragte Arnoldus scharf, seine Stimme duldete keine Lügen.

Der Häftling lachte leise. »Ich habe sie lange nicht gesehen und wollte sie willkommen heißen.«

»Du wolltest sie schänden, unter meinem Dach, vor unseren Augen.« Die Kälte in den Worten des Königs machte mir Angst. Und ich war mir nicht sicher, ob es ihm tatsächlich um mich ging oder ob er so wütend war, weil der Fremde es ungesehen in sein Schloss geschafft hatte.

»Sie ist zum Anbeißen lecker.« Der Mann musterte mich unverhohlen und sein boshaftes Grinsen fuhr mir durch Mark und Bein.

»Du mieses Arschloch!« Ich wollte mich auf ihn stürzen und ihm das Gesicht zerkratzen.

»Cataleya!« Die Strenge in der Stimme des Königs und Marlos fester Griff an meinem Arm hielten mich zurück. Ich stieß hart die Luft aus und ballte meine Hände zu Fäusten, sodass sich die Fingernägel in meine Handballen gruben. Der Schmerz beruhigte mich.

Nachdem Arnoldus sich sicher war, dass ich nicht über den Gefangenen herfallen würde, verschränkte er die Arme hinter seinem Rücken und beugte sich vor.

»Ich weiß, wer du bist«, sagte er, »und ich weiß, warum du hier bist. Merke dir meine Worte: Du wirst sie niemals bekommen! Nicht solange noch Leben in mir oder meiner Familie ist!«

Der Fremde sah mich eindringlich an, bevor er sich an den König wandte: »Gehöre ich denn nicht zur Familie?«, fragte er diesen, ohne mich dabei aus den Augen zu lassen.

Arnoldus schnaubte. »Nicht zu meiner.« Er brachte sein Gesicht noch näher an das des Häftlings heran. »In drei Tagen hast du eine Verabredung mit dem Galgen. Wenn du bis dahin Einsicht zeigst, ermögliche ich dir den schnellen Tod durch einen kurzen Stich ins Herz.« Er gab seinen Soldaten einen Wink, woraufhin sie den Gefangenen grob packten und ihn mit sich schleiften.

»Was hat er damit gemeint?«, fragte ich sichtlich verwirrt. »Warum hat er mich so angesehen?«

Der König betrachtete mich schweigend, dann strich er mir liebevoll über die Wange. »Du bist genauso schön wie deine Mutter.« Er wandte sich einem seiner Krieger zu. »Findet heraus, wie er in das Schloss gelangen konnte. Wenn es einen Verräter unter uns gibt, will ich ihn unverzüglich in Ketten wissen.«

Der Soldat verneigte sich und verließ mit schnellen Schritten den Saal.

»Hey«, sagte ich, empört darüber, dass ich einfach ignoriert wurde. »Das war keine Auskunft auf meine Frage.«

Trotzig stemmte ich die Hände in die Hüften und pfiff auf die scharfen Blicke der Wachen. Es war mir egal, dass ich mich nicht wie eine Prinzessin verhielt. Ich hatte sowieso keine Ahnung, wie das ging. Aber sie hatten mich hierher geholt, und ich wollte Antworten!

»Nein.« Der König schüttelte traurig den Kopf. »Du hast recht. Sein Name ist Falk, er ist der uneheliche Sohn von Artur, einige Jahre geboren, bevor er meine Schwester ehelichte. Falk ist dein Bruder.«

Entsetzt stolperte ich ein paar Schritte zurück, spürte, wie meine Knie weich wurden, und Marlo, der mir Halt gab. Der Gedanke, dass ich beinah von meinem Halbbruder … Die Vorstellung war so ekelerregend, dass mir übel wurde. Ich bereute augenblicklich, dass ich auf einer Antwort beharrt hatte.

»Bring mich hier raus«, bat ich Marlo. »Ich brauche dringend frische Luft.«

Die Bäume zogen an mir vorbei wie in einem Film. Ich rannte, so schnell mich meine Füße tragen konnten und es dauerte einen Moment, bis ich begriff, wohin meine Beine mich führten: Zurück zu dem kleinen See, durch den ich in diese verfluchte Welt gelangt war. Ich hatte mir das anders vorgestellt. Vor allem wollte ich keine Heldin spielen, die ich eindeutig nicht war. Und auf gar keinen Fall riskierte ich es weiterhin, vergewaltigt zu werden, schon gar nicht von meinem eigenen Bruder! Wenn mein angeblicher Onkel mir tatsächlich die Wahrheit gesagt hatte. Aber es war auch völlig egal, wer dieser Kerl sein mochte. Ich befand mich gerade einmal einen Tag hier, erfuhr, dass mein ganzes Leben aus einer einzigen Lüge bestand, und wurde dann auch noch fast …

Hör auf, darüber nachzudenken, Leya! Verschwinde einfach von hier!

Beim Laufen fühlte ich mich von jedweder Last befreit, und so lief ich schneller und immer schneller, bis meine Beine schließlich nachgaben und ich mich erschöpft ins weiche Gras fallen ließ. Ich schloss die Augen und rang keuchend nach Luft, während ich meinem Herz lauschte, das so heftig schlug, als würde es mir jeden Moment aus der Brust springen.

In einiger Entfernung hörte ich Wellen sanft gegen das Ufer schlagen. Der See konnte nicht mehr weit sein, doch ich war zu fertig, um noch einen einzigen Schritt zu gehen. Einen Augenblick später hatte Marlo mich eingeholt. Fluchend setzte er sich neben mich auf die Wiese.

»Ihr seid ganz schön schnell«, sagte er schließlich anerkennend, als er zu Atem gekommen war. »Und das, obwohl Ihr ein Kleid tragt.«

Ohne ihn anzusehen, hob ich mit der Hand den kaputten Stoff meines Gewandes in die Höhe. »Ich habe es zerrissen.«

Dann öffnete ich die Augen und blickte in den strahlend blauen Himmel hinein. »Ist das hier alles Realität?«, murmelte ich und beobachtete einen Zitronenfalter, der friedlich seine Runden flog. »Oder bin ich gar nicht hier, sondern zu Hause, in meinem Bett möglicherweise, und alles ist nur ein böser Traum …« Moment mal … das war gar kein Schmetterling. Vor mir flatterte die fingergroße Version einer Frau mit gelben Flügeln durch die Luft. Ungläubig starrte ich ihr hinterher.

»Ich kann Euch sagen, dass Ihr für mich wahrhaftig seid, Prinzessin.«

Scheiße.

Wenn das alles doch nicht meiner Einbildung entsprang … *Oh mein Gott, ich war tatsächlich in einer anderen Welt gelandet!* Und mein sprechender Kuschelhase, meine Familie, der Schatten und der Kerl von gestern Nacht … sie alle entsprachen Wirklichkeit!

Ein beklemmender Druck legte sich auf meinen Brustkorb, das Atmen fiel mir schwer und ich japste keuchend nach Luft.

»Hoheit?«, fragte der Waffenmeister besorgt. »Fühlt Ihr Euch nicht wohl?«

Ich schlug seine Hand zur Seite und konzentrierte mich darauf, nicht zu ersticken. *Was hatte ich nur getan? Wie hatte das überhaupt passieren können?*

»Warum bin ich hier, Marlo?« Meine Stimme war nicht mehr als ein Hauch. Mühsam versuchte ich, die aufsteigenden Tränen hinunterzuschlucken. Auf gar keinen Fall wollte ich zu einer Heulsuse mutieren, aber es war nicht leicht, die plötzliche Panikattacke zu verbergen.

Überrascht sah er mich an. »Ihr seid unsere einzige Hoffnung.«

Ein verzweifeltes Schnauben entwich meinen Lippen. »Das ist viel Verantwortung.«

»Ja«, sagte er leise und wich meinem Blick aus. »Das ist es wohl.«

Ich richtete mich auf und stützte mich mit den Händen ab. Das drückende Gefühl flaute langsam ab und das Atmen fiel mir wieder leichter. »Was ist eigentlich meine Aufgabe in dem ganzen Spiel?«

Wollte ich das wirklich wissen? Zog ich es tatsächlich in Erwägung, mich auf einen Kampf einzulassen, der mir eigentlich völlig egal sein konnte?

»Das wissen wir noch nicht genau«, antwortete er ehrlich. »Wenn Ihr bereit seid, beginnen wir mit Eurer Ausbildung.«

»Ausbildung zu was?«, fragte ich, doch wie Luri zuvor, lächelte er nur.

»Wie soll ich wissen, ob ich bereit bin, wenn ich nicht weiß, was mit mir geschehen wird?«

Marlo lachte. »Wenn Ihr soweit seid, dann werdet Ihr Euren Weg finden. Er wird sich Euch offenbaren. Doch Ihr werdet es nie herausfinden, wenn Ihr jetzt in Eure Welt zurückkehrt.«

Stöhnend legte ich mich wieder ins Gras. Er hatte also bemerkt, wo ich hingelaufen war. Aber warum mussten immer alle in Rätseln sprechen? Sie hatten schließlich kein Kind vor sich sitzen!

»Hier.« Marlo reichte mir ein Messer, ziemlich klein und schlicht, doch als ich es aus der Scheide zog, erkannte ich die Schärfe der Klinge.

Zögerlich nahm ich die Waffe entgegen. Ich hatte keine Ahnung, wie man mit so einem Ding umging. »Was soll ich damit?«

Er lächelte. »Befestigt es in Eurem Stiefel. Für alle Fälle.«

»Danke.«

Er winkte ab und ich wunderte mich, warum er all das für mich tat, warum er immer da war, wenn ich ihn brauchte.

»Hast du eine Familie, Marlo?«, fragte ich ihn interessiert. Seine Miene verdunkelte sich und seine Augen befiel ein zorniger, vielleicht auch trauriger Ausdruck. Ich biss mir auf die Lippe und bereute meine Direktheit. »Entschuldige, ich wollte nicht so aufdringlich sein.«

Seine Züge glätteten sich und er lächelte mich schwach an. »Ich hatte eine Familie«, sagte er leise.

Meine Neugier wurde immer größer, doch dieses Mal wollte ich ihn nicht so bedrängen.

Marlo lehnte sich zurück und zupfte etwas Gras aus der Erde. »Ich war Schmied in einem kleinen Dorf, weniger als einen Tagesmarsch von hier entfernt. Den ganzen Tag arbeitete ich bis zur Erschöpfung und wenn ich abends nach Hause kam, dann erwarteten mich meine wunderschöne Frau Nala und mein kleines Mädchen Sara. Wenn ich die beiden in meinen Armen hielt, war jedwede

Müdigkeit vergessen. Mein Leben hätte nicht schöner sein können.« Er stockte.

»Was ist passiert?«, fragte ich atemlos.

»Das Feuer hat sie mir genommen.« Er hob den Blick und sah mich geradewegs an. »Drachen. Sie kamen mitten in der Nacht und zerstörten das ganze Dorf. Nur wenige haben den Angriff überlebt.«

»Das tut mir so unendlich leid«, flüsterte ich ehrlich.

»Der König hat mich bei sich aufgenommen. Seit über fünf Jahren lebe ich nun an seinem Hof, doch es vergeht kaum eine Nacht, in der ich nicht ihre Schreie höre. Ich hätte sie retten können.« Er packte einen faustgroßen Stein und warf ihn zornig fort. Ich konnte das Platschen des Kiesels auf der Wasseroberfläche des Sees vernehmen. Es war also tatsächlich nicht mehr weit. Womöglich war das hier meine letzte Chance, zu verschwinden.

Marlo blinzelte stark. »Aber ich war nicht da.«

Dann brachten ihn seine Schuldgefühle dazu, auf mich Acht zu geben. Ich betrachtete ihn von der Seite: seine zusammengepressten Lippen, das markante Kinn und der traurige Ausdruck in seinen dunklen Augen, der in mir den Drang auslöste, ihn zu trösten. Er wirkte verbittert und seine Kiefermuskeln traten hin und wieder hervor, wenn er die Zähne zusammenbiss. Ich musste zugeben, dass er ziemlich gut aussah, auch wenn er, aufgrund der Tatsache, dass er bereits verheiratet und Vater gewesen war, doch älter sein musste, als ich ihn einschätzte. Und dennoch glaubte ich nicht, dass er die Dreißig schon überschritten hatte.

Noch ehe ich selbst verstand, was ich im Begriff war zu tun, hatte ich die Worte schon ausgesprochen: »Ich werde es machen.«

Marlo sah mich mit einem tiefen Blick an, der direkt in meine Seele zu treffen schien. »Gut.«

Als er sich erhob und mir seine Hand hinhielt, ergriff ich sie und ließ mich von ihm auf die Beine ziehen.

»Dann solltet Ihr Euch ein wenig ausruhen. Wir beginnen mit Eurer Ausbildung drei Stunden nach Mitternacht.«

Mitten in der Nacht? Wollte er mich veräppeln?

Dann erst wurde mir wirklich bewusst, was das für mich bedeutete. Ich steckte in einer Welt fest, die mir völlig fremd war, und in der eine Aufgabe auf mich zukam, von der ich nur wusste, dass sie bestimmt nicht einfach werden würde. Es gab kein Zurück mehr. Meine Beine fühlten sich plötzlich an wie Wackelpudding, als ich Marlo zum Schloss folgte, und mein Herz raste in einem fort.

Verfluchter Mist. Warum musste mein Mund auch immer schneller sein als mein Gehirn?

6

Leise stahl ich mich im Schatten der Gänge durch das Schloss, schlich die vielen Stufen der langen Treppen hinunter. Auf Marlos Anweisung hin hatte ich beim Ankleiden auf die weiten Röcke verzichtet und mich stattdessen für eine enganliegende Lederhose entschieden. Agatha war alles andere als begeistert gewesen, doch nach einigen Diskussionen und meinen Überzeugungskünsten hatte sie schließlich zugestimmt, dass ich für meine Ausbildung - zu was auch immer - keine Kleider tragen brauchte.

Zum Glück weitete sich das enge Beinkleid durch meine Körperwärme, sodass sie perfekt saß. Als ich mich im Spiegel betrachtet hatte, hatte ich selbst zugeben müssen, dass ich in dieser Hose einen wirklich knackigen Hintern besaß. Wenigstens ein kleiner Lichtblick zu dieser frühen Stunde.

Das Leinenhemd saß ebenfalls wie angegossen und ließ mir die Bewegungsfreiheit, die ich womöglich brauchen würde. Ich wusste nicht, was mich erwartete, doch mein Bauchgefühl sagte mir, dass ich auf alles vorbereitet sein sollte. Also umschlossen meine Finger den kühlen Griff des Dolches, um für jede Situation gewappnet zu sein.

Langsam huschte ich weiter, öffnete die letzte Tür und befand mich auf dem Schlosshof. Nur vereinzelt erhellte eine Fackel das Gemäuer und warf unheimliche Schattenspiele an die Wand. Auch die Monde waren von Wolken verdeckt und spendeten in dieser Nacht nur wenig Licht. Die Stille wirkte trügerisch und ich spürte, wie mich der Wind zum Frösteln brachte und sich mir die Nackenhaare aufstellten.

Ich war nicht allein.

Eine Bewegung zu meiner Rechten ließ mich herumfahren. Ich verengte die Augen zu Schlitzen, um besser sehen zu können, doch es war niemand zu erkennen. Tief atmete ich ein und versuchte, mich auf meine Umgebung zu konzentrieren, doch aufgrund meines laut pochenden Herzschlags war das nicht leicht. *Was für ein Spiel treibst du mit mir, Marlo?* Ich hörte, wie eine Klinge aus der Scheide gezogen wurde. Das schabende Geräusch verursachte mir eine Gänsehaut und ließ mich panisch um meine eigene Achse wirbeln. Der Dolch würde mir gegen ein Schwert keine große Hilfe sein. Neben mir vernahm ich einen verräterischen Laut. Keuchend schnellte ich nach vorn und wich dem ersten Schlag etwas unbeholfen aus. Den nutzlosen Dolch ließ ich fallen, fokussierte mich stattdessen auf meine Arm- und

Beinarbeit. Wenn ich überleben wollte, durfte ich nicht in die Nähe der Waffe kommen.

Aus dem Augenwinkel sah ich eine weitere Klinge im schwachen Mondlicht aufblitzen. Schnell duckte ich mich unter dem Hieb hinweg, ergriff meinen Gegner am Ärmel und zerrte ihn mit aller Kraft aus seiner Deckung in die Mitte des Hofes. Fluchend stolperte Luri an mir vorbei. Bevor ich meinen Triumph auskosten konnte, wurde ich grob von hinten gepackt und mit eisernem Griff festgehalten, eine kalte Schneide an meiner Kehle.

»Prinzessin«, raunte mir Marlo ins Ohr. »Ihr seid tot.«

Schnaubend riss ich mich los. »Das war nicht fair!«

Marlo lachte. »Das ist es in den seltensten Fällen.«

Grummelnd stemmte ich die Hände in die Hüften. »Ich war nicht darauf vorbereitet.«

»Natürlich warst du das. Du hattest den Dolch griffbereit, noch bevor ich dich gesehen habe«, sagte Luri und steckte sein eigenes Messer zurück in die Scheide. »Du hast dich gut geschlagen – für ein Mädchen.«

Wütend funkelte ich ihn an.

»Er hat recht«, bekräftigte Marlo ihn. »Ihr wart gut. Ein bisschen zaghaft, aber das ist eine Grundlage, mit der ich arbeiten kann.«

Ich verschränkte die Arme vor der Brust. »Eine kleine Vorwarnung wäre trotzdem nett gewesen.«

»Sei nicht eingeschnappt«, lachte Luri und boxte mir kameradschaftlich gegen die Schulter. »Lass uns gehen.«

»Wohin?«, fragte ich nach kurzem Zögern, weil ich dann doch ein bisschen neugierig geworden war.

»Du wirst schon sehen«, war allerdings alles, was ich von dem Prinzen zu hören bekam.

Schnaubend verdrehte ich die Augen. Ich hasste es, wenn ich nicht wusste, worum und wohin es ging. Auf der anderen Seite kribbelte es mir vor Aufregung in den Fingern. Seufzend rannte ich den beiden nach, die den Hof bereits überquert hatten. Wir durchschritten das Schlosstor und zu meiner Überraschung führte uns eine gepflasterte Straße durch die Stadt.

Im schwachen Schein der Monde konnte ich mich ein wenig umsehen, während wir zwischen den Gebäuden hindurch liefen. Die Häuser waren ebenfalls aus weißen Steinen gebaut, wie der Palast, und auch hier waren die Dächer mit roten Ziegeln gedeckt worden. Schlagläden aus dunklem Holz verhinderten leider, dass ich einen Blick in die Bauten hineinwerfen konnte. Mich würde wirklich interessieren, wie man in einer mittelalterlichen Stadt lebte. Wenigstens schien es den Menschen hier gut zu gehen. Wenn ich an das Mittelalter dachte, hatte ich immer ein Bild von Armut vor meinem inneren Auge, doch davon konnte ich hier nichts entdecken. Arnoldus war offenbar ein guter König, der sich auch um sein Volk kümmerte. Das beruhigte mich. Nur der beißende Geruch nach Fäkalien verdeutlichte mir, dass ein wenig Fortschritt nicht schaden würde. Es war unheimlich still, um diese Uhrzeit aber nicht verwunderlich. Ich würde jetzt auch lieber in meinem Bett liegen, als durch die kalte Nachtluft zu marschieren. Nur vereinzelt kam uns jemand entgegen, der sich, nach dessen Singlauten und schwankendem Gang zu urteilen, wohl ein Glas zu viel gegönnt hatte.

Wir ließen die Stadt hinter uns und betraten einen angrenzenden Wald. Weil das Mondlicht nicht durch die dichten Baumkronen hindurch drang, war es plötzlich so finster, dass ich mich an Luris Hemd festhalten musste, um ihn nicht zu verlieren. Allein würde ich nie hier rausfinden.

Plötzlich hielten die beiden Männer an.

»Was ist los?«, fragte ich verunsichert.

»Wir zeigen dir unsere Welt«, hörte ich Luris Stimme dicht neben mir. »Sieh genau hin.«

Bewegungslos verharrten wir in der Dunkelheit und starrten ins finstere Nichts, als ich auf einmal ein Glühwürmchen erkennen konnte. Ich wollte gerade anfangen zu lachen und den Jungs sagen, dass das nichts Ungewöhnliches für mich war, als ich erkannte, was da wirklich vor uns durch die Luft schwebte. Es war eine kleine Frau mit gelb leuchtenden Flügeln, so eine, wie ich sie heute schon einmal gesehen hatte. Ein seichtes Schimmern umgab sie und als sie mit einem leisen Kichern davon flog, hinterließ sie eine zarte Spur aus Glitzerstaub. *Das gab es doch nicht!*

»Wunderschön, nicht wahr?«, raunte Luri leise, ergriff meine Hand und zog mich weiter. Ich antwortete nicht, so entzückt war ich noch von diesem Anblick, folgte ihm einfach stumm durch die Dunkelheit.

Wir waren schon eine Weile unterwegs, als der Wald etwas lichter wurde, das Mondlicht uns wieder den Weg weisen konnte und sich vor uns schließlich eine Felswand auftat.

Oh nein, bitte lasst mich da nicht hinaufklettern müssen …

Als Marlo begann, geschickt den Steilhang zu erklimmen, bewahrheitete sich meine Befürchtung.

»Was ist mit Euch?«, fragte er und sah grinsend auf mich hinunter.

»Ich bin nicht schwindelfrei«, gestand ich und spürte bereits das mulmige Gefühl in meinem Bauch aufsteigen.

»Dann seht nicht nach unten.«

Ein ganz toller Tipp, danke. Ich legte meinen Kopf in den Nacken und versuchte abzuschätzen, wie weit die Wand hinaufragte. Bestimmt an die zehn Meter. Unwillkürlich wich ich zurück. *Das wird nicht gutgehen.* Ich sah mich schon auf dem Totenbett liegen, blass und leblos.

»Keine Sorge, ich bin direkt hinter dir.« Luri klopfte mir beruhigend auf die Schulter, konnte sich ein Lachen jedoch nicht verkneifen. »Wenn du fällst, fang ich dich auf.«

Nie im Leben. Luri war zwar alles andere als schwach, aber selbst er würde meine sechzig Kilo im freien Fall nicht auffangen können, wenn er sich selbst an der Wand halten musste. Wir würden beide hinabstürzen und uns alle Knochen brechen.

Ich schluckte den Kloß in meinem Hals runter und trat an die Felswand heran. Mit zitternden Händen suchte ich nach einem Vorsprung im Gestein, um mich festhalten zu können. Als ich einen gefunden hatte, krallte ich meine Finger darum und zog mich hoch. Ich zappelte wild mit den Beinen, um irgendwo Halt zu finden. Mein pochendes Herz und der Schweiß, der mir über das Gesicht und die Wirbelsäule rann, war nicht sehr hilfreich. Als ich endlich das Felsgestein unter meinen Stiefeln spürte, verharrte ich einen kurzen Augenblick, um wieder zu Atem zu kommen und vorsichtig erst die eine, dann die andere Hand an meinem Hemd trocken zu reiben, bevor ich zu klettern begann. Krampfhaft versuchte ich, nicht daran zu denken, dass ich bei nur einer falschen Bewegung in den Tod stürzen würde. Doch je mehr ich mich bemühte, diese

Gedanken von mir fernzuhalten, desto präsenter schwirrten sie in meinem Kopf herum.

Ich hatte keine Ahnung, wie lange der Aufstieg dauerte, aber ich kämpfte mich tapfer weiter. Aufgeben war keine Option, noch nie in meinem Leben, auch wenn es mir gerade in diesem Moment schwer fiel. Meinen Blick heftete ich auf Marlos Stiefel, als sich plötzlich Felssplitter lösten und mir entgegen rieselten. Erschrocken stieß ich einen spitzen Schrei aus und kniff die Augen zusammen. Ein Fehler, wie ich feststellen musste, als meine Beine keinen Halt mehr fanden. Jemand ergriff meinen Fuß und stellte ihn auf einen hervorstehenden Brocken.

»Beruhige dich, Leya«, hörte ich Luri unter mir sagen.

»Hast du Steine abbekommen?«, fragte ich panisch. »Habe ich dich verletzt?«

Ein Brummen ertönte. »Kümmere dich nicht um mich, sondern nur um dich selbst.« Das sagte er so leicht.

Als ich höher kam, wurde der Himmel bereits heller. Die Sonne würde bestimmt gleich aufgehen. Irgendwann hatte ich endlich das Ende des Steilhangs erklommen. Marlo reichte mir seine Hand und zog mich das letzte Stück nach oben. Ich robbte vom Abgrund fort und ließ mich erschöpft auf den Boden fallen, wo ich anschließend schweißgebadet liegen blieb. Geschafft.

»Kommt her, Prinzessin«, rief Marlo mir zu.

Mühselig stemmte ich mich wieder auf die Füße und lief zu den beiden Männern hinüber. Die Aussicht war unbeschreiblich, die Landschaft sah aus wie gemalt. Hinter dem Wald ragte Schloss Lichtstein hoch in den Himmel, ein paar Dächer der Häuser aus der Stadt konnte ich ebenfalls erkennen, wie auch eine Handvoll Dörfer, die in einiger Entfernung lagen. Die Sonne wagte gerade die ersten Blicke über die Felsen und tauchte die Landschaft in wärmende Rot- und Orangetöne. Es war noch früh am Morgen, die meisten Bewohner schliefen, doch ich konnte das ein oder andere Wildtier entdecken. Ich sah Hirsche, Rehe und Füchse. Sie alle genossen die friedlichen Morgenstunden, bevor die Arbeit der Menschen begann und sie sich wieder in den Wald zurückziehen würden.

»Das Land meines Vaters«, murmelte Luri.

Noch immer verharrte ich, antwortete im Flüsterton: »Es ist wunderschön.«

Eine Weile standen wir einfach nur da und beobachteten die aufgehende Sonne. Dann klatschte Marlo laut in die Hände, was mich erschrocken zusammenzucken ließ.

»Also gut, Prinzessin«, rief er überschwänglich aus. Meiner Meinung nach war er viel zu motiviert für diese Uhrzeit. »Es gilt Folgendes: Ab sofort treffen wir uns hier oben jeden Morgen bei Sonnenaufgang und trainieren bis zum Sonnenuntergang.«

»Was?« Entgeistert starrte ich ihn an. »Das ist nicht dein Ernst?«

»Doch, natürlich. Entweder so oder Ihr werdet im Kampf getötet.« Ich wusste seine Ehrlichkeit zu schätzen, doch seine Worte und sein durchdringender Blick jagten mir einen Schauer den Körper hinunter.

»Aber …« Ich schnappte empört nach Luft, sah zum Abgrund zurück. »Der Weg ist so weit! Wenn ich hier ankomme, bin ich doch völlig platt. Hinzu kommt, dass mir so schon schummrig wird, weil es überall steil bergab geht!«

»Ich weiß.«

Sein Grinsen verschlug mir die Sprache und ich hatte keine Ahnung, was ich ihm noch als Gegenargument liefern sollte.

Ein plötzliches Brüllen durchbrach meine überforderten Gedanken, aber bevor ich reagieren konnte, hatte Luri sich auf mich gestürzt und mir den Boden unter den Füßen entrissen. Der Aufprall war hart und schmerzhaft, trieb mir die Luft aus der Lunge, als hätte jemand zum ersten Mal eine Chipstüte geöffnet.

»Verfluchte Scheiße«, stöhnte ich und rappelte mich unbeholfen wieder auf. »Was soll der Mist?«

»Das ist kein *Mist*«, antwortete Marlo amüsiert. »Setzt Euch zur Wehr.«

Luri stürmte erneut auf mich zu, aber dieses Mal war ich vorbereitet. Ich wich seiner Attacke aus, duckte mich unter seinem Hieb hinweg und blockte den nächsten Schlag gekonnt ab. Dann ging ich selber zum Angriff über. Er war größer, stärker und erfahrener als ich, doch mein Kickbox-Trainer hatte mich gelehrt, wie ich diesen Nachteil zu meinen Gunsten ändern konnte. Ich versuchte, mir seine Worte ins Gedächtnis zu rufen: *Nutze deine Schnelligkeit.*

Und das tat ich auch.

Blitzschnell tänzelte ich um ihn herum, traf ihn zweimal in die Seite. Aber Luri ließ sich – zu meinem Leidwesen - nicht davon beirren. Als er meinen Arm zu fassen bekam, flog ich in hohem Bogen über seine Schulter. Zum zweiten Mal rang ich keuchend nach Luft und spürte einen stechenden Schmerz in meinem Rücken. Warum, zum

Teufel, konnten die Steine nicht so weich sein, wie die Matten in der Turnhalle?

»Steht auf«, forderte Marlo und stieß mir seine Schuhspitze in die Rippen. *Durfte er das überhaupt?*

»Ich kann nicht«, keuchte ich.

»Steht auf«, wiederholte er unnachgiebig.

Stöhnend rollte ich mich auf den Bauch. Meine Arme zitterten, als ich mich mühselig hochstemmte. Scharfkantige Steinchen schürften meine Knie auf, als ich sie über den Boden zog und schließlich - mit wackeligen Beinen, aber aufrecht - vor Marlo stehen blieb.

Seine harten Gesichtszüge wichen einem milden Lächeln. Im gleichen Atemzug sah ich aus den Augenwinkeln seine Hand auf mich zu fliegen. Ich stolperte zurück, konnte ihm gerade noch ausweichen, doch der nächste Schlag folgte bereits. Schwach wehrte ich ihn ab, trat nach seinen Knien. Angriff war die beste Verteidigung. Leider sah Marlo jeden einzelnen meiner Schritte voraus, bevor ich mir selber über sie im Klaren war. Ich hatte keine Chance gegen ihn. Es war, als würde ein Lamm gegen einen Wolf kämpfen.

Meine Beine fühlten sich an wie Blei, meine Arme standen dem in nichts nach. Alles tat mir weh. Mit meinem Rücken hatte ich schon öfters Probleme gehabt, weil ich rumhing wie ein Schluck Wasser in der Kurve. So formulierte es zumindest meine Mutter immer. Jetzt hatte ich mich zusätzlich auch noch falsch fallenlassen und spürte ein heftiges Zwicken.

»Genug für heute«, sagte Marlo schließlich. »Das reicht für den ersten Tag, morgen beginnen wir richtig. Ihr habt Euch tapfer ge-«

Mein rechter Haken verfehlte sein Ziel nicht, aber er kam viel zu lasch und mir war durchaus bewusst, dass Marlo meinen Schlag mühelos hätte abwehren können, doch dieses Mal ließ er es einfach geschehen.

»Das habe ich wohl verdient«, murmelte er grinsend und rieb sich die Wange. Ich hatte ihn knapp unterhalb des Auges getroffen.

Schnaubend zog ich meine Hand zurück. »Das hast du wohl.«

»Lasst uns gehen«, mischte Luri sich ein und ich konnte in seinem Blick deutlich erkennen, dass er sich krampfhaft bemühte, nicht laut zu lachen. Es verschaffte mir eine gewisse Befriedigung und auch ich konnte ein Grinsen nicht mehr unterdrücken.

»Machen wir uns an den Abstieg.«

Meine Genugtuung verschwand genauso schnell, wie sie gekommen war, und ich musste erneut schlucken. *So ein verdammter Dreck.*

Immer noch ziemlich zittrig, hockte ich splitterfasernackt in meinem Zimmer und stieß zischend die Luft aus. Mit einem nassen Lappen stand Nora vor mir und tupfte meine aufgeschürften Hände und Knie sauber. Es brannte, doch ich biss mir krampfhaft auf die Lippe, um dem Schmerz nicht nachzugeben. Der Abstieg war tausendmal schlimmer gewesen als der Aufstieg und gute fünf Meter über dem Boden war ich abgerutscht. Bei dem kläglichen Versuch, mich irgendwo festzuhalten, hatte ich mir die Finger aufgerissen. Zum Glück war Marlo gleich zur Stelle gewesen. Wer wusste schon, was ich mir alles gebrochen hätte, wäre ich auf den Boden geknallt …

»Aua!«

»Verzeiht, Prinzessin«, flüsterte Nora hastig und senkte beschämt den Kopf. Ich fand es furchtbar, wenn sie sich so benahm. Eine Prinzessin zu sein gefiel mir überhaupt nicht. All die Kleider und dieses höfische Gehabe … Das hing mir nach wenigen Tagen wirklich zum Halse raus. Marlo redete mich zwar ebenfalls so höflich an, aber ansonsten sprach er zum Glück ganz normal mit mir.

»Ist schon gut.«

Obwohl mir jeder Muskel schmerzte, war ich dankbar für das Training mit Marlo und Luri. In ihren Augen war ich kein zerbrechliches Mädchen und dazu konnte ich mich richtig auspowern. Sie forderten mich.

Nora half mir, in den Zuber zu steigen. Ich setzte mich, lehnte mich zurück und schloss die Lider. Auch wenn die Wunden weiterhin höllisch brannten, wirkte das Gefühl von warmem Wasser auf meinem Körper ungemein beruhigend. Von dem ganzen Prinzessinnenkram einmal abgesehen, mochte ich es hier und ich war froh, dass Fips mich hergebracht hatte. *Apropos, wo steckte der kleine Kerl eigentlich?* Ich hatte ihn schon länger nicht zu Gesicht bekommen. Das war mal wieder typisch, brachte mich hierher und ließ mich allein.

Während meine Haut im Wasser aufweichte, hatte ich Zeit zum Nachdenken. Mit Luri blutsverwandt zu sein, schien mir mittlerweile gar nicht mehr so abwegig. Er glich mir tatsächlich in vielen Dingen, von den blonden Haaren einmal abgesehen. Über Mariana und Arnoldus konnte ich nicht viel sagen. Der König war mir gegenüber distanziert, bis auf das eine Mal, als er mir über die Wange gestrichen hatte. Ich wusste nicht recht, wie ich ihn einschätzen sollte, aber ich vertraute darauf, dass er Luri und somit mir ähnlich war. Mit der Königin hätte ich gern mehr Augenblicke verbracht. Sie schien mir freundlich zu sein und erinnerte mich ein bisschen an meine eigene Mutter.

Ein Ziehen im Bauch verriet mir, dass ich sie vermisste. Ich fragte mich, was sie wohl jetzt gerade tat. Hatte sie Fips' Botschaft verstanden? Suchte sie mich? War sie vielleicht schon auf dem Weg hierher? Dann fiel mir ein, dass ich mitten in der Woche verschwunden war. Würde man mich in der Schule vermissen? *Bestimmt nicht.*

Ich ließ mir von Nora den Kopf und die Schultern massieren und fühlte mich herrlich entspannt. Das war so viel besser als Unterricht. An diesen Aspekt des ganzen Prinzessinnenkrams könnte ich mich gewöhnen.

Erst als das Wasser abgekühlt, meine Finger schrumpelig und meine Arme mit einer Gänsehaut überzogen waren, half Nora mir aus der Wanne, trocknete mich ab und wickelte mich in eine Art Morgenmantel. Ich ließ mich erschöpft auf das Bett fallen und schloss die Augen.

»Was möchtet Ihr zum Abendessen anziehen, Prinzessin?«

Stöhnend rollte ich mich auf den Bauch, stützte den schweren Kopf mit den Händen ab, nur um es mir aufgrund der Wunden anders zu überlegen, und betrachtete die Gewänder, die das Mädchen herausgesucht hatte.

»Ich würde Hose und Hemd bevorzugen«, sagte ich lächelnd.

Nora wurde ganz blass um die Nase. »Aber, Prinzessin«, murmelte sie, »ich werde großen Ärger bekommen, wenn ich Euch nicht angemessen einkleide. Es schickt sich nicht für eine Dame.«

»Ich weiß, ich weiß.« Seufzend drehte ich mich wieder auf den Rücken und starrte an die mit Stuck besetzte Decke. Sie sah hübsch aus. »Such du mir eins aus.«

»Ich?« Ihre Überraschung konnte ich deutlich an ihrem Tonfall heraus hören, ohne dass ich sie ansehen musste.

»Wenn ich schon ein Kleid tragen muss, dann kannst du mir auch ein passendes aussuchen. Ich habe doch keine Ahnung davon.«

»Wie Eure königliche Hoheit wünschen«, stotterte sie.

Ich verdrehte die Augen, war aber froh, dass sie es nicht sehen konnte. Es hätte sie noch zusätzlich verunsichert.

Während sie eifrig die Gewänder durchwühlte, döste ich vor mich hin. Der Tag war anstrengend gewesen, von den körperlichen Blessuren einmal abgesehen, und ich hatte das Gefühl, eine Woche lang durchschlafen zu können. Das einzige, was mich daran zu hindern schien, war mein laut knurrender Magen. Seit dem Aufstehen um Mitternacht hatte ich nichts mehr gegessen.

Widerwillig erhob ich mich und schlüpfte in das rote Kleid, das Nora für mich ausgewählt hatte. Für meinen Geschmack war es ein wenig zu schrill und pompös, vor allem, weil ich eigentlich nur zum Abendessen gehen wollte.

»Wird heute hoher Besuch empfangen?«

»Nein, Prinzessin«, antwortete das Mädchen verwirrt. »Es ist nur ein Abendmahl der königlichen Familie.«

Ich ließ mir artig die Haare flechten und hochstecken. So viel Aufwand für so ein banales Ereignis.

»Danke, Nora«, sagte ich, als sie endlich damit aufhörte, an meinen Haaren herumzuzupfen.

Sie verbeugte sich lächelnd. »Wenn Ihr nichts dagegen habt …«

Überrascht sah ich sie an. »Hast du noch etwas vor?«

»Nun ja.« Sie rieb sich verlegen die Hände und ihre Wangen nahmen eine rote Verfärbung an. Ich konnte nicht anders, als breit zu grinsen. Sie traf sich mit einem Jungen! Und es machte sie nervös. Wie süß!

»Den Weg zum Speisesaal finde ich selber. Du kannst gehen, ich brauche dich heute Abend nicht mehr.«

Das mit dem Dasein als Prinzessin war doch gar nicht so schwer wie erwartet.

Erleichtert knickste sie und huschte dann flugs aus dem Zimmer. Kurz blieb ich noch vor dem Spiegel sitzen und betrachtete mich nachdenklich. Es erstaunte mich jedes Mal, wie Nora es immer wieder schaffte, mich in ein völlig anderes Wesen zu verwandeln. Wenn mich die Jungs aus der Schule sehen könnten … Keiner von ihnen würde es wagen, mich als hässliches Entlein zu bezeichnen! Die Erinnerung daran versetzte mir einen Stich. Hastig sah ich nach oben und blinzelte mehrmals. Wenn ich jetzt anfing zu weinen, wäre Noras ganze Arbeit umsonst. Und ich wollte ihr nicht das Date verderben.

Um sicher zu gehen, warf ich einen letzten prüfenden Blick in den Spiegel. Alles in Ordnung. Ich erhob mich, strich die Falten des Kleides glatt und stolzierte aus dem Raum. Nach wenigen Schritten meldete sich mein hungriger Magen erneut, und ich rannte fast bis zum Speisesaal. Unterwegs fielen mir ein paar tadelnde Ausdrücke auf den Gesichtern der Adelsmänner und

Hofdamen auf, doch es war mir einerlei. Vor der Tür hielt ich an, wartete, bis sich mein Puls wieder beruhigt hatte und ich nicht mehr außer Atem war. Die beiden Wachen verkniffen sich ein Grinsen, das konnte ich ihnen deutlich ansehen. Aber auch das war mir egal. Ich nickte ihnen kurz zu, sie öffneten die Tür mit einem kräftigen Stoß und kündigten mich an.

»Aber Kind!«, rief die Königin erschrocken. »Wie siehst du denn aus?« Ihr Blick war natürlich sofort auf meine wunden Hände gefallen.

»War ein harter Tag«, sagte ich lachend und meinte, ein amüsiertes Funkeln in den Augen des Königs erkennen zu können.

»Setz dich zu uns«, forderte Mariana. Ich gehorchte nur allzu gern, denn der herrliche Duft von Braten stieg mir in die Nase. »Greif zu und iss dich satt. Du siehst fürchterlich erschöpft aus.«

»Wo sind Luri und Marlo?« Irritiert sah ich mich um.

»Sie verspäten sich«, antwortete Arnoldus. »Eben ist ein Späher zurückgekehrt. Sie nehmen seinen Bericht auf.«

»Ah.« Zögernd griff ich mir ein paar Früchte. Die Königin bemerkte mein Unbehagen und begann ebenfalls mit dem Essen. So traute ich mich, doch etwas von dem Braten zu probieren.

»Ich hoffe, das Mahl schmeckt dir, Cataleya. Unser Koch ist leider erkrankt, aber sein Geselle gibt sich die größte Mühe.«

»Es ist himmlisch«, sagte ich wahrheitsgemäß. »Ich habe noch nie so leckere Speisen gegessen wie hier.«

Mariana lächelte erleichtert. Sie beobachtete mich, während ich mir die Köstlichkeiten auf der Zunge zergehen ließ.

»Wie ist es so?«, wollte sie neugierig wissen. »Da, wo du herkommst, meine ich.«

»Anders«, antwortete ich prompt. »Und trostloser. Im Vergleich zu diesem Ort hier, ist meine Heimat farblos und langweilig.«

Sie nickte verstehend, obwohl ich ihre Frage eigentlich nicht wirklich beantwortet hatte.

»Wie geht es meiner Schwägerin? Ist Juliana wohlauf?«

Da war es wieder, dieses Ziehen in meinem Bauch. Doch trotz allem musste ich lächeln.

»Ja, es geht ihr gut. Sie hat sich verliebt.« Mit diesen Worten wurde mir klar, dass sie seit langer Zeit endlich wieder glücklich gewesen war. Wegen Ralf. Ich hatte es nicht verstanden. Ihre dumme, egoistische Tochter hatte ihr Glück nicht akzeptieren wollen. Vielleicht hatte ich es sogar zerstört.

»Leya?« Die Königin legte mitfühlend eine Hand auf meine.

»Sie fehlt mir«, gestand ich.

»Sie fehlt uns auch.« Es war nur ein Flüstern, doch ich war mir ganz sicher, mich nicht verhört zu haben. Zum zweiten Mal sah der König mich mit diesem liebevollen Blick an. Ein kleines Lächeln huschte über seine Lippen. Mariana ergriff nun auch seine Finger und drückte sie aufmunternd.

»Wenn Frieden herrscht, werden wir sie wiedersehen«, sagte sie mit fester Überzeugung. »Und jetzt genießen wir das Essen. Bitte, schenke uns noch etwas Wein ein.« Sie winkte einen Diener zu uns an den Tisch, der unsere Becher bis zum Rand füllte.

Die Königin erhob ihr Glas zu einem Toast und sah mich an. »Auf Cataleya, die Prinzessin, die zu uns zurückgekehrt ist.«

»Auf Leya!«

Marlo und Luri waren unbemerkt durch die Tür getreten, nahmen jeder einen Kelch entgegen und hielten sie ebenfalls in die Höhe.

»Auf die Familie«, erwiderte ich.

Während der Wein begann, mir die Sinne zu trüben, begriff ich, dass genau hier der Platz war, an den ich gehörte, an dem ich immer hatte sein wollen:

Bei meiner Familie.

7

Die nächsten sieben Tage waren die härtesten in meinem Leben. Anders als alle anderen in Lichtstein, behandelten Luri und Marlo mich nicht wie eine Prinzessin. Im Gegenteil. Sie forderten mich wie jeden ihrer Krieger, wie sie sich auch gegenseitig anspornten, brüllten mich an und trieben mich bis an meine Grenzen, manchmal sogar darüber hinaus. Einmal war ich so erschöpft, dass Marlo mich hatte zurücktragen müssen. Doch ich merkte, dass ich Fortschritte machte.

Die physischen und psychischen Belastungen raubten mir jeden Nerv, aber sie machten mich fitter, stärker und selbstsicherer. Mein Körper kam mit den plötzlichen Anstrengungen erstaunlich gut zurecht. Es bildeten sich Muskeln an Stellen, von denen ich nicht mal gewusst hatte, dass es dort überhaupt welche gab. Ich fühlte mich ausgesprochen lebendig. Manchmal hatte ich sogar das Gefühl, mich selbst zu finden.

Den Faustkampf beherrschte ich mittlerweile ziemlich gut, zumindest streckten Luris Schläge mich nicht sofort nieder. Mit jedem Tag hielt ich seinen Angriffen länger stand. Pfeil und Bogen waren dagegen Waffen, mit denen ich absolut nichts anzufangen wusste. Nachdem ich Marlo fast erschossen hatte, ließ ich lieber die Finger davon. Eine *Katniss Everdeen* würde ganz sicher nicht aus mir werden, das war klar. Mit dem Dolch stellte ich mich dafür geschickter an und auch der Schwertkampf wurde von Mal zu Mal besser. Auch wenn mir das Gewicht der Klinge fast das Schultergelenk aus seinem Platz springen ließ. Ich betrachtete ehrfürchtig die schwere Waffe, die ich gestern an den Schrank gelehnt hatte. Definitiv kein Kinderspielzeug.

Summend schlüpfte ich in meine Hose, in die ich mich gar nicht mehr zwängen musste, warf mir ein Hemd über und schnürte mir die Stiefel. Auf dem Weg zur Tür fiel mein Blick auf die Obstschale. Ich fischte eine Feuerfrucht heraus und biss herzhaft hinein. Sie war eindeutig das Leckerste, was ich je gegessen hatte. Schnell leckte ich den klebrigen Saft von den Händen und wischte mir mit einem Tuch den Mund sauber. Schwungvoll öffnete ich die Tür und wäre beinah mit Marlo zusammengestoßen.

»Entschuldige«, stieß ich erschrocken aus.

»Nein, es ist mein Fehler. Ich wollte Euch nicht erschrecken.«

»Warum bist du hier?« Normalerweise kam er mich vor unserem Training nie abholen.

»Der Unterricht fällt heute aus.«

»Oh«, entfuhr es mir enttäuscht. »Heißt das, ich muss jetzt wieder ein Kleid anziehen?«

Seine Lippen verzogen sich zu einem frechen Grinsen, das ich einfach erwidern musste. »Nein«, antwortete er schließlich. »Ihr könnt ruhig so bleiben. Ehrlich gesagt, gefallt Ihr mir so um einiges besser.«

Zum Glück waren wir diesbezüglich einer Meinung.

»Was ist denn passiert? Warum fällt der Unterricht heute aus?«, hakte ich nach, während ich ihm erleichtert folgte.

»Der Prinz wartet in der Bibliothek auf uns. Wir müssen mit Euch reden.«

Beim letzten Mal, als jemand das zu mir sagte, hatte meine Mutter mir gestanden, dass sie heiraten würde, mein Kaninchen war lebendig geworden und ich landete in einer anderen Welt. Meistens kam nichts Gutes dabei heraus und ich war mir auch nicht sicher, ob das hier alles so gut war. Ich verkniff mir eine schnippische Bemerkung.

»Guten Morgen, Leya«, begrüßte Luri mich, als wir die Bibliothek erreichten. Er hatte es sich auf dem Sofa bequem gemacht und auf uns gewartet. Der Geruch alter Bücher schlug mir entgegen, vermischt mit dem Duft brennender Kerzen, die den Raum erhellten bis die Sonne aufgegangen war und diese Aufgabe übernehmen würde.

»Was ist los?«, fragte ich ihn geradeheraus und setzte mich auf einen der gepolsterten Stühle. »Sollten wir nicht oben auf dem Berg sein und kämpfen?«

Mein Cousin winkte ab. »Heute nicht.«

»Der König hat angeordnet, Euch die ganze Wahrheit zu erzählen«, erklärte Marlo und reichte mir ein Glas Wein. Herrje, die tranken das Zeug sogar schon zum Frühstück. Ich schüttelte den Kopf, um meine Gedanken wieder auf den rechten Weg zu lenken. Der Wein war völlig unwichtig.

»Was meinst du damit?«, hakte ich stattdessen nach.

»Es geht um Artur … deinen Vater.« Luri rutschte nervös hin und her.

»Habt ihr mich angelogen?« Ich hatte bewusst eine gewisse Schärfe in meinen Ton gelegt. Das war nicht deren Ernst. Sie holten mich in ihre Welt, tischten mir meine Lebensgeschichte auf und dann war das alles eine Lüge? Wenn es eines gab, was ich absolut nicht ausstehen konnte, dann waren es falsche Behauptungen. Und im Mittelpunkt zu stehen. Ich fühlte mich verarscht.

»Nein«, antwortete Marlo schnell. »Wir haben nur … ein paar Einzelheiten ausgelassen.«

Das machte es nicht besser.

Misstrauisch verschränkte ich die Arme vor der Brust und lehnte mich zurück. Ich versuchte, ruhig zu wirken und die Fassung zu wahren, was gar nicht so einfach war, denn in mir brodelte ein Vulkan, der jeden Moment drohte auszubrechen. Aber ich musste den Jungs die Chance geben, sich zu erklären, bevor ich meine Meinung änderte und doch von hier verschwand. »Ich höre.«

Luri holte tief Luft, bevor er zu sprechen begann. »Ich habe dir doch von dem Schatten erzählt, der Marenfels heimgesucht hat.« Als ich nickte, fuhr er fort. »Dieses Wesen, das Artur befallen hat, ist ein uralter Geist, eine Art Dämon, ursprünglich erschaffen, um die Welt der Toten zu bewachen. Doch er verließ das Totenreich und kehrte als ein Schatten zurück. Um in unserer Welt jedoch bestehen zu können, brauchte er einen Körper, eine menschliche Hülle, die er in deinem Vater … in Artur gefunden hat. Er bedient sich seiner Existenz, um den Tod selbst über das Land zu bringen. Der Dämon gelangte durch ein Portal hierher, der Preis dafür war ein Herz.« Er warf mir einen traurigen Blick zu, der mich schlucken ließ.

Meine Stimme war nicht mehr als ein Flüstern. »Wessen Herz?«

»Das deines Vaters.«

Stille folgte seinen Worten. Mein Vater war also tot. Ohne dass ich es verhindern konnte, stiegen mir Tränen in die Augen. In meiner Vorstellung war er immer ein Feigling gewesen, der uns einfach im Stich gelassen hatte, als wir ihn am meisten brauchten. Ich hatte ihn gehasst, aber ich war damit gut zurechtgekommen. Jetzt zu erfahren, dass er kaltblütig ermordet worden war, erschütterte mich zutiefst.

»Der Geist opferte das Organ in einer Höhle hoch oben in den Bergen hinter dem Reich von Marenfels«, erzählte Luri mit sanfter Stimme. »Eine bösartige Fee bewacht diesen Ort, denn er ist der Eingang zur Totenwelt.«

»Und wie konnte der Dämon ein Herz aus dieser Welt opfern, wenn er doch eins benötigte, um das Jenseits überhaupt erst verlassen zu können?« Ich spürte förmlich, wie mein Gehirn zu rattern anfing, um all die Fragen sortieren zu können, die mir in den Sinn kamen.

»Er hat Artur zu sich in die Höhle gerufen, so, wie er auch jeden Sterbenden zu sich ruft. Die Fee hat ihn ins Totenreich gestoßen. Der Geist opferte sein Herz, nahm Besitz von seiner menschlichen Hülle und konnte so die Schwelle zwischen Leben und Tod überwinden.«

»Aber braucht ein Körper nicht ein schlagendes Herz zum Leben?«

»Ein Dämon besteht nur aus Nebelschwaden, er bedarf eines Leibes, um in unserer Welt existieren zu können, allerdings kein Herz. Der Nebel hält den Organismus am Laufen. Viele haben schon versucht, den Dämon zurückzuschicken, doch keiner von ihnen konnte das Rätsel der Fee lösen.«

»Welches Rätsel?«

Mir entging nicht, dass Luri und Marlo einen verschwörerischen Blick tauschten, den ich jedoch nicht recht zu deuten wusste. Mein Cousin holte tief Luft, ehe er sagte:

»Gestochen an des Leides Dorn,
roter Tropfen auf schwarzem Stein.
Ein Herz gegeben in ewigem Zorn,
lasst es Blut seines Blutes sein.
Der Preis, der Leben fordert,
zu Beginn und seinem Ende.
Begierde in Flammen lodert,
zeigt auf die Lebenswende.«

Ein Gedicht, das war ja ganz toll. »Was bedeutet es?«

Wieder wechselten die beiden einen vielsagenden Blick und ich wurde das Gefühl nicht los, dass sie irgendetwas vor mir verbargen.

»Wir wissen es nicht«, antwortete Marlo schließlich. »Schon seit einiger Zeit setzen wir uns mit diesen Zeilen auseinander und versuchen, sie zu lösen, doch das einzige, das wir bisher herausgefunden haben, ist, dass Ihr vom Blut Eures Vaters seid.«

»Falk doch auch.«

»Ja, aber er ist bereits der Dunkelheit verfallen. Ihr allein könnt das Rätsel entschlüsseln und den Dämon besiegen.«

»Tut mir leid, Jungs, aber Ratespiele erschließen sich mir eher weniger«, sagte ich und hoffte, ihnen damit den Wind aus den Segeln zu nehmen. Sie sollten bloß nicht zu hohe Erwartungen an mich stellen.

»Du musst es ja nicht alleine lösen«, versuchte Luri, mich zu beschwichtigen. »Marlo wird dich auf dem Weg zur Höhle begleiten und gemeinsam findet ihr heraus, was die Fee von euch verlangt. Die Lösung umsetzen kannst allerdings nur du.«

Ich fand es furchtbar, dass alles von mir abhing. Wie konnten sie nur so ein Vertrauen in meine Fähigkeiten haben? Ich traute mir selber oft nicht, und schon gar nicht, wenn man mich unter Druck setzte. Wie zum Beispiel, dass ich die letzte Hoffnung der Menschheit sein sollte … Und ich musste eines zugeben: Es stimmte mich traurig, dass das Schicksal der Bewohner dieser Welt an der Willensstärke eines einzigen Mädchens hing.

Was würde passieren, wenn ich versagte? Wenn ich zu dumm oder zu feige war, um das Rätsel zu lösen? Wenn ich nach so vielen Jahren dem Abbild meines Vaters gegenüberstand und es nicht übers Herz brachte, ihn zu vernichten, obwohl er schon längst nicht mehr existierte?

»Was geschieht, wenn ich es nicht entschlüsseln kann? Wie wird sich das auf diese Welt und auf die auswirken, aus der ich komme?« Es waren diese Fragen, die meine Lippen verließen.

Luri seufzte. »Im schlimmsten Fall wird sich der Schatten des Dämons über alle Welten ausbreiten und alles Leben wird vergehen.«

Scheiße.

»Macht Euch nicht so viele Gedanken, Leya«, sagte Marlo und lächelte mir aufmunternd zu. »Ihr seid nicht allein. Wir schaffen das. Und zwar gemeinsam.«

***

Zwei Wochen waren vergangen, seit die beiden Männer mir die Wahrheit erzählt hatten. Ich ignorierte das schmerzhafte Brennen in meiner Lunge, wich ein paar Schritte zurück und versuchte keuchend, die Lage zu überblicken. Wenn ich jetzt nach links auswich, würde er sich neu positionieren müssen und seine Seite wäre einen Moment lang ungeschützt.

Ich schlug einen Haken, rannte um ihn herum auf die Felswand zu, nutzte die kleine Erhöhung im Gestein und sprang fauchend auf ihn. Mein Schwung riss uns beide zu Boden und ich begrub den überraschten Marlo unter mir. Schnell klemmte ich seine Arme unter meinen Beinen ein und drückte ihm meine Faust auf die Brust.

»Ha!«, triumphierte ich völlig außer Atem, aber strahlend wie ein Honigkuchenpferd. »Prinzessin schlägt Kampfmeister!«

Sein Oberkörper bebte, als er zu lachen anfing, und verwandelte die ganze Aktion in eine für mich ziemlich wackelige Angelegenheit. Meine Finger krallten sich an seinem Hemdkragen fest, damit ich nicht hinunterrutschte. Gleichzeitig packte er meine Schultern, rollte sich herum und ehe ich mich versah, war ich diejenige, die unten lag und unfähig war, sich zu bewegen.

Er beugte sich zu mir vor und brachte seine Lippen nah an mein Ohr. Sein Atem schlug mir heiß entgegen und verursachte mir eine kribbelnde Gänsehaut. »Schachmatt.«

Völlig entkräftet gab ich mich geschlagen. Er verharrte noch einen Augenblick lang, der mir plötzlich unendlich vorkam. Die Wärme seines Körpers ging auf mich über, meine Atmung beschleunigte sich erneut und ich verlor mich in seinen wunderschönen braunen Augen, die mich an Schokolade erinnerten. Ich liebte Schokolade und meiner Meinung nach gab es eindeutig nichts, was besser gegen schlechte Laune half. Was würde ich jetzt für einen Schokobrunnen und frisches Obst geben?

Dann war der Moment vorbei.

Er richtete sich auf und hielt mir grinsend eine Hand hin. Ich ergriff sie, ließ mich von ihm auf die Füße ziehen und war froh, wieder Abstand zwischen uns zu haben. So gern ich ihm auch nahe war, die Anstrengung brachte mich zum Glühen und seine Körperwärme war mir einfach zu viel.

Ich lüftete mein Hemd, indem ich es hin und her wedelte, und mir so die kühle Luft zufächerte. Marlo reichte mir den Trinkschlauch, den ich sofort an meine trockenen Lippen setzte und gierig ein paar Schlucke nahm. Das tat gut. Ich wischte mir mit dem Ärmel über den nassen Mund und betrachtete den Himmel. Das Blau ging bereits in ein sanftes Pink über. Die Sonne verabschiedete sich und erneut neigte sich ein Tag dem

Ende zu. Mittlerweile gab es für mich wohl keinen schöneren Ort auf der Welt als dieses Fleckchen Erde.

»Genug für heute«, unterbrach er meine abschweifenden Gedanken. Ich half ihm, unsere Sachen zusammenzupacken, dann machten wir uns an den Abstieg. Langsam hatte ich mich an die Höhe gewöhnt und es fiel mir um einiges leichter, die Felswand zu erklimmen und hinabzusteigen. Besonders meine Hände mussten viel weniger leiden als zuvor, wofür ich dankbar war.

Damit wir nicht auskühlten und uns bei dem aufkommenden Wind erkälteten, joggten wir den Weg zurück bis zum Schloss. In meinem Zimmer angekommen, entledigte ich mich meiner Klamotten und genoss das heiße Bad, das Nora bereits vorbereitet hatte.

Wie immer half sie mir beim Ankleiden und Frisieren, bevor ich sie wieder aus meinen Diensten entließ und eilig den Speisesaal aufsuchte. Der Hunger war wirklich kein angenehmer Gefährte, aber ich hatte gelernt, meine Bedürfnisse zu kontrollieren und in den Hintergrund zu stellen.

Die ersten Tage waren hart gewesen, doch Marlos unerbittlicher Plan, mich auf Diät zu setzen, hatte schnell seine Wirkung gezeigt. Natürlich hatte er nicht bezweckt, dass ich abnahm, sondern vielmehr mein Willen gestärkt wurde, aber der Nebeneffekt gefiel mir ganz gut. Und so kam ich dieses Mal gesittet bei den Wachen an, ließ sie geduldig meine Anwesenheit verkünden und gesellte mich zu meiner Familie an die lange Tafel voller Köstlichkeiten.

Wir plauderten eine Weile über Belangloses, zum Beispiel versuchte ich, ihnen zu erklären, was ein Handy war. Das erwies sich jedoch um einiges komplizierter, als ich am Anfang gedacht hatte. Schließlich gab ich lachend auf.

Marlo räusperte sich hörbar. »Es ist an der Zeit«, sagte er zum König. »Sie ist bereit.«

Augenblicklich waren vier Augenpaare auf mich gerichtet. Das kam überraschend.

»Ich werde sofort alles Nötige für die Zeremonie veranlassen", rief Mariana vor Freude strahlend und winkte einen Diener heran. »Das wird ein wahres Fest!«

Halt, stopp. Niemand hatte etwas von einer Zeremonie gesagt.

Der König lachte über meinen verdutzten Blick, was mich wiederum noch mehr verwirrte. »Keine Sorge, Leya«, sagte er enthusiastisch, »es wird dir gefallen.«

Luri schlug dem Kampfmeister kameradschaftlich auf die Schulter. Auch er strahlte und ich konnte Anerkennung in seinen Augen aufblitzen sehen.

»Kaum zu glauben, aber es ist dir gelungen: Du hast tatsächlich aus der kleinen, wilden Kämpferin eine wahre Kriegerin gemacht.«

Sein Respekt bedeutete mir unheimlich viel und ich spürte, wie ich vor Stolz ein Stückchen größer wurde.

8

Den ganzen langen Tag wuselten Nora und Agatha um mich herum. Sie waren so aufgeregt wegen der anstehenden Zeremonie, dass sie unerlässlich plapperten und mich damit ziemlich nervös machten. Zwischendurch verschwand Agatha für ein paar Stunden, und als sie wieder kam, brachte sie vor Freude strahlend ein neues Kleid mit. Es war ja nicht so, als hingen schon hunderte von Gewändern im Schrank. Noch dazu war dieses weiß.

»Ich werde niemanden heiraten«, stellte ich augenblicklich klar. Nur für alle Fälle, man konnte schließlich nie wissen, was hinter meinem Rücken für Pläne geschmiedet wurden.

Nora kicherte und Agatha schüttelte lächelnd den Kopf.

»Aber nein, Prinzessin, natürlich heiratet Ihr nicht. Dieses Kleid ist eigens für Eure Zeremonie angefertigt worden.«

»Aber warum ist es dann weiß? Hätte es nicht auch eine andere Farbe sein können?« Schwarz zum Beispiel wäre schön gewesen.

Wieder schüttelte die alte Frau den Kopf. »Ihr steigt in die heilige Quelle, Prinzessin. Das Weiß symbolisiert Eure Unschuld und Reinheit.«

Von der Quelle hatte Luri mir erzählt. Es handelte sich dabei um ein großes Wasserbecken tief verborgen im hintersten Winkel des Schlosses. Angeblich beinhaltete das Wasser magische Kräfte, die einen von jeglicher Schuld befreiten und den Sinn des Lebens offenbarten oder so etwas Ähnliches. So ganz habe ich das nicht verstanden. Es klang für mich irgendwie nach einer Art Taufe. Ich selbst war nie sonderlich gläubig gewesen und auch jetzt zweifelte ich stark an der Wirksamkeit dieser Quelle, doch ich ließ den Menschen hier ihren Glauben. Wenn es sie glücklich machte, wollte ich bestimmt kein Spielverderber sein.

Widerstandslos ließ ich mich einkleiden. Bei einem Blick in den Spiegel wurde ich jedoch ein wenig unruhig. Das Kleid war überraschend schlicht und leicht, reichte mir bis zu den Knöcheln und der Ausschnitt hielt sich in Grenzen. Aber der Stoff war … nun ja … ich hätte genauso gut gar nichts tragen brauchen.

»So soll ich rumlaufen?«, fragte ich entsetzt. An den Gesichtszügen der beiden Dienerinnen konnte ich erkennen, dass sie ebenfalls alles andere als begeistert waren.

»Das ist skandalös«, schimpfte Agatha. »Warum muss der Schneider auch ausgerechnet ein Mann sein?«

»Vielleicht ist es nicht mehr ganz so durchscheinend, wenn Ihr noch ein Unterkleid darunter tragt«, schlug Nora vor.

Die Ältere schnappte nach Luft. »Aber es wurde ausdrücklich angeordnet, dass die Prinzessin nichts weiter als dieses Kleid tragen darf …«

»Bitte, lasst es uns versuchen«, bat ich. »Ein bisschen mehr Stoff fällt doch sicher niemandem auf.« Auf gar keinen Fall würde ich so entblößt durch das Schloss laufen!

Agatha sah ein, dass sich ein solcher Auftritt als Prinzessin nicht schicken würde und suchte mir ein ebenfalls weißes Gewand heraus. Ich zog beides übereinander und atmete erleichtert aus. Das Unterkleid wirkte, als würde es zu dem anderen gehören, und schützte meinen Körper vor unwillkommenen Blicken.

Nora nickte zuversichtlich. »Das ist wirklich um einiges angemessener.«

Agatha zupfte noch ein wenig an mir herum, bis auch sie schließlich zufrieden war. »Dann seid Ihr fertig.«

»Kann ich zum Essen nicht ein anderes Kleid anziehen? Was ist, wenn ich mich bekleckere? Ich bin gerade ziemlich nervös, da kann das schnell passieren …«

Die Dienerinnen fingen schallend an zu lachen.

»Verzeiht, Prinzessin«, sagte Agatha und wischte sich amüsiert die Tränen fort. »Ihr werdet heute in Eurem Zimmer speisen. Es ist dementsprechend unwichtig, was Ihr dabei tragen werdet. Kampfmeister Marlo wird Euch pünktlich zur Zeremonie abholen und zur Quelle begleiten.«

Puh, zum Glück, dann musste ich wenigstens nicht allein den Weg suchen und lief keine Gefahr, aufgrund meiner vor Aufregung zitternden Beine in mich zusammenzusacken.

»Ihr habt noch ein wenig Zeit, Prinzessin. Ruht Euch aus, damit Ihr die Nacht übersteht.«

Ich fühlte mich wie vor einer Abschlussprüfung. Man glaubte, auf alles vorbereitet zu sein und im Endeffekt hatte man keine Ahnung, was einen erwartete.

Nachdem ich eine ganze Weile wie ein Tiger in seinem Käfig hin- und hergelaufen war, kam ich Agathas Empfehlung nach und legte mich ein bisschen hin. Zwar konnte ich keinen Schlaf finden, weil mir vor Nervosität schon richtig schlecht wurde, doch konnte ich die Zeit nutzen, um nachzudenken.

»Wacht auf, Prinzessin.«

Verwirrt öffnete ich die Augen, blinzelte schnell, um sie an das Licht der Kerze zu gewöhnen, die mir direkt ins Gesicht gehalten wurde, und sah schließlich in das neckische Grinsen von Marlo.

»Was ist passiert?«, nuschelte ich und reckte mich gähnend.

»Ihr seid eingeschlafen.«

Na toll, so viel zum Thema: *Ich nutze die Zeit und denke über mein verkorkstes Leben nach.*

»Eigentlich wollte ich Euch abholen und zur Quelle begleiten.«

Plötzlich hellwach purzelte ich aus dem Bett, griff nach dem Holzkamm und glättete meine Haare. Wie gut, dass ich das Kleid nicht ausgezogen hatte. Es war auch nur ganz wenig zerknittert …

»Zum Essen habe ich wohl keine Zeit mehr, oder?«, fragte ich hoffnungsvoll, als mein Blick auf den gedeckten Tisch fiel.

Lachend schob er mich zur Tür. »Leider nicht, damit werdet Ihr bis nach der Zeremonie warten müssen.«

Warum hatte man mich denn nicht geweckt? Mit knurrendem Magen irgendwohin zu gehen, erzeugte bei mir direkt schlechte Laune, obwohl Marlo mich Beherrschung gelehrt hatte. *So etwas Blödes aber auch …*

Ich folgte ihm durch die ellenlangen Gänge des Schlosses. Wir ließen die mit Stuck besetzten Räume hinter uns und stiegen in eine Art Kellergewölbe hinab. Marlo löste eine brennende Fackel aus ihrer Halterung an der Wand und führte mich weiter, bis wir in einen offenen, von Menschen überfüllten Saal gelangten. Unzählige Fackeln und Kerzen tauchten das Gewölbe in einen sanften Schein. Ungefähr in der Mitte befand sich ein großes, steinernes Becken, das bis zum Rand mit Wasser gefüllt war. Die Quelle.

Ich sah mich um, erkannte den König und die Königin, Luri und auch Fips. Alle anderen Gesichter waren mir gänzlich unbekannt. Doch sie drehten sich erwartungsvoll zu uns um, als wir näher kamen. Marlo drückte aufmunternd meine Hand, bevor er sich zum Prinzen gesellte. Ich straffte die Schultern, versuchte krampfhaft, mir meine Unsicherheit nicht anmerken zu lassen, und schritt durch die Menschenmenge hindurch, die mir ehrfürchtig Platz machte. Ich fühlte mich ein wenig wie die Jungfrau auf dem Weg zum Opferaltar. Hoffentlich war für meine Geschichte ein anderes Ende vorgesehen.

Die Königin stand bis zur Hüfte in dem Wasserbecken und hielt mir lächelnd ihre Hand entgegen. Ich beneidete sie um ihr schönes, dunkles Kleid.

»Komm zu mir, mein liebes Kind«, sagte sie mit singender Stimme. »Deine Ausbildung endet hier, denn heute Nacht wirst du wiedergeboren, als Kriegerin und Königin.«

Ich warf Marlo und Luri einen unsicheren Blick zu, aber die beiden nickten nur leicht, ihre Haltung war erfüllt von Stolz. Tief holte ich Luft, versuchte, alle Anwesenden auszublenden, denn mit einem dünnen weißen Gewand in das Becken zu steigen, behagte mir nicht besonders. Doch ich schaffte es, diese Tatsache zu ignorieren, ergriff die warme Hand der Königin und stieg zu ihr in das kalte Wasser. Meine Tante blickte mir mit strahlenden Augen entgegen und ich bemühte mich, mir das Klappern meiner Zähne nicht anmerken zu lassen.

»Gelobst du«, sagte Mariana, »dein Schicksal anzunehmen, welches auch immer dir die Quelle offenbaren wird?«

»Ich gelobe es feierlich«, murmelte ich.

»Gelobst du, deiner Bestimmung mit reinem Herzen zu folgen?«, fuhr sie fort.

»Ich gelobe es feierlich.«

»Gelobst du, eine würdige Menschentochter, Kriegerin und Prinzessin zu sein und deinen Pflichten rechtschaffend nachzukommen?«

Ich hatte keine Ahnung, was passieren würde, wenn ich ihr sagte, dass ich keine feine Prinzessin sein wollte. Insbesondere da ich viele Jahre am eigenen Leib erfahren musste, wie es sich anfühlte, wenn ein anderer dein

Auftreten bestimmt, dich kritisiert und dazu zwingt, jemand zu sein, der du nicht bist.

Doch ich wagte nicht, ihr zu widersprechen, stattdessen wiederholte ich das, was sie von mir hören wollte: »Ich gelobe es feierlich.«

Mariana wandte sich den Anwesenden zu.

»Werdet nun Zeuge der Weihe unserer geliebten Prinzessin Cataleya«, sagte sie lächelnd, »die aus einer fremden Welt zurückkehrte, um uns zu helfen.«

Beifall ertönte, als die vielen Menschen um mich herum applaudierten. Strahlende Gesichter blickten mir entgegen, Hoffnung funkelte in ihren Augen. Sie sahen in mir die Möglichkeit eines Neubeginns. Einer Zeit ohne Krieg. Ich wünschte, es würde nicht so viel Druck auf meinen Schultern lasten.

Meine Tante streichelte liebevoll meine Finger.

»Dieses Wasser entspringt der heiligen Quelle des Lebens. Es stärkt unsere Seelen und formt uns zu der Person, die wir tief in unserem Inneren wirklich sind. Die Quelle kennt die Wahrheit über jeden von uns. Gebe dich ihr hin und sie wird dir deinen Weg weisen.«

»Ich gebe mich ihr hin«, sagte ich und legte eine Hand auf mein Herz, wie Luri es mir gezeigt hatte. Dann breitete ich meine Arme aus und tauchte mit der Führung der Königin unter. Mein Blick verschwamm und die Geräusche um mich herum wurden gedämpft. Ich hatte keine Ahnung, wie lange ich die Luft anhalten musste und was überhaupt als Nächstes geschehen würde. Hoffentlich war die Show bald vorbei, mein Magen verkündete nicht gerade leise seinen Unmut.

Plötzlich erfasste mich ein heftiger Sog und zerrte mich bis auf den Boden des Beckens. Ich versuchte, dagegen anzukämpfen, spürte den Druck in mir größer werden. Bläschen stiegen auf und mir ging der Sauerstoff aus.

Panisch schlug ich um mich, versuchte, wieder an die Oberfläche zu gelangen, doch eine unsichtbare Macht drückte mich weiterhin unter Wasser.

Hilfe!

Ich schrie.

Wieso half mir denn niemand? Sahen sie nicht, dass ich vor ihren Augen ertrank? Ich bemerkte unscharfe Schatten sich schnell um mich herum bewegen. *Wo war Marlo? Wieso rettete er mich nicht?* Angst stieg in mir hoch, füllte mich aus, doch da war noch etwas anderes, etwas, das mir Kraft gab und mir zuflüsterte, dass alles gut werden würde. Eine leise Stimme in meinem Kopf, nicht mehr als ein Hauch, vielleicht auch nur ein flüchtiger Gedanke.

Alastar … Alastar … Alastar …

Das Wasser um mich herum begann zu brodeln, zu kochen. Rote Fäden zogen sich durch das Nass. War das Blut? Mein Blut? Ich wusste es nicht. Mit letztem Antrieb bäumte ich mich auf. Meine Schulter, sie glühte, als würde sie in Flammen stehen. Es brannte, brannte so sehr. *Aufhören! Bitte!*

Dann wurde es still. Und mit der Stille kam die Dunkelheit.

9

Als ich erwachte, drehte sich alles um mich herum. Ich atmete tief ein und aus, bis sich meine Gedanken halbwegs beruhigt hatten. Vorsichtig blinzelte ich, doch die Sonnenstrahlen brannten mir in den Augen, sodass ich mir stöhnend die Hände vors Gesicht hielt. Diese Bewegung, das Hochreißen meiner Arme, verursachte jedoch einen heftigen Schmerz in meiner linken Schulter, der durch meinen gesamten Körper fuhr und mich zusätzlich zum Keuchen brachte. Meine Haut fühlte sich seltsam angespannt und rau an. Dann fiel es mir wieder ein. Die Quelle. Das Blut. Alastar. Was zur Hölle war ein *Alastar*?

»Hallo?«, fragte ich zaghaft, doch niemand antwortete mir. Demnach war ich wohl allein in dem Zimmer. Dieses verdammte Licht! Es war so furchtbar! Blind tastete ich mich aus meinem Bett und an der Wand entlang, während ich inständig hoffte, nirgendwo gegen zu laufen, bis ich das Fenster erreicht hatte. Das Glück war auf meiner Seite, ich fasste nach den Vorhängen, während ich mein Gesicht von der brennenden Sonne abwandte, und zog sie mit einem Ruck zu.

Der darauffolgende Schatten war eine ungeheure Erleichterung. Vorsichtig rutschte ich an die Steinmauer gelehnt auf den Boden, dann versuchte ich erneut, meine Augen zu öffnen. Es ging besser als eben, doch irgendetwas war anders als sonst. Ich befand mich in meinem Zimmer, so viel konnte ich an den schemenhaften Umrissen erkennen, aber aus irgendeinem mir unerklärlichen Grund war alles grau. Der Raum hatte jede Farbe verloren.

Ein Rascheln zu meiner Rechten ließ mich auffahren. Auch wenn ich niemanden ausmachen konnte, so spürte ich deutlich, dass ich nicht mehr allein war. Da, schon wieder. Ich fuhr herum, während sich meine Arme und Beine selbstständig zu machen schienen, und über den Boden krabbelten. *Was verdammt nochmal machte ich hier?*

Ich hielt inne, lauschte dem Schlagen eines fremden Herzens, das unnatürlich schnell raste, roch die Furcht, die von dem schlotternden Wesen ausging. Dann drehte ich den Kopf ein wenig weiter und sah es direkt an. *Habe ich dich!*

Meine Hände schnellten nach vorn, griffen nach dem kleinen Tier und nahmen es gefangen. Wie Gitterstäbe verschränkte ich meine Finger und sah hindurch. Eine Maus, wie süß. Ich spürte, wie sich mein Magen lautstark bei mir meldete und mir das Wasser im Munde zusammenlief. So lange hatte ich nichts mehr gegessen. Mein Gesicht näherte sich meinem Fang, ich hörte das qualvolle Fiepen, fühlte die Todesangst, und es verschaffte mir eine ungeheure Befriedigung.

Verdammt, Leya, was tust du da?

Angewidert schreckte ich zurück, mein Blick flackerte kurz, sodass ich taumelte, dann war meine Sicht wieder klar und voller Farbe. Die kleinen Krallen der Maus schabten an meinen Händen, und ich ließ sie frei. Verwirrt drehte ich mich zum Fenster, schob den Vorhang einen Spalt zur Seite und sah hinaus. Die Sonne verbrannte mich nicht länger. Es war alles wie vorher. Mit einem Ruck riss ich den Stoff zur Gänze auf und genoss die warmen Strahlen auf meiner Haut.

Ich hatte keine Ahnung, was da eben mit mir los gewesen war. Vielleicht war es nur eine Nachwirkung, eine Reaktion auf das, was in der Quelle mit mir passiert war. Aber was war überhaupt geschehen? Sicherlich sah ich furchtbar aus. Ich wandte mich von der Scheibe ab und dem Spiegel in dem Kleiderschrank zu, doch was ich sah, war mehr als nur erschreckend: Mein Erscheinungsbild glich dem eines Zombies, kreidebleich und mit tiefschwarzen Schatten unter den Augen, während diese so rot angeschwollen waren, dass sie mich an Dracula erinnerten. *Verdammt noch eins, was war mit mir passiert?*

Dann dachte ich an den Schmerz in meinem Schulterblatt. Vorsichtig hob ich meine rechte Hand und zog stöhnend mein Kleid soweit hinunter, bis mein linker Arm freigelegt war. Danach verdrehte ich den Kopf und warf über die Schulter einen Blick in den Spiegel. *Alastar.*

Irgendwo im Schloss schrie jemand. Es war ein fürchterlich herzzerreißender Schrei, und erst als Luri und

Marlo in mein Zimmer gestürmt kamen, merkte ich, dass es mein eigener war.

Luri ergriff meine Finger und zog mich in seine Arme. »Es ist alles gut, Leya. Alles gut. Dir wird nichts geschehen.«

Wütend riss ich mich los und funkelte die beiden an. Ich fühlte mich so aufgeladen, als würde ein Feuer in mir tosen. Bestimmt trat mir schon der Qualm aus den Poren. »Nichts geschehen?«, schrie ich ihnen entgegen. »Ich habe ein Tattoo auf meiner Schulter! Ein verdammtes Tattoo! Und das nennt ihr *nichts geschehen*?«

Zerknirscht sahen sie mich an. Erst später fiel mir auf, dass sie wahrscheinlich gar nicht wussten, was ich mit meinen Worten gemeint hatte, doch meine Gestik und Mimik schien unmissverständlich gewesen zu sein.

»Glaubt uns, das haben wir nicht kommen sehen«, sagte Marlo unruhig. Er wirkte auf einmal so distanziert auf mich, ganz so, als wollte er Abstand zwischen sich und mich bringen. Ich wandte mich ihm zu, spürte seine Abwehr mir gegenüber. Er fürchtete sich. Seine Angst füllte mich aus, und ich hatte das Gefühl, dass sie mir Kraft gab, mich stark machte. Und dann war es wieder da, das Flackern in meinem Sichtfeld und ich sah nur noch schwarzweiß.

»Was wird hier gespielt?«, fauchte ich, doch meine Stimme kam mir plötzlich fremd vor. »Was habt ihr nicht kommen sehen?«

Die Männer wechselten einen schnellen Blick. Sie waren beide in höchstem Maße angespannt und ließen mich keine Sekunde aus den Augen. Ich hörte sie beherrscht atmen, sah die Bewegungen ihrer Muskeln unter der Haut und das kalte Metall der Klingen an ihren Gürteln.

»Deine Bestimmung«, antwortete Luri.

»Und was ist das für eine *Bestimmung*?«, fragte ich höhnisch. Was ging hier vor sich, das war doch nicht ich, die da sprach!

Die Männer hoben beschwichtigend die Hände und wichen vor mir zurück.

»Es ist alles gut, Prinzessin«, flüsterte Marlo. »Wir wollen Euch nichts tun. Wir sind Eure Freunde.«

»Freunde!« Mein Kopf fuhr zu ihm herum, meine Nasenflügel blähten sich auf und sogen gierig den Geruch der Angst ein. Mit einem Satz war ich neben ihm, schnappte mir sein Messer und stieß ihm gegen die Brust, wodurch er nach hinten fiel und ich ihn unter mir begrub.

»Nein, nicht!«, schrie er und meinte damit Luri, der nun ebenfalls seinen Dolch gezogen hatte. Der Prinz zögerte, war hin- und hergerissen, doch schließlich gehorchte er widerstrebend und zog sich zurück.

»Du armes Menschlein«, kicherte ich, während ich die Klinge an Marlos Hals gedrückt hielt, bis ein feiner Schnitt zu sehen war.

»Ihr müsst das nicht tun«, flüsterte er und sah mir in die Augen. »Ihr wollt mich nicht töten, Leya. Das seid nicht Ihr.«

Und damit hatte er recht. *Das war nicht ich!* Zögernd starrte ich auf seine Kehle, seine schnelle Atmung ließ seinen Puls höher schlagen und seine Halsschlagader deutlich hervortreten. Die Schneide hatte die Wunde vertieft, auch wenn Marlo krampfhaft versuchte, sich nicht zu bewegen. Blut quoll hervor. Ich sah es nicht, sah kein rot, nur ein dunkles Grau, doch ich konnte es riechen.

»Leya!« Sein Flehen brachte mich zurück in die Wirklichkeit, riss mich aus den Gedanken, die nicht die meinen waren, ließ mich blinzeln und die Welt wieder bunt werden.

Erschrocken warf ich das Messer fort, rutschte von ihm herunter und wich zurück, bis ich die Wand im Rücken spürte. »Was habe ich getan?«, flüsterte ich und bemerkte das Zittern meiner Hände und die Tränen, die mir in die Augen stiegen und schließlich meine Wangen hinunterliefen. »Was habe ich nur getan?«

»Es ist schon gut«, murmelte Luri und ließ sich neben mir auf dem Boden nieder. Marlo hatte sich aufgerappelt, drückte ein Tuch gegen seinen Hals und setzte sich ebenfalls zu mir.

Wir schwiegen eine ganze Zeit, und ich fragte mich, warum niemand sonst hierhergekommen war, warum niemand diesen Lärm gehört hatte. Und warum Luri und Marlo immer noch bei mir waren, obwohl ich sie angegriffen hatte. *Doch warum hatte ich sie überhaupt angefallen?*

»Was ist in der Quelle mit mir geschehen?«, wagte ich, die Stille zu unterbrechen. »Was ist mit mir passiert?«

»In dir hat ein Wandel stattgefunden«, murmelte Luri. »Die Quelle hat dich verändert, dich zu etwas anderem gemacht, du wirst nie wieder vollständig die sein, die du vorher warst.«

Es hörte sich beunruhigend an, so wie er es sagte, aber war es wirklich so schlimm, jemand anderes geworden zu sein? Mein Leben war schließlich bisher nicht besonders toll gewesen.

Dennoch wurde meine Kehle ganz trocken und ich räusperte mich, bevor ich fragte: »Luri, *was* bin ich geworden?«

Er holte tief Luft, dann drehte er den Kopf und sah mich an. »Du bist ein Drachenmädchen.«

Die Stille, die seinen Worten folgte, ließ mich vermuten, dass es nichts Gutes zu bedeuten hatte, ein *Drachenmädchen* zu sein.

»Was heißt das jetzt für mich? Verwandle ich mich in einen Drachen?«

»Nein«, antwortete Marlo, doch anders als Luri wagte er es nicht, mich anzusehen. Er war wütend, das spürte ich, und ich konnte es ihm nicht verübeln. Seine Familie war von einem dieser Wesen getötet worden.

»In der Nacht«, sagte er, »in der die Quelle Euch zu einem … einem Drachenmädchen gemacht hat, ist in den Bergen ein Drache in die Lüfte entstiegen und hat sich auf den Weg gemacht. Späher haben ihn gesehen. Das ist jetzt vier Tage her. Wie es scheint, hat er Euch in dem Moment gefunden, in dem Ihr aufgewacht seid, sonst hätte er nicht Besitz von Euch ergreifen können.«

»Du meinst, das eben war nicht ich, sondern ein Drache?«

»Ich hoffe es, denn es würde mir begreiflich machen, warum Ihr mich umbringen wolltet.« Er machte mir keinen direkten Vorwurf, dennoch meldete sich sofort mein schlechtes Gewissen.

»Er nimmt Verbindung mit dir auf, wahrscheinlich um deinen Aufenthaltsort herauszufinden«, versuchte Luri, meinen Zustand zu erklären. »Ein Teil seines Wesens scheint dann auf dich überzugehen, aber es ist auch gut möglich, dass er es selber nicht einmal merkt. Ist dir vielleicht etwas Ungewöhnliches aufgefallen?«

Ich nickte zögerlich. »Als ich aufgewacht bin, brannte die Sonne wie Feuer in meinen Augen. Ich musste schnell die Vorhänge schließen und als ich wieder sehen konnte, war alles schwarzweiß. Mein Geruchs- und Gehörsinn haben sich deutlich verbessert und ich habe Heißhunger auf Fleisch.«

»Ja, zumindest die letzten Anzeichen sprechen für einen Drachen.«

»Luri … was bedeutet Alastar?« Bei dieser Frage tastete ich zu meiner linken Schulter, auf der die schwarzen Buchstaben in meine Haut gebrannt oder gestochen worden waren, oder wie auch immer sonst das Tattoo dorthin gekommen war. Ich hatte schon öfters mit dem Gedanken gespielt, mir eines stechen zu lassen, wenn ich endlich volljährig war. Vielleicht einen Tiger oder ein in Flammen stehender Phönix, aber mit Sicherheit kein Wort, von dem ich nicht einmal wusste, was es bedeutete.

»Alastar ist der Name des Drachen, der Euch sucht«, antwortete Marlo leise.

»Ist das denn so schlecht?«

Die beiden Männer sahen sich an, dann mich, und in ihren Blicken lag eine tiefe Traurigkeit.

»Luri?«, fragte ich heiser.

Der Prinz räusperte sich. »Alastar kommt, um dich zu töten.«

10

»Ich verstehe das nicht«, rief ich hilflos, doch die beiden Männer ignorierten mich eiskalt. Eilig waren sie in die Bibliothek gelaufen, ich ihnen hinterher. Dort hatten wir die Königin angetroffen, die mit einigen ihrer Hofdamen an einem Wandteppich webte. Sie schickte die Frauen augenblicklich fort und half den Männern nun eifrig dabei, die Bücherregale abzusuchen. Mir war nicht ganz klar, was genau sie zu finden erhofften, weil niemand mit mir sprach. Deswegen hatte ich mich mit angezogenen Beinen in einen Sessel gekauert und wartete darauf, dass man mir erklärte, was eigentlich los war.

»Warum sollte Alastar mich töten wollen?«, fragte ich also mehr mich selbst und drückte mir eines der Kissen vor die Brust, als könnte es mich so vor dem Angriff eines Ungeheuers bewahren. »Ich habe ihm nichts getan. Das ergibt doch alles keinen Sinn.«

»Hier ist es!«, rief meine Tante schließlich und hielt triumphierend einen dicken Wälzer über Legenden und Sagen in die Höhe. Ihr Sohn nahm ihr das Buch sofort ab und legte es auf den hölzernen Tisch. Wild blätterten sie sich durch die Seiten, bis sie gefunden hatten, wonach sie suchten.

»Drachenkinder«, las Luri laut vor, »besitzen als einzige Wesen den Einfluss, die feuerspeienden Bestien zu bändigen. Hat die Quelle sie auserwählt, entsteht zwischen jenem Drachenkind und seinem Drachen eine Verbindung, die jedoch keine positive darstellen muss. Drachen sind von Natur aus wild und unbeherrscht. Da das berufene Kind allein die Macht hat, es zu zähmen, wird das Tier versuchen, den Auserwählten zu töten. Nicht viele Menschen überleben den Kampf. Schaffen sie es doch, verschmelzen beide Wesen zu einer Seele in zwei Körpern. Das letzte Drachenkind wurde vor über zweihundert Jahren berufen.«

»Also hat Alastar vor, mich zu töten, weil er nicht will, dass ich ihn beherrsche?«, fasste ich das Gehörte noch einmal zusammen. Mariana nickte mitfühlend.

»Drachen fürchten sich vor nichts mehr als einem Leben in Gefangenschaft und Unterdrückung. Sie würden niemals kampflos ihren freien Willen aufgeben.«

»Ich kann es ihm nicht verübeln«, murmelte ich und versank noch tiefer in dem Sessel. Wie sollte ich nur jemals einen Kampf gegen ein solches Ungetüm bestehen? Und hatten wir nicht eigentlich schon genug Sorgen? »Steht da vielleicht auch zufällig drin, wie ich Alastar besiegen kann?«

Luri schüttelte den Kopf. »Jeder Drache ist einzigartig und hat seine eigenen Stärken und Schwächen, genau wie wir Menschen. Du musst seinen Schwachpunkt finden, Leya. Eine andere Möglichkeit bleibt dir nicht.«

»Und wann merke ich, dass ich ihn beherrsche?«

»Ihr müsst ihn berühren«, antwortete Marlo und die Königin ergänzte: »Der erste Kontakt zwischen euch beiden festigt die Verbindung.«

Das war ja ganz toll. Warum war ich nur hier geblieben? Ich hätte einfach durch den See nach Hause schwimmen sollen …

»Da ist noch etwas, Leya«, riss Luri mich aus meinen Gedanken. »Wenn ihr erst einmal miteinander verschmolzen seid, dann kann euch selbst der Tod nicht wieder entzweien.«

»Du meinst …«

»Wenn einer von euch stirbt, stirbt auch der andere.«

Würde ich nicht schon längst sitzen, hätte ich es spätestens jetzt tun müssen. Die Aussicht, für immer an ein anderes Wesen gebunden zu sein, behagte mir überhaupt nicht.

»Ist ja klasse«, murmelte ich trübselig. »Dann sollte ich mich wohl am besten mal mit diesen Viechern auseinandersetzen.«

Meine Tante setzte sich neben mich und ergriff meine Hand, während sie mich tadelnd anblickte. »Drachen sind keine *Viecher*, Cataleya. Sie sind atemberaubende Geschöpfe.«

Unwillkürlich kam mir das Buch *Eragon* von Christopher Paolini in den Sinn. Dort hatte ein

Bauernjunge durch seinen Drachen unglaubliche Kräfte erlangt.

»Bekomme ich auch Zauberkräfte?«, fragte ich vorsichtig.

»Sei nicht albern«, antwortete Luri mit einem Lachen. »Ihr Feuer ist magisch, mehr aber auch nicht. Durch die Verbindung geht lediglich seine Stärke auf dich über.«

Erleichtert atmete ich aus. Wenigstens musste ich mir dann keine Sorgen machen, schwer beherrschbaren Hokuspokus zu erhalten, der einen tötete, wenn man nicht aufpasste.

»Ihr werdet lernen müssen, diese Macht zu kontrollieren, bevor sie Euch kontrolliert«, brummte Marlo, während er weiter in den Büchern blätterte, und machte damit meine Hoffnung, dass vielleicht alles gar nicht so schlimm war, wie es sich anhörte, wieder zunichte.

Ein zaghaftes Klopfen an der Tür zur Bibliothek erklang, und kurz darauf betrat eine von Marianas Kammerzofen den Raum.

»Meine Königin«, sagte sie und fiel in einen tiefen Knicks. »Seine Majestät erwartet Euch im Konferenzsaal. Er benötigt Euren weisen Rat.«

Mit wehmütigem Blick löste meine Tante ihre Aufmerksamkeit von mir und den Büchern. »Entschuldigt mich.«

Ich sah ihr nach, bis sich die Tür wieder geschlossen hatte. Toll, Fips könnte mir ruhig mal behilflich sein, immerhin hatte er mich erst in diese Situation gebracht. Ein ganz super Beschützer war er.

Für einen Moment war es still, dann schlug Marlo das Buch zu und wirbelte Staub durch die Luft. Erschöpft ließ er sich auf das Sofa fallen. »Das ist doch Wahnsinn!«

Seine plötzliche Mutlosigkeit stimmte mich traurig. Wenn sogar er schon an dem Erfolg meiner Mission zweifelte, dann brauchte ich es gar nicht erst versuchen.

»Was passiert, wenn ich es nicht schaffe, die Macht über den Drachen zu erlangen?«, fragte ich zögerlich. Mir ließ das Ganze einfach keine Ruhe mehr.

Luri setzte sich neben seinen Freund und strich sich mit der Hand seufzend das Haar aus dem müden Gesicht. »Der Drache ist ein Geschöpf der Dunkelheit. Kannst du seine Kraft kontrollieren, kontrollierst du auch das Dunkle in ihm und dir. Schaffst du es nicht …«

»Verfalle ich selber der Dunkelheit«, sprach ich aus, was alle dachten. Eine Gänsehaut breitete sich auf meinen Armen aus und ich hatte das Gefühl, die Temperatur in diesem Raum wäre schlagartig um zehn Grad gefallen. Das war ganz schön gruselig.

Er nickte. »Wenn wir dich an die Dunkelheit verlieren, dann ist unser Schicksal besiegelt. Niemand würde den Dämon noch aufhalten können.«

Warum musste es eigentlich immer so kompliziert sein? Konnte es nicht ein einziges Mal einen leichten Ausweg geben? Auf der anderen Seite wäre einfach aber auch ganz schön langweilig …

»Wann werden wir zu dieser Höhle aufbrechen?«

»Sobald der König es befiehlt«, antwortete Marlo. »Ich werde veranlassen, dass alles für unsere Abreise vorbereitet sein wird. Die Stallknechte werden die Pferde bereithalten.

Wir müssen davon ausgehen, dass es in den nächsten Tagen der Fall sein wird.«

Pferde, auch das noch. Mir blieb aber auch gar nichts erspart.

»Was ist mit Alastar?«

»Er wird dich finden, Leya«, sagte Luri ernst. »Egal, wo du bist. Das darfst du nie vergessen.«

Die Tür öffnete sich und die Königin kam zurück. Sie sah blass aus und ausgelaugt, als hätte ihr plötzlich jemand jeglichen Lebenswillen genommen.

»Was ist geschehen, Mutter?« Luri war sofort aufgesprungen, ergriff Marianas Arm und führte sie zum Sofa, wo sie sich erschöpft niederließ.

»Er weiß es«, flüsterte sie. »Artur weiß, dass seine Tochter hier bei uns ist. Und er kennt ihr Schicksal. Falk hat es irgendwie geschafft, ihn zu kontaktieren. Unsere Späher haben einen Trupp seiner Männer entdeckt.«

»Was bedeutet das?«, fragte ich verunsichert.

»Dass wir früher aufbrechen müssen als geplant«, antwortete Marlo zerknirscht und die Königin nickte traurig.

»Unsere Wachen berichten, die Soldaten seien noch fünf Tagesmärsche von Lichtstein entfernt.«

»Das ist nicht viel«, murmelte Luri. »Ihr solltet das Schloss vor Morgengrauen verlassen haben.«

»So früh schon?« Ich hatte gewusst, dass der Moment kommen würde, in dem ich den Palast verlassen musste, doch das war in so weiter Ferne gewesen, dass ich es nicht richtig registriert hatte. Erst jetzt wurde mir schmerzlich bewusst, was das eigentlich bedeutete.

»Je eher ihr fortgeht, desto sicherer ist es für alle Beteiligten. Falks Männer dürfen dich unter keinen Umständen in die Fänge kriegen.« Mariana ergriff meine schweißnassen Finger und drückte sie.

»Hinzu kommt, dass du nicht hier sein solltest, wenn der Drache dich findet, sonst wäre nicht nur dein Leben in Gefahr«, ergänzte Luri.

Mein lieber Herr Gesangsverein, er verstand es wirklich, jemandem Mut zu machen.

»Ihr solltet schon einmal Eure wichtigsten Habseligkeiten für die Reise packen und Euch ausruhen, Prinzessin«, schlug Marlo vor. »Es warten sehr anstrengende Tage auf uns.«

Er streckte mir seine Hand hin und ich ließ mir von ihm aus dem Sessel helfen. Schweigend verließen wir die Bibliothek und sprachen auch dann noch nicht, als wir bei meinem Zimmer ankamen. Als ich die Tür öffnete, lief mir ein eisiger Schauer den Rücken hinab.

»Marlo«, flüsterte ich. »Was ist, wenn er wieder kommt? Alastar meine ich … Was soll ich tun, wenn er wieder Besitz von mir ergreift?«

»Ich glaube nicht, dass es so schnell erneut passieren wird. Er ist noch zu weit weg, um die Verbindung mit Euch aufrechtzuerhalten. Ich befürchte, dass es erst schlimmer wird, je näher wir ihm kommen.« Er lächelte müde und strich mir mit seinen rauen Händen über die Wange. »Ihr dürft niemals vergessen, wer Ihr seid, Prinzessin.«

Remember who you are, diese Weisheit hat auch Mufasa an seinen verzweifelten Sohn Simba weitergegeben.

Ich schluckte und nickte zögerlich. »Okay.«

»Ruht Euch aus. Ich werde Euch morgen zeitig aufwecken.«

Ich sah ihm nach, bis er am Ende des Flures nach links abbog, um zu seinem eigenen Zimmer zu gelangen. Dann schloss ich die Tür und ließ mich auf das Bett fallen. Ich hatte nicht den leisesten Schimmer, was man auf so einer Reise alles benötigte. *War das wie beim Campen?*

Ich brauchte Klamotten. Unbedingt sogar, ich bezweifelte nämlich stark, dass wir die Gelegenheit zum Waschen bekommen würden. *Wie wusch man seine Sachen eigentlich in der freien Natur? In einem See?* Verdammt, ich hatte ja nicht einmal eine Ahnung, wie lange wir überhaupt unterwegs sein würden …

Frustriert rollte ich mich wieder vom Bett, durchwühlte den Kleiderschrank, der noch monströser wirkte, wenn man in ihm stand, und entdeckte nach einer Weile einen Beutel, den man als Urgroßvater des modernen Rucksacks durchgehen lassen konnte. Das musste reichen.

Ich kämpfte mich durch die voluminösen Stoffe der Kleider, spuckte Tüll aus, den ich beim Einatmen versehentlich angesogen hatte, und fand schließlich, wonach ich suchte: Hosen! Agatha hatte doch mehr besorgen können, als ich gedacht hatte. Erleichtert griff ich danach, stopfte sie in die Tasche und die Leinenhemden gleich hinterher. Keine Unterwäsche zur Verfügung zu haben behagte mir zwar immer noch nicht, aber es war bei weitem nicht so schlimm, wie ich anfangs befürchtet hatte. Man gewöhnte sich schnell daran. Ich musste sogar zugeben, dass es erstaunlicherweise ganz angenehm war, denn so blieb mir wenigstens das ätzende Gefühl erspart, wenn sich die Unterhose selbstständig in Richtung Poritze bewegte …

Energisch schüttelte ich den Kopf.

Ich hatte andere Sorgen als nervige Schlüpfer, und sollte mich vielmehr auf das Wesentliche konzentrieren. Und vor allem sollte ich meinen Energievorrat auffüllen. Die Erkenntnis, plötzlich ein Drachenmädchen zu sein – was auch immer das für meine Zukunft bedeuten mochte - und der unerfreuliche Zwischenfall mit dem Drachen selbst, hatten mich erschöpft. Müde zog ich mich aus und kuschelte mich in die Laken. Ich musste dieses Gefühl eines weichen Kissens und einer warmen Decke genießen. Wer wusste schon, wann ich wieder die Gelegenheit bekommen würde, in einem richtigen Bett zu schlafen?

Mitten in der Nacht schreckte ich hoch. Geräusche von aufeinander schabendem Metall, die eindeutig nicht zu einer Regenbogenwiese voller Einhörner gehörten, hatten mich aus meinem zuckerwatteähnlichen Traum gerissen. Ich verließ meine wärmende Höhle und schlich zum Fenster. Dort angekommen wischte ich mir den Schlaf aus den Augen, bis ich halbwegs normal sehen konnte, und lugte vorsichtig hinaus. Männer liefen gehetzt über den Hof, brüllten sich gegenseitig an und zogen ihre Waffen. Was ich sah, ließ das ungute Gefühl in mir aufsteigen, dass hier etwas anscheinend ganz und gar nicht nach Plan verlief. Kaum hatte ich diesen Gedanken zu Ende formuliert, flog meine Zimmertür auf und jemand hastete herein. Es war Marlo.

»Zieht Euch an!«, befahl er und warf mir mein Hemd zu.

»Was ist passiert?«, fragte ich, während ich, so zügig es ging, in meine Sachen schlüpfte.

»Ein Trupp von Falks Männern ist hier. Wir müssen sofort verschwinden!« Er stürmte wieder aus meinem Zimmer. Verdattert starrte ich ihm nach. Lichtstein wurde angegriffen? *Oh mein Gott!* Das passierte alles viel zu schnell, ich hatte doch überhaupt keine Ahnung, was ich tun sollte. Ich war noch nicht so weit!

»Prinzessin!«

Hastig schnallte ich mir das Schwert um die Hüfte, befestige den Dolch ebenfalls an meinem Gürtel und rannte Marlo hinterher, während ich mir meinen Beutel panisch vor die Brust drückte. Keuchend holte ich ihn ein.

»Aber ich dachte, die sind noch fünf Tage von hier entfernt?«

»Nicht alle, wir wurden getäuscht.« Er beschleunigte seine Schritte, riss im Laufen zwei Beutel an sich, die ein Diener, der uns entgegenkam, ihm hinhielt. Ich ergriff den Dritten und sah mich irritiert um.

»Gehen wir nicht zu den Ställen?« Hoffentlich hatte er ein anderes Fortbewegungsmittel für uns aufgetrieben. Obwohl ich bezweifelte, dass es so etwas hier gab.

»Nein«, antwortete Marlo, während er mich weiter in den Keller des Palastes führte. »Die sind zu nah am Stadttor, wir kämen nicht ungesehen an den feindlichen Männern vorbei.« Er gab mir deutlich zu verstehen, dass er mir später alles erklären würde, weshalb ich ihm stumm durch die Korridore folgte. Mein Leben lag nun in seinen Händen und ich vertraute darauf, dass er uns sicher hier raus brachte. Eine andere Wahl hatte ich nicht.

Wir stiegen eine Treppe nach der anderen hinunter und ich fragte mich, wie tief so ein Schloss überhaupt gebaut sein konnte. Vor einer schweren Holztür, die mit Eisen beschlagen war, hielt er an und klopfte dagegen. Dreimal langsam, zweimal schnell und wieder dreimal langsam. Hörte sich an wie ein Losungswort. Als eine Klappe zurückgeschoben wurde, sah ein mürrischer Soldat durch das Loch hinaus, erblickte den Kampfmeister und öffnete die Tür. Marlo dankte ihm knapp und zog mich hinter sich her durch einen schmalen Gang, der nur schwach von einzelnen Fackeln beleuchtet wurde und an seinem Ende in einem Gewölbe mündete. Von diesem zweigten sich mehrere Räume ab, die durch Gitterstäbe voneinander getrennt wurden. Die Zellen waren zum größten Teil leer, doch mir wurde ganz schlecht bei dem Gedanken, dass wir uns in einem echten Kerker befanden. Der muffige Geruch machte es nicht besser.

Links neben den Käfigen – denn etwas anderes waren sie nicht - erstreckte sich ein weiterer Flur, in den Marlo mich nun führte. Im Vorbeigehen konnte ich nicht verhindern, einen Blick auf die wenigen jämmerlichen Gestalten zu werfen, die zusammengesunken in ihrem eigenen Dreck auf ihr Schicksal warteten. *Was hatten sie nur so Schlimmes getan, dass sie in diesem Drecksloch ihr Leben verbringen mussten?* So eine Verschwendung kostbarer Lebenszeit …

Auf einmal packte mich etwas am Bein und ich schrie unwillkürlich auf. Zwei dreckige Hände hielten, ungeachtet der Stäbe, meinen Knöchel mit eisernem Griff umschlungen, sodass ich beinah gestürzt wäre, hätte Marlo mich nicht aufgefangen.

»Sieh mal einer an, die Prinzessin macht sich klammheimlich aus dem Staub.« Der Gefangene grinste mich gehässig an.

»Falk«, flüsterte ich panisch. Sein Gesicht rief in mir die schrecklichen Erinnerungen an meine erste Nacht in Lichtstein hervor. Ich schüttelte den Kopf, um sie zu vertreiben. Hatte der König ihn nicht schon längst hängen lassen?

»Nimm deine dreckigen Finger von ihr!«, forderte Marlo, doch als Falk keinerlei Anstalten machte, zu gehorchen, trat er wütend nach dessen Hand. Mit schmerzverzerrtem Gesicht zog der Häftling seinen Arm zurück. »Wir sehen uns noch, Schwesterchen.«

Sein Blick jagte mir einen eiskalten Schauer den Rücken hinunter. Das war nicht mein Bruder. Nie im Leben war er das! Er ähnelte mir nicht im Geringsten!

»Wir dürfen nicht verweilen, Leya«, flüsterte Marlo und zog mich behutsam, aber dennoch bestimmt weiter. »Vergesst den Kerl, er ist ein Niemand.«

Ja, ein Niemand.

Ich ignorierte Falks Rufe, blendete ihn aus und ließ ihn auch in meinen Gedanken zu einem Niemand werden. Das machte es erträglicher.

Wir folgten dem Gang an einer Wache vorbei und wieder aus dem Kerker heraus. Dann stiegen wir eine gefühlt unendlich lange Treppe hinauf, bis wir erneut vor einer kleinen, unscheinbaren Tür stehen blieben.

»Dieses Tor befindet sich außerhalb der Schlossmauern. Egal was geschieht, verhaltet Euch unauffällig und gebt ja keinen Laut von Euch«, ordnete

Marlo an. »Ich gehe zuerst. Ihr kommt nach, sobald ich Euch ein Zeichen gebe.«

Ich nickte. Mühsam stemmte Marlo das Portal auf. Die Scharniere knarzten und ächzten, aber nach einem kräftigen Ruck gaben sie nach. In geduckter Haltung schlich er hinaus und verschwand in der Dunkelheit. Kurz darauf kam er zurück.

»Hier ist alles ruhig, kommt schnell!«

Er verschloss die Tür hinter uns und als er sich erneut versichert hatte, dass wir allein waren, rannten wir blind über die Wiese in den Wald hinein. Aus der Nähe waren Kampfgeräusche zu vernehmen, die mir nur allzu deutlich den Ernst der Lage vor Augen führten. Plötzlich drang ein schriller Schrei an mein Ohr, der in einem Röcheln endete und mich vor Schreck erstarren ließ. Das klang nicht gut. Marlo griff mit seiner Hand unter mein Kinn und zwang mich, ihn anzusehen.

»Konzentriert Euch allein auf mich, Hoheit«, sagte er sanft und führte mich langsam weiter. Ein Zittern befiel mich.

»Ist …«, meine Stimme brach. »Ist da … ist da jemand gestorben?«

»Es wird nicht das letzte Mal jemand sein Leben für Euch geben, Prinzessin«, raunte er. Das gefiel mir noch viel weniger.

Ich wusste nicht, wie lange wir liefen, wahrscheinlich waren es nur ein paar Minuten, doch mir kam es wie eine Ewigkeit vor. Dann hielt Marlo plötzlich an, legte die Hand an den Mund und zwitscherte wie ein Vogel.

Für einige Herzschläge blieb alles ganz ruhig, dann ertönte das gleiche Zwitschern nicht weit von uns entfernt und ein Schatten löste sich aus der Dunkelheit. Es war ein Junge, der als Diener für den König arbeitete und den ich schon ein paar Mal im Schloss gesehen hatte. Er führte zwei große Tiere hinter sich her: Pferde.

Der Kampfmeister dankte ihm leise, nahm ihm die Zügel ab und der Junge lief in die Richtung davon, aus der wir gekommen waren.

»Hier, zieht das an«, befahl Marlo und reichte mir einen Knäuel aus dickem Stoff, der sich beim Auseinanderfalten als ein Umhang entpuppte. »Die Nächte können recht kalt sein.«

Ich gehorchte artig, legte mir den schweren Mantel um die Schultern und verschloss die Schnalle an meinem Hals.

Ein verdächtiges Rascheln ließ uns herumfahren. Marlo drückte mir die Zügel in die Hand und zog seinen Dolch. »Wer ist da?«

Es raschelte erneut, dann sprang ein flauschiges Etwas vor unsere Füße.

»Fips!«, entfuhr es mir überrascht und zugegebenermaßen auch erleichtert. Ich freute mich ungemein, ihn zu sehen, denn er war schon immer mein Anker in trostlosen Situationen gewesen. »Was machst du hier?«

»Dich beschützen natürlich!«

»Kommt nicht infrage«, brummte Marlo, während er bereits die Beutel an den Sätteln befestigte. »Der Hase würde uns nur aufhalten.«

»Kaninchen!«, verbesserten Fips und ich ihn wie aus einem Munde und ich konnte mir ein Grinsen nicht verkneifen. Für einen kurzen Moment vergaß ich sogar den Grund unserer Abreise.

Der Waffenmeister verdrehte die Augen. »Wie auch immer.« Mit einem kräftigen Satz schwang er sich auf den Pferderücken. »Wir müssen los.«

»Ich komme mit, ob es dir nun passt oder nicht, Bürschchen!«, sagte Fips und hob drohend seine Pfote.

Einen Moment lang schwieg Marlo, dann seufzte er. »Meinetwegen. Aber wenn du uns Schwierigkeiten bereitest, ziehe ich dir eigenhändig das Fell über die Ohren!«

»Damit kann ich leben.«

Der Mann schnaubte. »Aufsitzen, Prinzessin.«

Mein Grinsen erstarb. »Oh nein«, entfuhr es mir und ich wich mehrere Schritte vor dem braunen Ungetüm zurück. Es gab einen guten Grund dafür, warum ich Pferden gegenüber abgeneigt war. Bisher war ich erst einmal in meinem Leben geritten und es hatte in einer Katastrophe geendet. Damals, als ich zehn Jahre alt gewesen war und meine Mutter mit mir auf einem Ponyhof Urlaub gemacht hatte. Durch die Zeitschrift *Wendy* und die *Immenhof*-Filme hatte mich regelrecht das Pferdefieber gepackt, doch nach diesem Ereignis war ich dank eines gebrochenen Arms schnell wieder kuriert gewesen. Hoffentlich wiederholte sich das Theater nicht.

Marlo betrachtete mich für einen Augenblick, dann sprang er von seinem Tier, war mit wenigen Schritten bei mir und hob mich ohne ein weiteres Wort in den Sattel. Panisch krallten sich meine Hände in die Mähne des Pferdes. Der Krieger packte das empörte Kaninchen im Nacken und setzte es vor mir ab, bevor er sich selbst wieder in den Sattel schwang. Er schnalzte mit der Zunge und sein Pferd setzte sich in Bewegung, während das, auf dem ich nun saß, ihm artig folgte. Hoffentlich konnte Fips sich gut festhalten, ich befürchtete nämlich, dass ich selbst genug damit zu tun haben würde, nicht herunter zu fallen.

Ich wagte einen Blick zurück und konnte zwischen den Bäumen ganz schwach die Umrisse des Schlosses erkennen. Der Graben trennte es von dem Wald, in dem wir uns nun befanden. Es versetzte mir einen Stich, dass ich mich wegen unseres plötzlichen Aufbruchs nicht einmal richtig hatte verabschieden können.

»Bis bald«, flüsterte ich schweren Herzens, bevor wir losritten.

11

Marlo trieb die Pferde zu unerbittlicher Eile an, sodass ich befürchtete, sie würden vor Erschöpfung zusammenbrechen. Doch erstaunlicherweise hielten sie tapfer durch, wohingegen ich schon nach kurzer Zeit den Sattel gern wieder verlassen hätte. Jegliches Gefühl war meinen Händen entwichen, da sie krampfhaft die Zügel umklammerten, während meine Oberschenkel fürchterlich schmerzten. Wie gern würde ich mich in das weiche Gras fallen lassen und einfach nur liegen bleiben, aber ich traute mich nicht, Marlo um eine Pause zu bitten.

Die Landschaft zog nur so an mir vorbei, da sich meine ganze Aufmerksamkeit darauf richtete, aufrecht sitzen zu bleiben. Ich bewunderte Fips, der sich vor mir zusammengerollt hatte und seelenruhig schlief. Selbst die heftigen Stöße, wenn die Pferde über kleine Hindernisse sprangen, schienen ihn nicht zu stören. Mich dagegen umso mehr.

Als Marlo das Tempo drosselte, um den Tieren eine kurze Verschnaufpause zu gönnen, strich ich vorsichtig Fips' Fell zur Seite und bemerkte, dass sich seine winzigen Krallen in das Leder des Sattels gebohrt hatten. Das war also sein Trick. Ziemlich clever. Nach einer Weile wachte er wieder auf, lehnte sich an mich und ließ sich genüsslich den Wind durch den Pelz wehen.

Der Wald erschien mir endlos lang und die Baumkronen weigerten sich, die Sonnenstrahlen durchzulassen, weswegen ich unmöglich sagen konnte, wie spät es war. Irgendwann zügelte Marlo sein Pferd, sah sich aufmerksam um und stieg ab.

»Wir bleiben heute Nacht hier.«

Was? Es war schon Nacht? Ich zerrte hilflos an den Zügeln, um mein Pferd zum Stehen zu bringen, und erntete dafür ein tadelndes Schnauben. Fips sprang schnell aus dem Sattel und brachte sich in Sicherheit. Marlo griff in die Zügel hinein, hielt sie fest und strich dem Tier sanft über die weichen Nüstern.

»Es ist alles gut«, murmelte er. »Die Prinzessin hat das nicht absichtlich getan.« Das Pferd schnaubte erneut, ruckelte mit dem Kopf, hielt aber ansonsten still. Marlo kam grinsend an meine Seite und reichte mir seine Hände.

»Das arme Tier hat auch Gefühle«, sagte er und zwinkerte mir verschmitzt zu.

Dieses Mal kam das Schnauben von mir, doch ich ließ mich trotzdem aus dem Sattel heben. Kaum hatte er mich auf dem Boden abgesetzt und losgelassen, knickten meine steifen Beine wie Strohhalme ein. Stöhnend blieb ich einfach liegen, streckte meine Hände aus und bewegte meine starren Finger, damit zumindest in einen Teil meines Körpers das Gefühl zurückkehrte. Dann richtete ich mich langsam auf, zog vorsichtig meine tauben Glieder an, bevor ich sie erneut ausstreckte. Ich wiederholte die Bewegung so lange, bis es schmerzhaft anfing zu kribbeln.

Während des ganzen Versuchs, meinen Extremitäten Leben einzuhauchen, hatte Marlo sich lachend abgewandt, Äste gesammelt und ein Feuer entzündet. Als ich mich wieder soweit normal fühlte, stand ich auf und ging ein paar Schritte. Okay, humpeln würde es wohl eher beschreiben. Dabei rieb ich mir meinen zusätzlich auch noch wundgescheuerten Hintern.

»Ihr braucht gar nicht so dämlich zu grinsen«, blaffte ich meine beiden Begleiter an, die sich nur mit Mühe zu beherrschen schienen. »Das ist überhaupt nicht lustig!«

»Doch, irgendwie schon«, meinte Fips und lachte hinter vorgehaltenen Pfoten.

Na toll, ich hatte wirklich gedacht, wenigstens er wäre auf meiner Seite.

»Hier, esst etwas«, sagte Marlo versöhnlich und warf mir eine Feuerfrucht zu. »Das erste Mal ist immer schlimm, aber Ihr gewöhnt Euch noch daran.«

»Hoffentlich«, murmelte ich und lehnte mich an einen Baumstamm, der gerade nah genug war, dass mich die Wärme des Feuers erreichte.

»Können wir jetzt Klartext miteinander reden?«, fragte ich nach einer Weile der Stille.

Überrascht sahen die beiden mich an.

»Was bedeutet Klartext?«, entgegnete Marlo.

»Das bedeutet, offen miteinander zu reden. Ohne Geheimnisse«, erklärte ich. »Warum haben wir das Schloss wirklich verlassen?«

»Wie meint Ihr das?«

Ich seufzte. »Haltet ihr mich echt für so naiv? Wenn eine Handvoll Männer mein Schloss angreifen würde, hätte ich mich lachend verbarrikadiert und ihnen den Mittelfinger gezeigt.«

Marlos Verwirrung nahm zu, das konnte ich deutlich in seinem Gesicht ablesen.

»Ich habe keine Ahnung«, sagte er, »warum ich jemandem meinen Mittelfinger zeigen sollte, ich nehme an, das hat eine Bedeutung in Eurer Welt? Wir haben den Palast verlassen, um Euch in Sicherheit zu bringen.«

Ich glaubte ihm kein Wort.

»In Sicherheit wäre ich hinter den schützenden Mauern und nicht in freier Wildbahn. Bitte lüg mich nicht an, Marlo. Meinst du nicht, ich habe es verdient, die Wahrheit zu erfahren? Sind Falks Männer wirklich hinter mir her?«

Ich konnte sehen, wie seine Schultern ein wenig herabsanken. Fips erwiderte seinen hilflosen Blick mit einem Nicken.

»Sie kann die Wahrheit ertragen«, sagte er.

»Also schön«, murmelte der Krieger ergeben. »Falks Männer sind nicht hinter Euch her. Noch nicht. Sie sind nach Lichtstein gekommen, um ihren Anführer zu befreien.«

»Und warum mussten wir das Schloss dann verlassen?«, hakte ich weiter nach. Mann, war das ätzend, ihm alles aus der Nase ziehen zu müssen. »Wen wollt ihr wirklich beschützen?«

Die beiden wechselten einen verschwörerischen Blick, also hatte ich recht und es gab noch einen Grund.

Allerdings schien mir keiner von ihnen eine Antwort geben zu wollen, bis Fips schließlich die Ohren hängen ließ.

»Arnoldus musste eine schwere Wahl treffen«, sagte er leise. »Der Drache wird kommen und alles vernichten.«

Ich schnappte hörbar nach Luft. »Also hat er beschlossen, sein Volk zu retten, indem er mich der Bestie zum Fraß vorwirft? Seine eigene Nichte.«

»Das wird nicht geschehen«, knurrte Marlo. »Deswegen sind wir hier. Wir beschützen Euch.«

Ich verdrehte die Augen. Von dem eigenen Onkel im Stich gelassen zu werden ... Das war hart. Das war ziemlich hart. Es verdeutlichte mir wieder, dass ich trotz allem ganz allein war.

»Du musst verstehen, Leya«, sagte Fips mit einem belehrenden Ton in der Stimme, »dass Arnoldus in erster Linie ein König ist. Das Wohl seiner Untertanen steht immer an erster Stelle. So will es das Gesetz.«

»Es kümmert mich nicht, warum er das getan hat«, fauchte ich meine Begleiter an. »Er ist mir völlig egal.«

Ich meinte es nicht so, wie ich es gesagt hatte. Meine Familie war mir natürlich nicht egal. Aber die Zeit in der Schule hatte mich gelehrt, dass sich niemand für meine Gefühle interessierte, weswegen ich sie schluckte und gute Miene zum bösen Spiel machte. Da waren sie wieder, die alten Muster, in denen ich mich verrannt hatte.

»Sind wir wirklich auf dem Weg zu der Fee, um das Rätsel zu lösen?«, fragte ich leise. »Oder war das auch gelogen?«

»Nein«, antwortete Marlo. »Das war keine Lüge. Aber als Erstes kümmern wir uns um den Drachen.«

Ich nickte. Gut, ein Problem nach dem anderen. Enttäuscht von der ganzen Welt wickelte ich mich enger in meinen Umhang und war bald darauf eingeschlafen.

Mir stiegen unterschiedliche Gerüche in die Nase, ließen mich schnuppern, um herauszufinden, wo ich war. Ich roch den Mist von Pferden, diese furchtbar stinkenden Biester, erschnüffelte den erkalteten Schweiß auf menschlicher Haut und die rauchige Asche eines beinah erloschenen Feuers. Da war noch etwas. Meine Sinnesorgane schärften sich und nach kurzem Suchen fand ich, was ich suchte. Das winzige, aber kräftig schlagende Herz bereitete mir eine gespannte Erwartung. Noch wusste der mickrige Kerl nicht, was ihm bevorstand. Dass ich ihn fressen und seine Knochen als Zahnstocher verwenden würde …

Entsetzt schreckte ich hoch, öffnete die Augen und sah trotz der Dunkelheit jedes noch so kleine Detail in voller Schärfe. *Bitte nicht schon wieder.* Mein Kopf fuhr herum. Ich wusste genau, wo das Fellknäuel sich schlafen gelegt hatte.

Ruckartig stand ich auf und schlich auf meine Beute zu. *Was war hier los? War ich auf dem Weg zu Fips? Ich wollte ihn doch nicht etwa … Nein, Fips! Hallo?*, schrie ich panisch, doch kein Ton verließ meine Lippen. *Kann mich jemand hören?*

An der Feuerstelle hielt ich inne. Asche. Es gab nichts Schöneres. Die letzten Holzsplitter glommen noch vor sich hin, zwar konnte ich ihr rötliches Leuchten nicht sehen, dafür aber einen schwachen gräulichen Schein. Meine linke Hand streckte sich automatisch der Glut entgegen und legte sich, ohne zu zögern, hinein. Der plötzliche Schmerz fuhr mir durch den gesamten Körper, ich blinzelte verwirrt, sah die roten Funken sich in meine Handfläche fressen. Ich keuchte. Das Feuer verbrannte mir die Haut, doch ich war unfähig, mich zu bewegen. *Verschwinde aus meinem Kopf!*

Zu meiner Rechten rührte sich etwas. Augenblicklich wurde mein Arm von der Hitze fortgezogen. Der heißen Asche folgte kaltes Wasser, ich stöhnte auf vor Unbehagen und spürte, wie eine Last von mir abfiel.

»Fips, bring mir das kleine Gefäß aus meiner Satteltasche!«, befahl Marlo, während er meine Hand vom Schmutz befreite. Das Kaninchen hoppelte davon, doch kurz danach hörte ich es rufen: »Welche der vielen Dosen ist es?«

»Die Silberne«, antwortete Marlo knapp und als Fips ihm den gewünschten Behälter brachte, beschmierte er meine Haut mit einer schwarzen Paste. Sie sah eklig aus, roch nach verfaulten Eiern, aber sie verfehlte ihre Wirkung nicht. Ein Brennen durchzuckte meine Hand, wanderte meinen Arm hinauf bis zur Schulter. Zischend stieß ich die Luft aus, doch ich konnte meine Finger bewegen. Dem Himmel sei Dank.

Marlo riss den unteren Saum seines Hemdes entzwei, wickelte ihn mir um die verletzte Hand und knotete die Enden fest zusammen. Er sprach nicht mit mir, was auch gar nicht nötig war, weil er ganz genau wusste, was gerade passiert war. Stattdessen zog er mich – die Etikette ignorierend - in seinen Arm und ich lehnte mich erschöpft an ihn.

»Er wollte Fips fressen«, flüsterte ich voller Entsetzen.

»Ist schon gut«, murmelte er. »Ihr könnt nichts dafür.«

»Aber wenn die Asche ihn nicht abgelenkt hätte, wäre Fips jetzt tot! Ich konnte ihn nicht aufhalten, ich war ein Zuschauer, gefangen in meinem eigenen Körper!« Schluchzend vergrub ich mein Gesicht in seinem Hemd.

Das Kaninchen sprang auf meinen Schoß und kuschelte sich an mich. »Ich habe bereits Schlimmeres durchmachen müssen, Leya. Da werde ich mit so einem Drachen schon fertig. Mach dir um mich keine Sorgen.«

Unwillkürlich kam mir die Waschmaschine in den Sinn und ich musste lächeln. Der kleine Kerl war um einiges zäher, als es den Anschein hatte.

12

Noch vor dem ersten Sonnenstrahl hatten wir unsere Sachen gepackt, das Feuer gelöscht und alle Spuren verwischt, die auch nur im Entferntesten auf unsere Anwesenheit hingedeutet hatten. Mir gefiel es gar nicht, wieder in den Sattel steigen zu müssen, weil mein Körper mit jeder einzelnen Bewegung deutlich spürbar protestierte. Viel schmerzhafter war allerdings die Verbrennung von letzter Nacht. Da sich zu meinen nicht vorhandenen Reitkünsten eine verletzte Hand hinzugesellte, mit der ich mich nicht einmal mehr festhalten konnte, ohne dass mir die Tränen in die Augen traten, kamen wir nur langsam voran.

»Du magst ihn, habe ich recht?«, fragte Fips, als wir gemächlich hinter Marlo her trotteten, der bereits ein ganzes Stück vorausgeritten war, um die Umgebung zu erkunden.

Überrascht sah ich zu dem Kaninchen hinunter. Es hatte sich gemütlich an meinen Bauch gelehnt, die Krallen seiner Hinterläufe auf seltsam verkrümmte Art in den Sattel vergraben und hielt nun die Zügel mit den Vorderpfoten fest umklammert. Der Anblick eines reitenden Kaninchens kam mir doch ziemlich unwirklich vor. Und zugegebenermaßen vollkommen absurd.

»Natürlich mag ich ihn«, antwortete ich. »Er ist mein Lehrer und mein Freund. Der Einzige, der mich einfach so nimmt, wie ich bin.«

»He!« Entrüstet sah Fips zu mir hoch, wobei sein Näschen so süß wackelte.

»Entschuldige, abgesehen von dir natürlich.«

Zufrieden richtete er seinen Blick wieder auf den düsteren Waldweg vor uns.

»Aber so meinte ich das gar nicht«, sagte er nach einer kurzen Pause. »Er gefällt dir auch als Mann, oder?«

Ich lachte leise, jedoch nur um zu verbergen, wie sehr mich diese Frage aus der Bahn warf. Ich hatte Marlo noch nie aus dieser Sicht betrachtet. Aber wenn ich so darüber nachdachte, war er wirklich ein ziemlich attraktiver Mann …

»Er ist ganz okay«, versuchte ich auszuweichen.

»Ganz okay?« Fips kicherte. »Er ist ein Prachtkerl, gib's doch zu. Mir sind die Blicke aufgefallen, mit denen du ihm ab und zu hinterher siehst. Genauso hast du geguckt, wenn du einen Film mit diesem … wie heißt der Schauspieler noch mal? Der, der immer tanzt oder sich wegen eines schönen Mädchens prügelt.«

»Channing Tatum?« *Oh ja, der war verdammt heiß.*

»Ja, ganz genau. Das ist der gleiche Blick, sage ich dir.«

»Moment mal«, unterbrach ich ihn. »Hast du etwa alles mitbekommen, was ich in meinem Zimmer getrieben habe?«

»Natürlich«, sagte er nur, doch auch wenn ich seine Miene nicht sehen konnte, so hörte ich deutlich sein unverschämtes Grinsen.

»Das ist eine Verletzung meiner Privatsphäre!«

»Aber ich war nur ein einfaches Stofftier«, verteidigte er sich, konnte jedoch ein Lachen nicht mehr unterdrücken.

Ich dagegen wollte vor Scham nur im Boden versinken. Da hatte mein Kuscheltier tatsächlich all die Jahre von meinem Bett aus die beste Sicht auf mein absolut hormongesteuertes Leben genossen … *Wie peinlich!*

Mit den Fersen trieb ich das Pferd ein wenig an, hatte zwar Mühe mich festzuhalten, als es schneller lief, aber wir schlossen zu Marlo auf und so entging ich weiteren Enthüllungen meiner Kindheit.

Wenn Fips in Marlos Gegenwart mehr Details meiner Kindheit ausgeplaudert hätte, hätte ich nicht gezögert, seine plüschigen Ohren zusammenzuknoten. Darauf konnte er Gift nehmen. Doch zum Glück kannte er mich gut genug, um zu wissen, wann er lieber den Mund hielt.

Als wir endlich den Waldrand erreichten, empfing uns bereits die rötliche Abendsonne. Sie schien kraftvoll zwischen den deutlich erkennbaren Bergen hervor und blendete mich so stark, dass ich meine Augen mit der Hand schützen musste.

»Wir bleiben diese Nacht noch im Wald, die Bäume bieten uns eine gute Deckung«, beschloss Marlo. »Morgen früh reiten wir bis zum Helota-Gebirge, das dürfte zu

Pferd eine Stunde dauern. Von dort aus werden wir zu Fuß weiter gehen müssen, die Pfade durch die Felsen sind für die Tiere zu schmal und zu steil.«

Erleichtert rutschte ich aus dem Sattel und vertrat mir die schmerzenden Beine. Einstimmig entschieden wir uns dafür, dieses Mal kein Feuer zu entzünden, um das vorangegangene Ereignis der letzten Nacht nicht noch einmal zu riskieren. Zudem wäre es mir lieb, wenn mir wenigstens eine heile Hand bleiben würde. Und so kuschelten wir uns wärmesuchend nebeneinander.

Mir ging wieder durch den Kopf, was Fips zu mir gesagt hatte. Es war ein angenehmes Gefühl, Marlo so nah zu sein, das musste ich zugeben. Ich spürte die Wärme seines Körpers, roch den mittlerweile vertrauten Geruch nach Wald auf seiner Haut und hörte das kräftige Schlagen seines Herzens. Bei ihm fühlte ich mich sicher und geborgen, das merkte ich an dem aufregenden Kribbeln, das sich in meinem Bauch ausbreitete und an der Ruhe, die mich durchströmte.

Marlo bot sich bereitwillig an, Wache zu halten. Er erhob sich, ließ mich mit Fips allein und hockte sich in einiger Entfernung hin, um den Wald zu beobachten. Und so betrachtete ich ihn heimlich von der Seite, bis mir die Augen zufielen.

Bald darauf berührte mich etwas an der Schulter. Ich schreckte hoch, doch der Waffenmeister legte einen Finger an die Lippen und bedeutete mir, still zu sein. Fips war ebenfalls aufgewacht und drehte die langen Ohren in alle möglichen Richtungen. Auch ich versuchte, mich zu konzentrieren.

Ein Knacken ertönte, bei dem sich meine Muskeln anspannten, bereit, jederzeit zu funktionieren. *Wir waren nicht länger allein!* Mit einer Handbewegung wies Marlo uns an, in den Baumkronen Schutz zu suchen. Er selbst schwang sich auf sein Pferd, ergriff das andere am Zügel und ritt davon, wahrscheinlich um unsere Verfolger auf eine falsche Fährte zu locken.

Ich hob Fips in die Höhe, sodass er auf den dicken Ast hüpfen konnte, dann zog ich mich ebenfalls daran hoch. Den Schmerz in meiner Hand ignorierte ich dabei. Zumindest versuchte ich es. So kletterten wir Stück für Stück nach oben, bis die verzweigten Äste und Blätter uns hoffentlich vor den Schergen verbergen würden. Müde lehnte ich mich an den Baumstamm, das Kaninchen in meinen Armen. Eine Weile blieb alles still um uns herum. Ich musste aufpassen, dass ich nicht wieder einschlief, sonst würde ich hinunterfallen, und das konnte ich jetzt nicht auch noch gebrauchen.

Wenn es doch nur nicht so dunkel wäre …

Dann horchte ich auf. Jemand war bei uns, ganz nah, das konnte ich spüren. Ich kniff die Augen zusammen, um in der Finsternis besser sehen zu können. Tatsächlich konnte ich mehrere Schatten ausmachen, die um unseren Baum herumschlichen. Das wenige Mondlicht, das durch das Blätterdach brach, reflektierte sich in ihren gezogenen Schwertern. Mir lief es eiskalt den Rücken hinunter. Zitternd drückte ich Fips fester an mich. *Das war's.* Sie hatten mich gefunden, Marlo war fort und meine Mission gescheitert. Sie sprachen leise miteinander und ich strengte mich an, ihre Worte zu verstehen, doch das Rauschen meines Blutes in den Ohren machte das nicht einfacher.

»… nicht weit sein. Wir müssen sie finden!«

»Die Spur führt dort entlang.«

»… zu leicht. Sie ist noch irgendwo hier.«

»Ich sehe schon die fette Belohnung vor mir, wenn wir Falk seine Schwester übergeben.«

Erschrocken hielt ich die Luft an und hoffte inständig, mein pochendes Herz würde uns nicht verraten.

Hatten sie es etwa geschafft, ihren Herrn aus Lichtstein zu befreien? Oder wussten diese Männer nichts von seinem Schicksal?

Ein verräterisches Knacken ließ mich erstarren und ich wechselte einen angsterfüllten Blick mit Fips, als der Ast, auf dem wir saßen, leicht nach unten sackte. Schweiß trat mir aus allen Poren, durchnässte mein Hemd. Das war unser Ende.

Mach jetzt bloß keine falsche Bewegung, Leya!

»Habt ihr das gehört?« Die Männer kamen erneut näher. »Sie kann nicht weit-«

Mit einem ohrenbetäubenden Geräusch brach der Ast schließlich entzwei und Fips und ich stürzten schreiend in die Tiefe. In meiner Panik gelang es mir irgendwie, einen der unteren Äste zu packen und mich wieder hochzuziehen, doch Fips' kleine Pfoten fanden keinen Halt. Er fiel den Männern direkt vor die Füße. *Verdammter Mist!*

Für einen Moment war es still. Ein Moment, in dem ich Luft holte und mir in Erinnerung rief, was Marlo mich gelehrt hatte. Ein Moment, in dem ich meine Deckung aufgab, im Fallen mein Schwert zog, den Sprung gekonnt abfederte, als hätte ich die letzten zehn Jahre nichts anderes geübt, und mich schützend vor dem Kaninchen aufbaute. Ich spürte seinen erstaunten Blick in meinem Rücken und fühlte mich großartig. So ein toller Stunt, als wäre er für einen Tom Cruise-Actionfilm geschrieben worden.

Brüllend erwachte einer der Männer aus seiner Starre, stürzte mit gezogener Waffe auf mich zu und holte mich aus meiner eigenen Faszination. Und das war der Moment, in dem ich begriff, wie dumm ich gewesen war, mich allein den Soldaten entgegenzustellen. Das hier war nicht *Mission Impossible* und ich war auch gewiss nicht Tom Cruise. Vor allem war das hier keine Übung.

»Leya!«, schrie Fips.

In letzter Sekunde riss ich mein Schwert nach oben und wehrte den Schlag ab.

Konzentrier dich, Leya!

Hektisch drängte ich den Angreifer zurück und sah mich um, zählte meine Gegner. Sieben Männer. *Wo war Marlo?*

Das Aufblitzen des Mondlichts auf einer Klinge rechts neben mir warnte mich vor der nächsten Attacke. Ich wich keuchend aus und taumelte ein paar Schritte rückwärts.

»Schade, ich hatte mehr von der Königstochter erwartet«, raunte mein unmittelbarer Kontrahent sichtlich enttäuscht, während die anderen Krieger gehässig lachten. Sie erinnerten mich an Sven und seine Klone, deren Lebensaufgabe darin bestanden hatte, mir die Hölle auf Erden zu bereiten. Aber damit war jetzt ein für alle Mal Schluss!

Wut stieg in mir auf, beruhigte das Zittern meiner Hände und meine durcheinandergewürfelten Gedanken. Ich spürte, wie eine seltsame Macht mich antrieb. Meine

Schulter begann zu brennen, dort, wo Alastars Name stand, doch dieses Mal war es kein unerträglicher Schmerz, stattdessen spornte er mich an.

Schreiend stürmte ich dem Soldaten entgegen, wirbelte um ihn herum, schwang meine Waffe und schlug blind auf ihn ein. Und all das nur, damit ich ihr Gelächter nicht mehr hören musste.

Dann endete mein Schwung abrupt. Verwirrt blinzelte ich, sah in die weit aufgerissenen Augen des Mannes vor mir. Überraschung lag in seinem Blick und er presste sich röchelnd eine Hand auf die Brust. Entsetzt ließ ich von ihm ab, stolperte zurück. Mein Schwert hatte ihn vollständig durchbohrt.

Das Lachen der Soldaten war verstummt und es schien, als hätten sie noch nicht ganz begriffen, was soeben passiert war.

Ein Schatten löste sich plötzlich aus der Dunkelheit, wirbelte mit messerscharfen Klingen zwischen den Männern hindurch. Marlo.

»Lauft, Prinzessin!«

Zu meinem Erstaunen reagierte ich sofort, riss Fips in meine Arme und rannte, so schnell mich meine Beine tragen konnten, durch den Wald. Immer weiter lief ich, sah nicht, wo ich war, hetzte einfach los, bis meine Lunge zu explodieren drohte und die Beine vor Erschöpfung einknickten. Beim Sturz drehte ich mich auf den Rücken, damit ich das Kaninchen nicht unter mir begrub. Regungslos blieb ich auf der harten Erde liegen, Wurzeln stachen mir in den Körper, doch ich war unfähig, irgendetwas zu tun.

»Oh, Leya«, flüsterte Fips mitleidig. »Das hätte nicht passieren dürfen.«

Erst dann brach der Damm in sich zusammen und die Tränen rannen, einem Wasserfall gleich, über meine Wangen. Ich keuchte, schluchzte, verschluckte mich, hustete, schluchzte weiter.

Ich hatte einen Mann getötet!

Seine aufgerissenen Augen starrten mich an, dieser leere Blick erschütterte mich, ließ mein Blut gefrieren. Sein Tod lastete nun auf mir wie ein schwarzer Schatten.

»Leya«, hörte ich Fips wieder murmeln. »Es ist alles gut.«

»Ach ja?«, schniefte ich. »So nennst du das? Du hast mich hierher gebracht. Das ist allein deine Schuld, ohne dich wäre ich niemals in diesem Albtraum gelandet!« Ich bohrte ihm anklagend meinen Zeigefinger ins Fell. »Ich habe gerade ein Leben ausgelöscht! Wahrscheinlich hatte er eine Frau, die nun vergeblich auf ihn wartet, und Kinder, die jetzt wie ich ohne Vater aufwachsen müssen! Ich habe eine Familie zerstört! Das kann ich nie wieder rückgängig machen.«

Fips ließ die Ohren hängen. »Es war Notwehr. Und ich wollte dich bestimmt nicht in Gefahr bringen.«

»Das hast du aber!« Ich meinte es nicht so böse, wie es sich anhörte, aber ich war so aufgewühlt und durcheinander, dass ich jemanden brauchte, dem ich die Schuld zuweisen konnte. Erneut packten mich Schluchzer und schüttelten mich durch.

Starke Arme griffen nach mir, zogen mich zurück auf die Beine, doch ich schlug, biss und trat nur schreiend um mich.

»Verdammt, Leya, ich bin es!«

Erschöpft sackte ich in Marlos Armen zusammen.

»Ich habe ihn getötet«, flüsterte ich. »Es ist meine Schuld!«

Er drückte mich an sich, schenkte mir Wärme, die ich dringend brauchte. Ich vergrub mein verheultes Gesicht an seiner Schulter, während er mir Trost spendend über die Haare strich.

»Ihr werdet seinen Blick nicht mehr aus dem Kopf bekommen, doch mit der Zeit werdet Ihr Euch daran gewöhnen und lernen, damit zu leben. Das ist sicher. Aber eines dürft Ihr niemals vergessen: Er wollte Euch zuerst töten. Ihr habt Euch nur verteidigt.«

»Du verstehst es, einem Mut zu machen«, grummelte Fips. Er legte mir seine Pfote auf den Fuß und sah besorgt zu mir hoch. »Alles in Ordnung, Liebes?«

Ich nickte schniefend und wischte mir mit dem Ärmel meines Hemdes über die laufende Nase.

»Hier.« Marlo reichte mir mein Schwert. Zögernd nahm ich es entgegen. Das Blut war verschwunden, er musste es gesäubert haben. Und die anderen Männer … Er war ein ausgesprochen guter Krieger, doch die Vorstellung, dass auch er tötete, machte mir schreckliche Angst.

»Danke«, flüsterte ich trotzdem.

Er nickte knapp. »Die Pferde sind nicht weit von hier. Wir sollten aufbrechen und den Wald hinter uns lassen. In die Berge werden sie uns nicht folgen.«

»Bist du dir sicher?« Mühselig schluckte ich den Frosch in meinem Hals herunter.

»Dort hausen die Drachen«, antwortete Fips. Er schüttelte sich. »Wir müssen uns das weniger schlimme Übel aussuchen.«

»Und das sind die Drachen?«

»Zumindest sind diese Biester nicht gezielt auf der Suche nach uns«, warf Marlo ein, während er uns zu den Pferden führte. Er hatte sie vorsorglich an einem Baum festgebunden.

»Nun, vielleicht nicht alle«, merkte ich vorsichtig an, »aber Alastar ist noch immer auf der Jagd nach mir. Oder liegen euch mittlerweile andere Informationen vor, die ihr mir wieder einmal nicht mitgeteilt habt?«

»In den Bergen leben die Rotdrachen«, antwortete Marlo, meine Stichelei ignorierend. »Alastar ist ein Schwarzdrache, er wird einen Teufel tun und in das Revier seiner ärgsten Feinde eindringen.«

Er löste die Zügel und half mir in den Sattel. Ich war ihm dankbar dafür, denn das zittrige Gefühl ließ nicht nach. Auch nicht, als Fips wie gewohnt vor mir Platz nahm und sich an mich kuschelte.

Wir ritten so schnell wie der Wind.

Ich ignorierte den Schmerz in meiner verbrannten Hand und hielt mich krampfhaft fest, um nicht herunterzufallen. Es begann bereits zu dämmern, als wir kurz vor den Bergen eine Hütte erreichten.

»Hier lebt einer der Jäger des Königs. Er wird die Pferde versorgen bis wir zurückkehren. Wartet hier auf mich«, erklärte Marlo, half mir aus dem Sattel und führte die Tiere zu dem kleinen Häuschen. Er klopfte lautstark gegen die Holztür. Ein älterer Mann öffnete ihm, sie wechselten ein paar Worte und tauschten schließlich die

Tiere gegen gefüllte Trinkschläuche. In meiner kurzen Zeit auf Lichtstein hatte ich gelernt, dass Wasser nicht der bevorzugte Durstlöscher war. Im Gegenteil, die meisten Gewässer waren verunreinigt, weswegen die Bevölkerung lieber auf Wein und Bier zurückgriff. Zu meinem Glück hatte beides im Mittelalter viel weniger Prozente als im 21. Jahrhundert. Marlo verabschiedete sich von dem Jäger, kehrte zu mir zurück und wir machten uns auf den Weg.

Ich war schrecklich müde, doch mir war klar, dass es zu gefährlich wäre, bei helllichtem Tage zu schlafen. Mein Blick glitt über den Weg, der vor uns lag. Ein schmaler Pfad, nicht breiter als eine Armlänge, schlängelte sich steil nach oben, rechts und links flankiert von scharfkantigen Felsen.

Lieber Herr im Himmel, falls es dich wirklich gibt, sorge bitte dafür, dass uns keine Überraschungen mehr erwarten. Danke.

13

Marlo eilte in unerbittlichem Tempo vorwärts, sodass ich Mühe hatte, mit ihm Schritt zu halten. Fips war schon lange nicht mehr hinterhergekommen, weshalb der Krieger nach anfänglichem Fluchen angeboten hatte ihn zu tragen. Jetzt hockte das Kaninchen in Marlos Beutel auf dessen Rücken und spornte mich an, nicht schlapp zu machen. Er hatte leicht reden. Wenn mich jemand huckepack nehmen würde, wäre ich auch um einiges motivierter.

Den absoluten Tiefpunkt meiner Müdigkeit hatte ich zum Glück überwunden, doch trotz allem saß mir der Schrecken der letzten Nacht noch tief in den Knochen. Aber es war zu spät. Ich konnte meine Tat nicht rückgängig machen, und wir hatten ganz andere Sorgen vor uns liegen: Wir wollten ein Gebirge durchqueren, in dem Drachen hausten.

Ich wusste nicht, ob ich lachen oder weinen sollte. Diese Wesen hatten mich schon als Kind begeistert, ich hatte mir heimlich gewünscht, dass so ein Zauberwesen in unserem Garten landete und mit mir durch die weite Welt flog. Allerdings waren sie in meiner Vorstellung immer freundlich gewesen. Und ich war der Überzeugung, dass sie nicht wirklich existierten. Der Mann, den ich getötet hatte, ließ mir jedoch schmerzlich bewusst werden, dass unsere derzeitige Situation alles andere als ein Kindheitstraum war.

Ich zwang mich, meine Gedanken auf das Hier und Jetzt zu konzentrieren.

»Sehen die Drachen uns nicht, wenn wir einfach so am helllichten Tag durch ihre Berge spazieren?«, fragte ich, um die unangenehme Stille zu durchbrechen und mich ein wenig abzulenken.

Marlo hielt an, beschattete sein Gesicht und sah sich um. »Nein«, antwortete er schließlich und ging weiter.

Ich versuchte mühsam, mit ihm Schritt zu halten. »Nein?«

»Sie bevorzugen die Dunkelheit. Das Tageslicht schadet ihnen zwar nicht ernsthaft, ist aber auch nicht besonders angenehm für ihr empfindliches Sehorgan. Deshalb verlassen sie ihre Höhlen meistens erst mit Einbruch der Nacht.«

Das erklärte das fürchterlich brennende Sonnenlicht in meinen Augen, als Alastar nach der Zeremonie Besitz von mir ergriffen hatte.

»Natürlich sollten wir ihnen keinen zusätzlichen Grund geben, ihre Behausungen zu verlassen«, ergänzte Fips nachdrücklich. »Wenn sie sich in ihrer Ruhe gestört fühlen, können sie sehr unangenehm werden.«

Ach wirklich? Damit hätte ich jetzt nicht gerechnet.

»Manchmal kommen sie jedoch einfach nur heraus, um über Menschendörfer herzufallen.«

»Danke, Fips, ich weiß langsam, dass diese Biester gefährliche Wesen sind«, sagte ich schnell, bevor der kleine Kerl noch näher ins Detail gehen konnte.

Mir war nicht entgangen, dass Marlo bei Fips' letzten Worten leicht zusammengezuckt war und das Tempo kaum merklich angezogen hatte. Das Kaninchen dagegen schien es nicht bemerkt zu haben.

»Du nimmst die Sache nicht ernst genug, Leya«, maulte Fips vorwurfsvoll. »Immerhin hängt dein Leben da-«

Der Rest seines Satzes verlor sich, als Marlo über Felsen kletterte, die unseren Weg versperrten, und das Kaninchen zurück in den Beutel rutschte. Ich kraxelte hinterher und konnte mir ein Grinsen nicht verkneifen. Aus den Augenwinkeln sah ich, wie auch dem Waffenmeister ein Lächeln über das Gesicht huschte.

Der kurze Moment der Ruhe war schnell wieder vorbei, als Fips empört aus der Tasche lugte.

»Eine kleine Vorwarnung beim nächsten Mal wäre nett«, bemerkte er schnippisch.

»Ach, sei doch nicht so zimperlich«, neckte ich ihn. »Marlo hat das bestimmt nicht mit Absicht gemacht.«

»Nicht mit Absicht«, brummte er. »Natürlich nicht.«

Beim nächsten Ruckeln entschied Fips sich dafür, einfach im Beutel liegen zu bleiben, und ich atmete erleichtert aus. Es tat gut für einen Moment nicht reden zu müssen. So konnte ich mich auch auf das Klettern konzentrieren. Zwar hatte mir der steile Fels zu unserem Trainingsplatz einiges von meiner Höhenangst genommen, aber ein mulmiges Gefühl breitete sich dennoch in meinem Bauch aus.

Marlo hielt inne, kramte in dem anderen Sack und fischte ein Seil heraus. »Der Weg vor uns ist versperrt. Ab hier müssen wir nach oben klettern. Ich schlage vor, wir sichern uns gegenseitig, da ich sonst nicht garantieren kann, Euch aufzufangen, solltet Ihr stürzen.«

Er zwinkerte mir frech zu und knotete mir das eine Seilende und sich selbst das andere um die Hüfte. Zaghaft folgte ich ihm, als er sich an den Anstieg machte. Stein für Stein zog ich mich in die Höhe, machte nach jedem Schritt eine kleine Pause, um Luft zu holen, bevor ich erneut mein Glück herausforderte.

Plötzlich bedeckte ein gräuliches Flimmern meine Sicht. Bitte, nicht schon wieder. Blind tastete ich nach dem nächsten Vorsprung, verfehlte ihn, rutschte ab und stürzte.

Ein schmerzhafter Ruck ging durch meinen Körper, als das Seil meinen Fall unsanft bremste. Es war ein Gefühl, als würde mir das Becken herausgerissen werden, aber der Schmerz holte mich zurück. Mein Blick klärte sich, ich wurde wieder Herrin meiner Sinne. Der Krieger zog mich bereits nach oben, streckte mir seine Hand entgegen, die ich nach drei Versuchen endlich zu fassen bekam, und zog mich mit eisernem Griff zu sich auf einen Felsvorsprung. Keuchend versuchte ich, Halt zu finden, presste mich panisch gegen die Steine und spürte Marlo in meinem Rücken, der sich hinter mich gestellt hatte, damit ich nicht erneut herunterfiel. Meine Hüfte saß noch genau da, wo sie hingehörte.

»Könnt Ihr weiter klettern?«, fragte er leise, als ich mich wieder ansatzweise beruhigt hatte. »Es ist nur noch ein kleines Stück, dann haben wir es geschafft.«

Ich legte vorsichtig den Kopf in den Nacken, sah nach oben und schluckte. *Das letzte Stückchen schaffst du noch, Leya! Dann ist es vorbei!*

Mit bebenden Fingern zog ich mich höher. Marlo war dicht unter mir und achtete darauf, dass meine Füße festen Halt fanden. Dann hatten wir es gemeistert. Schnell brachte ich so viel Abstand wie möglich zwischen mich und den Abhang, sackte zu Boden und blieb zitternd sitzen.

Marlo nahm den Beutel von seiner Schulter, hob Fips heraus und setzte ihn behutsam ab. Sofort hoppelte das Kaninchen zu mir und sah mich tadelnd an. »Du hast mir einen ganz schönen Schrecken eingejagt, Prinzessin.«

Ich hatte keine Lust, ihm zu antworten. Als wäre das für mich ein Spaß gewesen …

Als er meine Resignation bemerkte, ließ er die langen Ohren hängen und zwängte sich unter meinem Arm hindurch auf meinen Schoß. Meine Finger gruben sich automatisch in sein weiches Fell.

»Es wird gleich dunkel«, murmelte Marlo und sah sich um. »Die Felsen bieten uns einen guten Schutz. Wir bleiben hier und ruhen uns aus.«

Ein Gefühl der Erleichterung überkam mich. Dankend nahm ich den Trinkschlauch und die Früchte entgegen, die der Waffenmeister mir reichte, und gab Fips seinen Anteil ab. Langsam würde ich gern wieder etwas anderes als Obst essen. Ein schöner saftiger Braten wäre genau das Richtige. Doch da ich selbst diejenige gewesen war, die Marlo überredet hatte, aus Rücksichtnahme auf Fips, keine Kaninchen zu erlegen, durfte ich mich nicht beschweren. Andere Tiere konnten wir bis jetzt leider noch nicht entdecken, und ich fand Marlos Vermutung, dass Fips alle lebenden Wesen mit seinem Geplapper verscheuchte, auch nicht ganz abwegig.

Nachdem ich etwas gegessen und getrunken hatte und mich wieder einigermaßen wohl fühlte, versuchte ich, mich in meinen Umhang zu kuscheln, ohne dass Fips dabei von meinem Schoß fiel. Die zuvor bekämpfte Müdigkeit übermannte mich und es dauerte nicht lange, bis ich tief und fest eingeschlafen war.

In meinem Traum war ich kein Mensch, sondern ein Vogel oder ein ähnliches Tier. Ich hatte meine gefiederten Flügel weit ausgebreitet, ließ mich vom erfrischenden Wind tragen und flog über die Wolken davon. Das

Sonnenlicht wärmte mir die Haut und ließ meine schwarzen Federn grünlich schimmern. Sie waren wunderschön anzuschauen, funkelten in den unterschiedlichsten Nuancen und ich wusste, dass mich jedes Wesen darum beneidete.

Zum ersten Mal war ich diejenige, der alle mit bewundernden Blicken hinterher sahen, eine Schönheit inmitten der Durchschnittlichkeit.

Ein Schatten verdunkelte die Sonne und eine plötzliche Eiseskälte erfasste mich, brachte mich zum Taumeln. Panisch sah ich mich um, entdeckte einen Geier über mir, der mit aufgerissenem Schnabel und ausgestreckten Krallen auf mich herabstürzte …

Heftig flatterte ich mit meinen Flügeln, die auf einmal immer kleiner zu werden schienen.

Nein! Friss mich nicht! Bitte!

Der Aasfresser kam unerbittlich näher, sein Gesicht erinnerte mich an jemanden. Jemand aus einer anderen Welt, der mir Schaden zufügen wollte … Sven!

Sieh an, das hässliche Entlein kann sprechen.

Die mir viel zu bekannte und verhasste Stimme ließ mich erzittern.

Lass mich in Ruhe!

Sein grausames Lachen fuhr mir durch Mark und Bein. Etwas änderte sich in seinem Wesen, seine Züge wandelten sich in die eines anderen, der nicht weniger gehässig auf mich herab starrte. Nicht Sven jagte mich, es war Falk!

Flieh nur, kleine Prinzessin! Flieh! Du kannst mir ja doch nicht entkommen!

Ich flog schneller, immer schneller, bemüht, diesem Katz-und-Maus-Spiel zu entwischen. Was hatten sie nur gegen mich? Warum konnten sie mich nicht einfach in Ruhe lassen und ignorieren, so wie andere Leute auch? Was hatte ich ihnen getan, dass sie so einen Hass auf mich verspürten?

Da war noch etwas anderes. Etwas Monströses. Feuer! Mich jagte schon lange kein Geier mehr. Ein schwarzer Schatten stieg aus den Flammen empor, die gewaltigen Flügelschläge verursachten einen Sturm, der mich unerbittlich mit sich riss. Seine Krallen bekamen mich zu fassen, schleuderten mich durch die Luft. Ich schrie und stürzte in die Tiefe.

Kreischend wachte ich auf, verkrampfte, krümmte mich vor Qualen wimmernd zusammen und spürte ihn deutlich in meinem Inneren, als würde er mein Herz packen und mit aller Macht zerreißen.

Dann hörte es abrupt auf. Genauso plötzlich wie er gekommen war, ebbte der Schmerz ab. Doch so stark war die Verbindung noch nie gewesen. Keuchend kam ich wieder zu mir, fing Marlos sorgenvollen Blick auf und nickte schwach. Er verstand sofort. Das war nicht nur ein Traum gewesen.

Der Drache hatte uns gefunden.

14

Ich wusste nicht, wie ich ihn mir vorgestellt, was ich mir von ihm erhofft hatte, doch sein Anblick übertraf alle Erwartungen und überwältigte mich derart, dass es mir den Atem raubte. Mir war klar, dass ich mich lieber vor ihm verbergen sollte, aber ich konnte es nicht verhindern, durch die Löcher in den Felsbrocken, die uns als Deckung dienten, hindurch zu schielen. Ich musste ihn mir einfach ansehen.

Er war bestimmt so groß wie vier Elefanten zusammen, ein besserer Vergleich wollte mir partout nicht in den Sinn kommen. Schwarze Schuppen bedeckten seine Haut von den Nüstern bis zur Schwanzspitze und bildeten gemeinsam mit den Zacken, die seinen Rücken entlangliefen, und den Hörnern auf seiner Stirn einen undurchdringbaren Panzer. Die Schwingen waren äußerst imposant und die Krallen an seinen Vorderbeinen und

Hinterläufen zu gefährlichen Klauen gebogen, die spitz zuliefen.

Als er landete, gruben sie sich in den Stein, sodass sich kleine Felssplitter lösten. Bei jeder seiner Bewegungen fächerten die Schuppen leicht auseinander, wo die Muskeln, trotz des schweren Schutzes, deutlich unter seiner Haut hervortraten. Eisblaue Augen suchten die Umgebung ab, bis sein Blick an unserem Versteck hängen blieb. Seine Nüstern blähten sich auf und weißer Rauch entstieg ihnen. Er spürte uns, das wusste ich, und mit Sicherheit konnte er das schnelle Schlagen meines Herzens hören.

»*Menschenkind*«, dröhnte es durch die Luft und mir gefror das Blut in den Adern. Seine Stimme war von solcher Tiefe und Kraft, dass ich unwillkürlich an Smaug denken musste. »*Ich weiß, dass du dich verbirgst, ich rieche deine Angst.*«

Für einen Augenblick schloss ich die Augen und atmete beherrscht ein. Warum zögerte ich noch, es gab sowieso keinen Ausweg. Früher oder später musste ich ihm gegenübertreten. Ich ignorierte Marlos und Fips' warnende Mienen und umklammerte den Griff meines Schwertes. Erhobenen Hauptes verließ ich meine Deckung und brachte etwas Abstand zwischen mich und meine Begleiter.

»Ich bin hier, Alastar«, rief ich ihm zu und hoffte, dass meine Stimme nicht so zitterte wie meine Hände. »Ich verstecke mich nicht vor dir.«

»*Menschenkind*«, zischte er erneut, während sein kühler Blick jede meiner Bewegungen verfolgte. Ich fragte mich, wie seine Augen so kalt sein konnten, obwohl er doch ein Wesen des Feuers war.

»*Du weißt, warum ich hier bin.*«

Ich schluckte und nickte. »Ja, das weiß ich, aber ich fürchte mich nicht vor dir.«

»*Dein verräterisches Herz spricht etwas anderes. Und es tut gut daran, Angst vor mir zu haben.*« Mit lautem Gebrüll riss er das Maul auf, entblößte eine Reihe scharfer Zähne in seinem glühenden Rachen. Ich sprang zur Seite, entkam glücklicherweise dem ersten Feuerstrahl und rettete mich vor dem nächsten hinter einen Stein. Fauchend stampfte er auf den Boden und kam mit großen Schritten näher. Dann zog ich mein Schwert aus der Scheide, hob es - ebenfalls schreiend - nach oben und lief direkt auf ihn zu. Dieser Frontalangriff verwirrte ihn und er wich vor mir zurück. Ich wusste, dass er keine Angst vor der Waffe hatte, sie würde ihn nicht einmal verletzen können. Er fürchtete sich allein vor meiner Berührung.

Plötzlich erschütterte ein ohrenbetäubendes Geheul die Erde und brachte mich zu Fall. Schnell rappelte ich mich wieder auf und tastete nach dem Schwert, das mir bei dem Sturz aus der Hand gefallen war. Es lag zu weit entfernt, ich kam nicht dran. *Nein, nein, nein!*

Angsterfüllt sah ich zu meinem Kontrahenten, aber Alastar beachtete mich nicht mehr. Sein Schwanz peitschte unruhig gegen die Felswand und verursachte ein eindringliches Trommeln. Seine Lefzen waren zu einem bedrohlichen Knurren verzogen, doch sein Rücken formte sich zu einem Buckel und die Flügel hatte er zitternd angelegt. Er sah aus wie eine überdimensionale, fauchende Katze.

Was passierte hier gerade?

Dann erklang es wieder, dieses markerschütternde Brüllen, und ich begriff, dass es nicht von Alastar kam. Ich hörte Schritte hinter mir, wirbelte herum, wurde von Marlo gepackt und zurück in unser Versteck gezerrt. Noch bevor ich fragen konnte, was hier vor sich ging, verdunkelte ein gewaltiger Schatten die Monde. Kurz darauf landete ein zweiter Drache, nicht weit von uns entfernt. Er war größer und mächtiger als Alastar, und als das helle Mondlicht auf seine roten Schuppen fiel, wirkte es, als würde er in Flammen stehen.

»*Du hast hier nichts verloren, Alastar Schwarzdrache!*«, keifte er drohend, und ich betete dafür, dass dieser Miesepeter uns nicht entdeckte. »*Auf Missachtung der Regeln folgt der Tod!*«

Alastar schob trotzig den Kopf nach vorn und fauchte nicht weniger gefährlich. »*Das hier war einst unsere Heimat, bevor ihr sie uns genommen habt, Zurok! Eure Regeln sind nicht die meinen!*«

Was tat er denn da? War er lebensmüde geworden? Und warum interessierte es mich überhaupt?

»*Du Wurm willst mir drohen?*« Zornig riss der rote Drache sein Maul auf, stieß auf den kleineren herunter und biss ihm in die Seite. Alastar brüllte vor Schmerz auf, ehe er mit den Krallen nach seinem Widersacher schlug. Ich hatte das Gefühl, dass mein Herz in zwei Stücke zerfiel. Auch wenn der Schwarze mich vor wenigen Minuten noch hatte verschlingen wollen, spürte ich die Verbindung zwischen uns beiden umso deutlicher, je mehr der Rote ihn in die Ecke trieb. Sein Name auf meiner Schulter begann zu brennen und ich hatte das drängende Bedürfnis, ihm zu helfen.

»Aufhören!«, rief ich, doch ich war zu winzig, zu leise, die Ungetüme nahmen mich in ihrem Kampf nicht einmal wahr.

»Sei still!«, murmelte Fips und bohrte seine Pfote in meine Hose. »Oder willst du uns auch umbringen?«

»Aber er wird ihn töten!«

»Wenn du dich einmischst, dann wird Zurok dich zuerst töten und Alastar damit sogar einen Gefallen tun!«

Nach einem kurzen, aber heftigen Kampf musste ich mit Tränen in den Augen dabei zusehen, wie Alastar zurückgedrängt wurde, bis er die Felsen im Rücken hatte und es keinen Ausweg mehr für ihn gab. Völlig erschöpft sackte er in sich zusammen und blieb schnaufend und zitternd liegen. Zuroks grausames Lachen ließ den Berg erzittern.

Es konnte nicht so enden. Das da vorn war immer noch *mein Drache*. Ich durfte ihn nicht sterben lassen! Wie könnte ich mich sonst dem Schicksal fügen, das die Quelle für mich vorgesehen hatte?

Mit absoluter Entschlossenheit, die ich noch nie zuvor empfunden und mir auch niemals zugetraut hätte, stürmte ich aus unserem Versteck und ergriff im Laufen mein Schwert vom Boden. Schlitternd kam ich zwischen den beiden Ungeheuern zum Stehen und für einen Moment wurde es still.

»*Was soll das?*«, fragte Zurok höhnisch. Für ihn war ich mit Sicherheit nicht größer als eine Maus.

»Du wirst meinen Drachen in Ruhe lassen!«, schrie ich, so laut ich konnte. »Alastar gehört zu mir, er ist meinetwegen hier und du wirst dorthin verschwinden, wo du hergekommen bist!«

Das Lachen des roten Monsters fuhr mir durch Mark und Bein, und langsam zweifelte ich an dem Erfolg meiner Absicht. »*Du, Winzling, forderst mich heraus?*«

Ein plötzlicher Windstoß erfasste mich, ließ mich straucheln und ich sah, wie Alastars Schwanz über meinen Kopf hinwegfegte und Zurok mit einem mächtigen Schlag von mir wegdrängte. Dann sprang er dem anderen hinterher, brüllte, kratzte und biss sich durch den roten Panzer, wand sich blitzschnell unter den gegnerischen Pranken hindurch, bis Zurok verletzt zurückwich.

»Wir sehen uns wieder, Schwarzdrache«, knurrte er, bevor er sich mit einem kräftigen Sprung in den Himmel erhob und über der Wolkendecke verschwand.

Ich konnte nicht glauben, was ich da gerade gesehen hatte. Alastars augenscheinlicher Nachteil in der Größe, entwickelte sich durch seine Flinkheit wieder zum Vorteil. Er hatte den gleichen Trick angewandt wie ich.

»Du bist widerwärtig!«, fuhr ich Alastar zornig an, als er sich mir zuwandte, und ich spürte keine Angst, keine Furcht vor ihm. Ich war nur stinksauer.

»*Warum?*«, fragte er und als er seinen mächtigen Kopf zu mir herunterbeugte, konnte ich deutlich das belustigte Funkeln in seinen blauen Augen erkennen, die nicht mehr ganz so eisig waren wie zuvor.

Ich schnaubte und fuchtelte anklagend mit meinem Finger vor seiner Nase herum. »Es war absolut grausam von dir, mich in dem Glauben zu lassen, er würde dich töten!«

»*Er wollte mich auch töten.*«

Sein Schmunzeln machte mich nur noch wütender. *Wie*

konnte er das nur so auf die leichte Schulter nehmen? Empört schnappte ich nach Luft. »Ja, aber-«

»*Sag deinen Begleitern, sie können aus ihrem Versteck kriechen. Ich brauche ihre Hilfe.*«

Verständnislos sah ich ihm dabei zu, wie er ein paar Schritte in Richtung Felswand humpelte und sich mit einem Schnauben auf den Boden legte. Blut sickerte an seinen Hinterläufen unter den Schuppen hindurch und hinterließ eine Spur auf den Steinen, als Marlo und Fips hinter ihm auftauchten. Sie hatten ihn gehört.

»Wenn das ein Trick ist, Drache, dann schlitze ich dich auf!«, versprach Marlo und hielt zur Bestätigung sein Messer in der Hand. Es war eine lächerliche Geste, wenn man bedachte, dass es den Großen nicht einmal piksen würde, dennoch nahm er die Warnung des Waffenmeisters ernst.

»*Es ist kein Trick, Mensch*«, sagte Alastar ruhig. »*Ich bin verletzt und brauche eure Hilfe, um mich zu heilen.*«

Mir fiel wieder ein, warum der Drache hier war. Wie automatisiert streckte ich meine Finger nach ihm aus, doch bevor ich ihn anfassen konnte, schnappte er knurrend nach mir. Empört verschränkte ich meine Arme vor der Brust. »Und warum darf ich dir nicht helfen?«

Er ahnte bestimmt, dass ich ihn nicht nur berühren wollte, um ihm behilflich zu sein. Die großen Augen fixierten mich, ehe er den Kopf ebenfalls auf die Erde niederließ. »*Wenn du mich berührst, Drachenkind, gehen die Schmerzen auch auf dich über.*«

»Oh.« Das hatte ich nicht gewusst.

Nachdem Fips überzeugt war, dass der Drache mir nichts tun würde, erklärte er sich einverstanden zu assistieren, Marlo dagegen tat sich schwer.

»Darf ich Euch kurz sprechen?«, fragte er mich und ich folgte ihm ein paar Schritte. Dann blieb er stehen und legte seine Hände auf meine Schultern. »Ich traue ihm nicht, Prinzessin. Eben noch wollte er Euch töten und jetzt ist auf einmal alles gut?«

So wie er es sagte, klang es wirklich nicht vertrauenserweckend. »Ich kann mir vorstellen, wie das für dich aussehen muss. Aber glaube mir, er wird mir nichts tun. Ich weiß es einfach.«

»Ihr wisst es einfach«, wiederholte er und fuhr sich mit der Hand über das Gesicht. »Euch darf nichts geschehen, Hoheit. Die Welt braucht Euch.« Er zögerte kurz. »*Ich* brauche Euch. Wenn er Euch auch nur ein Haar krümmt, schwöre ich, werde ich ihm die schuppige Haut-« Seine Stimme brach ab, als ich meinen Finger auf seinen Mund legte.

Unsere Blicke trafen sich. *War das jetzt einer dieser Momente, in denen man sich küsste?* Langsam näherte ich mich seinem Gesicht, als ich seine Hand spürte, die mich behutsam, aber auch bestimmt von ihm wegdrückte.

»Ich bin nicht der Richtige für Euch, Hoheit.«

Seine Worte verdeutlichten mir mit einem Schlag, was ich gerade im Begriff gewesen war zu tun.

»Es tut mir leid, ich … ich weiß auch nicht, was in mich gefahren ist«, murmelte ich verlegen und knetete nervös meine Hände. »Das war ein Fehler.« Fips sollte mir nicht solche Flausen in den Kopf setzen. Marlo und ich … das war doch lächerlich.

»Lasst mich Euch beschützen«, flüsterte er, während er mir spielerisch die zerzausten Haare aus dem Gesicht strich. *Wieso sagte er auf der einen Seite, wir würden nicht zusammenpassen, und machte auf der anderen Seite ständig solche Gesten, die das genaue Gegenteil vermuten ließen?* Ich räusperte mich und brachte nur ein schwaches Nicken zustande. Dann erinnerte ich mich, wieso wir uns von dem Drachen entfernt hatten.

»Ich erlaube dir, mich zu beschützen, wenn du Alastar eine Chance gibst.«

Der Krieger seufzte. »Ich tue das nur für Euch, Leya.«

Beschämt ging ich zu den anderen zurück und fühlte mich sichtlich verwirrt. Ich wurde aus dem Kerl einfach nicht schlau. Marlo gab sich geschlagen und bot Alastar seine Hilfe an. Der Drache beauftragte ihn, Feuerholz zu holen, und er kam dieser Bitte mürrisch nach. Mit dieser Aufgabe würde er eine Weile beschäftigt sein, denn ich hatte unterwegs nur sehr wenige Pflanzen gesehen.

Ich setzte mich neben Alastars qualmendes Maul. »Heißt das, du willst mich nicht mehr fressen?«, hakte ich zögerlich nach, dabei wollte ich meine Hoffnung nur bestätigt bekommen.

Ein melodisches Summen erklang, als er leise lachte.

»Ich fresse keine Menschen, du dummes Kind. Kaninchen bevorzuge ich weit mehr.« Er verzog seine schuppigen Lippen und entblößte eine Reihe spitzer Zähne. Fips schnappte empört nach Luft, doch der Drache hatte sich wieder mir zugewandt. *»Ich wollte dich töten, ja, aber jetzt kann ich es nicht mehr. Du hast bewiesen, dass du würdig bist, mit mir verbunden zu sein, indem du mein Leben über das deine gestellt hast.«*

Das war alles? Ich hatte ihm mit meiner dämlichen Aktion gezeigt, dass ich ein guter Mensch war, und schon gab er auf? Es kam mir komisch vor, doch es sollte mir nur recht sein.

Marlo kehrte zurück, als die Monde ihren höchsten Stand erreichten, und schichtete das wenige gesammelte Holz. Dass er überhaupt welches gefunden hatte, überraschte mich.

»*Nimm einen Ast und halte ihn hoch*«, bat der Drache. Marlo gehorchte ihm grummelnd. »*Ich werde jetzt eine Flamme entzünden und du wirst sie mir auf die Wunde legen. Ich würde es selbst tun, doch ich komme leider nicht heran.*« Alastar hauchte einen Funken auf den Ast, der sofort zu brennen begann. Es bildete sich eine hellgelbe Lohe, und als Marlo sie auf die verletzte Haut hielt, ging sie auf den Drachen über, legte sich wie eine Decke über den blutigen Panzer. Einen Moment lang erstrahlte das Licht der Flamme, dann verschwand es unter den Schuppen und die Verletzung mit ihr.

»Unglaublich«, flüsterte ich, und konnte gar nicht begreifen, was für ein Wunder ich gerade beobachtet hatte. Nicht, dass das lebende Fabeltier an meiner Seite schon Wunder genug gewesen wäre.

»*Danke*«, sagte Alastar und pustete weitere Funken auf die Holzscheite, sodass ein prasselndes Feuer entstand. »*Die Winde wehen nachts sehr kalt für euch Menschen, wärmt euch an meiner Glut.*«

Er behielt recht, Marlo und ich rutschten näher an das Feuer heran und spendeten uns gegenseitig Wärme, während Fips sich wie immer auf meinem Schoß zusammenrollte und an mich kuschelte.

»Ich hatte nie vor, dir deinen Willen zu nehmen«, flüsterte ich. Alastar drehte den Kopf und das Licht spiegelte sich in seinen Augen. Es sah aus, wie ein brennendes Schiff auf dem Meer. Irgendwie traurig.

»*Ich glaube dir, Cataleya.*«

Woher wusste er meinen Namen? Ich hatte ihn noch nicht genannt … Als könnte er meine Frage hören, antwortete er:

»*Als die Quelle dich auserwählte, hat sie mich auch als deinen Drachen auserkoren und mir deinen Namen offenbart. Er brannte sich in mein Gedächtnis. Seither kann ich fühlen, was du fühlst. Deswegen glaube ich dir. Noch ist die Verbindung schwach, doch das wird sich ändern. Nicht, dass mir das gefallen würde, aber wir haben beide keine Wahl.*«

»Warum hast du keine Wahl?«

»*Kannst du etwa jemanden töten, der dein Leben gerettet hat?*«, antwortete er mit einer Gegenfrage und das Gesagte brachte mich zum Nachdenken. Auf einmal kam es mir grausam vor, denn durch mein Einschreiten hatte ich ihm die Wahl genommen und ihn gezwungen, die Bestimmung anzunehmen.

»Es tut mir leid«, murmelte ich ehrlich.

»*Das muss es nicht.*«

»Hör nicht auf ihn«, warf Marlo mürrisch ein. »Du kannst Drachen nicht trauen. Sie töten sogar Unschuldige!«

»Ist das wahr?«, fragte ich den Drachen.

Alastar wandte seinen Kopf Marlo zu, bevor er sprach. »*Mein Volk hat in seiner Vergangenheit viele Fehler begangen, vielen Wesen Unrecht zugefügt, und würde ich davor die Augen verschließen, würde ich mich selbst verleugnen. Doch ist das menschliche Volk so viel besser? Was maßen sie sich an, ihre Art über alle anderen zu stellen? Sie haben genauso wenig das Recht dazu, wie wir oder sonst jemand.«*

»Doch trotzdem überfallt ihr unsere Dörfer und brennt unsere Heimat nieder!«, begehrte Marlo zornig auf. Tränen standen in seinen Augen und er hatte die Hände krampfhaft zu Fäusten geballt. »Meine Frau und meine Tochter würden noch leben, hättet ihr sie nicht …« Die Stimme versagte ihm den Dienst und es war das erste Mal, dass ich ihn weinen sah.

Ich war unschlüssig, was ich tun sollte, doch Fips gab mir mit einem leichten Wink zu verstehen, dass ich mich besser zurückhalten sollte. Dennoch nagte das schlechte Gewissen an mir. Marlo trauerte immer noch um seine Familie und ich schmiss mich an ihn ran wie eine egoistische Kuh.

Alastar sah durch das Feuer zu dem Krieger herüber. Ich konnte Mitleid in seinem Blick erkennen. *»Du hast großes Leid erlitten, Mensch. Es gab eine Zeit, da lebten wir in diesem Reich in Frieden miteinander. Wir kümmerten uns nicht um die Menschen und sie ließen uns in Ruhe. Dann kamen die Rotdrachen aus den Bergen mehrere Flugwochen westlich von hier.«* Der Drache machte eine Pause und seufzte tief, als würde ihm die Erinnerung an die vergangene Zeit schwer zu schaffen machen. *»Ihr habt Zurok gesehen. Sie sind aggressiver als wir und auf Vernichtung aus. Ihr Herz dürstet nach Blut. Wir fochten einen erbitterten Kampf. Die Menschen kamen uns nicht zu Hilfe. Sie ließen das Donnergrollen und die Erdbeben über sich ergehen, wollten uns nicht zur Seite stehen, sich nicht einmischen.«*

Schnaubend stand der Krieger auf und tigerte mit geballten Fäusten auf und ab.

»Doch als wir den Kampf verloren und uns dorthin zurückgezogen hatten, wo die Rotdrachen hergekommen waren«, fuhr Alastar unbeirrt fort, *»richtete sich deren Augenmerk auf die Menschen. Chaos, Angst und Zerstörung, davon zehren sie. Unsere Art ist unterteilt in mehrere Rassen, wir sind uns ähnlich, aber nicht gleich. Der Verlust deiner Familie ist nicht mein Vergehen.«*

»Du sagst es so, als wäre es meine eigene Schuld«, rief Marlo aufgebracht. »Wie hätten wir euch helfen sollen?«

Weißer Nebel stieg aus den Nüstern des Drachen. *»Die Menschen sind nicht so unschuldig, wie sie glauben«,* brummte er.

Stille breitete sich zwischen uns aus. Ich konnte Marlo schwer atmen hören. Er war aufgebracht und wütend, doch er erwiderte nichts. Vielleicht tat er es aber auch einfach nur meinetwegen.

»Gibt es mehr als zwei Rassen von euch?«, versuchte ich hoffnungsvoll, das Thema zu wechseln.

Nun ruhte der durchdringende Blick des gigantischen Reptils wieder auf mir. *»Gelbdrachen sind schon seit vielen Jahrzehnten nicht mehr an der Erdoberfläche gesehen worden. Sie leben in unterirdischen Gängen und kommen nur zweimal im Jahr zum Jagen hervor. Sie sind nicht größer als dein hoppelnder Freund und für die Rotdrachen uninteressant. Die Gründrachen sind vollständig vernichtet. Keiner von ihnen hat den Angriff unserer Artgenossen überlebt.«*

»Das tut mir schrecklich leid«, murmelte ich und sah betreten zu Boden. Das war kein guter Themenwechsel gewesen.

»Wird Zurok zurückkehren?«, fragte Fips, während sein Näschen unruhig wackelte.

Der Drache schüttelte seinen mächtigen Kopf. *»Nicht heute Nacht.«*

»Was ist mit den anderen Rotdrachen?«

»*Anders als wir leben sie allein. Sie scheren sich nicht um den Einzelnen. Und jetzt schlaft, ich werde über euch wachen.*«

Ich glaubte ihm, dass er uns beschützen würde. Wenn er uns umbringen wollte, hätte er es längst getan, und so winkte ich den Waffenmeister zu mir, der meiner Aufforderung nach einem kurzen, inneren Kampf Folge leistete. Wir legten uns unter unsere Umhänge, kuschelten uns näher an das Feuer und kurz darauf hörte ich Marlos gleichmäßiges Atmen und Fips' leises Schnarchen. Ich wälzte mich ein paarmal von einer Seite auf die andere, doch die Ereignisse des Tages ließen mir keine Ruhe.

»Alastar?«, murmelte ich.

»*Hm?*«, kam die brummende Antwort.

Ich vergewisserte mich, dass meine Begleiter wirklich schliefen, bevor ich meinen Mut zusammennahm und fragte: »Wann darf ich dich berühren?«

Ein leises Knurren ertönte. »*Wenn du bereit dafür bist.*«

»Ich bin bereit«, erwiderte ich im Brustton der Überzeugung.

Das mir zugewandte Auge öffnete sich einen Spalt. »*Nein.*«

»Wieso nicht? Woher willst du das wissen?«

»*Wenn du mich berührst, werden wir eins. Wir erfahren alles übereinander, jeden gedachten Gedanken, jedes gefühlte Gefühl … Dein bisheriges Leben ist nur eine weitere Erinnerung in meinem eigenen, doch ich habe mehr erlebt, mehr gesehen, als du für möglich hältst. Du bist noch nicht so weit, zu durchleben, was mir widerfahren ist.*«

Oh, das hatte ich nicht bedacht. Er versuchte also, mich zu beschützen. Doch was hatte er Schreckliches durchmachen müssen, dass er glaubte, ich würde es nicht ertragen können? Oder hatte er etwas zu verbergen? So viele Fragen schwirrten durch meinen Kopf, beschäftigten mich noch lange. Erst als das Feuer heruntergebrannt war, schlief ich endlich ein.

15

»Alastar, ich habe so viele Fragen an dich! Du kannst dir ja gar nicht vorstellen, was für tausend Gedanken mir gerade durch den Kopf schwirren. Ich weiß überhaupt nicht, wo ich anfangen soll.« Wir waren bereits einen halben Tag unterwegs, doch erst jetzt hatte ich es geschafft, das Wirrwarr in meinem Schädel in eine halbwegs sinnvolle Reihenfolge zu bringen.

Das tiefe Lachen des Drachen erklang, während er neben mir her stapfte und immer wieder innehielt, damit ich zu ihm aufschließen konnte. Kurze Beine zu haben, war ein echter Nachteil.

»*Glaub mir, Mädchen, ich spüre deinen regen Gedankenfluss und kann mir gut vorstellen, was in deinem kleinen Gehirn vorgeht.*«

Wie bitte? Ich schnaubte empört, dann versuchte ich, mir vorzustellen, wie winzig wir in seinen Augen aussehen mussten, und beschloss, dass er es nicht als Beleidigung gemeint hatte.

»*Was möchtest du denn wissen?*«, fragte er gutmütig.

»Alles!«, sprudelte es euphorisch aus mir heraus. »Ich meine, du bist ein Drache, wie abgefahren ist das denn bitte?«

»Abgefahren?«, hörte ich Marlo und Fips gleichzeitig hinter mir prusten – klang dieses Wort wirklich so lustig, wenn man es nicht kannte? - und auch Alastar warf mir einen fragenden Blick zu. Ich vergaß immer wieder, dass ich mich in einer völlig anderen Welt befand.

»Nicht so wichtig«, winkte ich schnell ab. »Aber wie hältst du es tagsüber nur aus? Als du kurzzeitig mit mir verbunden warst, hat das Licht sich fürchterlich in meine Augen gebrannt.«

»*Ich vermute, es liegt daran, dass ich normalerweise ein nachtaktives Tier bin. Neben meinen normalen Augenlidern habe ich noch ein Paar durchsichtige, die sich über meine empfindlichen Augen legen, um diese vor dem grellen Sonnenlicht zu schützen. Deine Sehorgane waren wohl auf die plötzliche ungewohnte Reizüberflutung nicht vorbereitet.*«

Ich reckte neugierig den Hals, um ihn besser ansehen zu können. Und tatsächlich, auf seine eisig blauen Augen hatte sich ein zarter Schleier gelegt. In Gedanken verglich ich diesen Vorgang mit einem Motorradhelm, bei dem man sich das Sonnenschutzvisier vor das Gesicht schieben konnte.

»Und warum siehst du nur schwarzweiß?«, sprudelte da auch schon die nächste Frage aus mir heraus.

Alastar machte einen Satz über einen hinab gestürzten Felsen, der uns den Weg versperrte, und wartete, bis wir ihm hinterher geklettert waren, ehe er antwortete: »*Ich sehe nicht schwarzweiß.*«

Verwirrt hielt ich inne. »Aber wenn ich durch deine Augen sehe …«

»*Dein Menschenhirn ist nicht fähig, das volle Leistungsvermögen meiner Sicht zu verarbeiten. Deswegen verschwindet die Farbe. Doch das wird sich ändern, wenn unsere Seelen vollständig miteinander vereinigt sind.*«

»Wird dann noch mehr auf mich zukommen?« Wenn die Verbindung mich verändern wird, wollte ich das schon gern vorher wissen.

»*Ich hatte noch nie eine Verbundene, Leya.*«

Verbundene. Das klang echt gut.

»Aber du bist viele, viele Jahre alt, du musst so etwas doch wissen.«

»*Zweihundertachtunddreißig Jahre, um genau zu sein, aber nein. Ich weiß mit Sicherheit viel, doch ich bin nicht allwissend.*«

»Zweihundertachtunddreißig Jahre? Wow, jetzt verstehe ich, warum du glaubst, deine Erinnerungen könnten mir schwer zu schaffen machen.«

Er hielt inne, um mich anzusehen. Ein schmerzverzerrter Blick lag in seinen Augen.

»*Schwer zu schaffen machen?*« Er schüttelte seinen großen Kopf und setzte seinen Weg seufzend fort.

»Warte!« Ich beschleunigte meine Schritte. »Nur weil du über zweihundert Jahre älter bist als ich, heißt das nicht, dass ich nicht auch schon viel durchgemacht habe!«

»*Du bist ein Mensch*«, brummte Alastar. »*Du weißt gar nichts.*« Er wandte sich von mir ab und gab mir deutlich zu verstehen, dass es besser wäre, ich würde ihn nicht weiter belästigen. Schnaubend fiel ich zurück und wartete, bis Marlo und Fips zu mir aufgeschlossen hatten. Der Krieger trug das Kaninchen auf dem Arm und die beiden stritten wieder einmal miteinander.

»Ich habe es von Anfang an befürchtet«, grummelte Marlo. »Ich wusste, du würdest uns nur zur Last fallen.«

»Entschuldige, ich habe mir meine kurzen Beine nicht ausgesucht«, erwiderte Fips entrüstet.

»Du hättest einfach beim König bleiben sollen, da, wo du hingehörst, damit wäre allen gedient gewesen. Aber nein, der feine Herr Hase musste ja unbedingt mit.«

»Kaninchen! Und mein Platz war schon immer an Leyas Seite und das wird er auch immer sein, egal wie sehr es dir missfällt, Bürschchen!«

»Ach ja?« Marlo stieß einen kehligen Laut aus, der wohl einem Lachen gleichkommen sollte. »Und wo warst du dann nach Leyas Ankunft? Wenn ich mich recht entsinne, habe ich sie gerettet und nicht du.«

Empört schnappte Fips nach Luft. »Ich …«

»Hört bitte auf, euch zu streiten«, fiel ich genervt dazwischen. »Ich bin froh, euch beide hier bei mir zu haben.«

Marlo verdrehte die Augen. »Natürlich, Ihr müsst ihn ja auch nicht mit Euch herum schleppen.«

»Wenn du weiter so jammerst, wachsen dir noch graue Haare«, murmelte Fips eingeschnappt.

»Und wenn du weiter meine Nerven strapazierst, stecke ich dich zurück in meinen Beutel!«

»Aufhören!«, schrie ich. Herrgott, die waren ja schlimmer als kleine Kinder. Entsetzt starrten sie mich an, und Fips' Augen wurden so groß, dass sie ihm fast aus den Höhlen fielen. Dann hörte ich es. Mein Schrei war lauter gewesen als beabsichtigt, und hallte nun an den

Berghängen wider. Das Echo jagte mir einen kalten Schauer über den Rücken.

Erschrocken presste ich mir meine Hand auf den Mund. Eine völlig überflüssige Geste, aber irgendwie hatte ich so absurderweise das Gefühl, den Ruf dämpfen zu können. Doch es war zu spät. Wenn es eine Sache gab, die ich mir in Zukunft ganz fett hinter die Ohren schreiben würde, dann folgende: Wecke niemals einen schlafenden Drachen.

Ich stand einfach nur da, starrte in den Himmel und fühlte mich wie Bambi auf der Lichtung, als die Jäger ihre Hunde auf das kleine Rehkitz hetzten. Starr vor Angst, den Blick auf das rote Ungetüm gerichtet, das sich brüllend in die Luft schwang und nun direkt auf uns zukam.

»Leya, lauft!«, schrie Marlo, doch ich reagierte nicht. Fluchend stopfte er Fips in seinen Beutel, ergriff meine Hand und zog mich unbarmherzig mit sich. Keuchend erwachte ich aus meinem Entsetzen, versuchte, mit ihm mitzuhalten, doch es dauerte nicht lange, da rutschte ich auf losen Steinen aus, strauchelte und stürzte auf den staubigen Boden. Sofort zerrte er mich wieder auf die Beine und wir rannten weiter.

Plötzlich sprang Alastar über uns hinweg, zog wie ein Aasgeier seine Kreise über unseren Köpfen und brüllte dem fremden Monster eine bedrohliche Warnung zu.

Ein kleines Lächeln stahl sich auf mein Gesicht. Es konnte nie schaden, seinen eigenen Drachen dabei zu haben. Doch leider ließ sich der Rotdrache nicht beeindrucken. Wütend spie er einen Feuerball in unsere Richtung, und wenn Marlo mich nicht zwischen die Felsen geschubst hätte, stünde ich wahrscheinlich längst in Flammen.

»Danke«, murmelte ich, aber er warf mir nur einen verärgerten Blick zu.

»Konzentriert Euch, Hoheit! Das könnt Ihr besser!«

Ein schrilles Kreischen brannte sich in meinen Gehörgang, sodass ich stöhnend in mich zusammensackte und mir die Hände auf die Ohren presste. Marlos Gesicht war ebenfalls zu einer schmerzverzerrten Grimasse verzogen, doch mit einem Nicken bedeutete er mir, dass wir weiter gehen mussten. Ich folgte ihm, ohne meine Finger von meinem Kopf zu lösen.

Wir blieben auf den schmalen Pfaden und schlängelten uns in geduckter Haltung zwischen den Felsen hindurch, immer darauf bedacht, hinter den Steinen verborgen zu bleiben. Denn solange der Rotdrache uns nicht sah, fokussierte er sich auf Alastar, der ihm als einziger von uns etwas entgegenhalten konnte. Ich hörte die Ungeheuer kämpfen, wie sie sich anbrüllten, und ihre Flügelschläge im Wind. Es beunruhigte mich, nicht sehen zu können, was dort oben geschah, doch ich vertraute auf Alastars Gewandtheit.

Plötzlich war es still.

Dann vernahm ich wieder das bekannte Flügelrauschen. Ein paar Brocken lösten sich und purzelten mir direkt vor die Füße. Hastig drückte ich mich gegen den Felsen und versuchte, mich so schmal und unscheinbar zu machen, dass der Drache mich nicht bemerken würde. Ich hatte keine Ahnung, welcher der beiden nur wenige Meter über meinem Kopf gelandet war, doch Marlos sorgenvollem Blick nach zu urteilen, war es bestimmt nicht …

Ein Knacken ertönte, dann ein überraschtes Schnauben. Felssplitter stürzten auf mich herab, doch dieses Mal reagierte ich, sprang zur Seite und brachte mich gerade noch rechtzeitig in Sicherheit. Staub nahm mir die Sicht, drang in meine Nase und meinen Rachen und ließ mich fürchterlich husten. Tränen traten in meine Augen, spülten die Fremdkörper heraus und ich wischte sie hastig weg, um wieder sehen zu können. Der Pfad vor mir war begraben unter Geröll und Schutt, versperrte mir den Weg und trennte mich von Marlo. Panik befiel mich, ließ mein Herz einen wilden Galopp hinlegen. Es schlug noch härter, als ich meinen Blick die Steine hinaufgleiten ließ.

Obendrauf lag ein leicht verdatterter Rotdrache. Leise und ohne mich großartig zu bewegen, setzte ich vorsichtig einen Fuß hinter den anderen und entfernte mich rückwärts, damit ich das Ungeheuer nicht aus dem Blick verlor. Währenddessen schüttelte der Drache seinen großen Schädel, als hätte der Sturz seine Gedanken durcheinandergebracht und er sie nun neu sortieren müsse. Ein dumpfer Laut ertönte, als unter meinem linken Fuß eine dünne Steinplatte entzweibrach und mir der Angstschweiß aus allen Poren schoss.

Im selben Moment fuhr sein Kopf zu mir herum, seine gelbglühenden Augen fixierten mich hasserfüllt.

Ich rannte.

So schnell mich meine Beine trugen, sprintete ich den Pfad zurück, den wir gekommen waren, während der Rotdrache brüllend hinter mir herjagte. Ich sah ihn nicht, hörte nur seinen schnaufenden Atem in meinem Nacken und schickte ein stummes Stoßgebet zum Himmel, dass er mich nicht schnappen möge. Doch gleichzeitig wusste ich, dass ich ihm niemals würde entrinnen können. Meine Füße stolperten, rutschten auf gelösten Steinchen eine abschüssige Fläche hinunter, direkt auf den Abgrund zu. Haltsuchend fuchtelte ich mit den Händen durch die Luft, bekam eine Felskante zu fassen und hielt mich mit aller Kraft daran fest.

Ich ignorierte den Schmerz meiner aufgeschürften Haut, sah nur mit weit aufgerissenen Augen den Rotdrachen auf mich zukommen. Auch er schlitterte über den Boden, schnappte nach mir, aber er strauchelte weg, bevor er mich erwischen konnte. *Wieso flog er nicht?* Dann sah ich es. Sein rechter Flügel hing in Fetzen von seiner Seite und hinterließ eine silberne Spur aus … Blut? Alastar hatte ihn übel zugerichtet.

Erneut schlugen die Pranken des Ungetüms in meine Richtung, doch just in diesem Augenblick sprang ein katzenhaftes Wesen auf den Rotdrachen zu und trieb ihn fauchend von mir fort. Ich atmete erleichtert aus, merkte dann jedoch, dass meine Hände schweißnass wurden. Krampfhaft versuchte ich, wieder nach oben zu gelangen, aber meine zittrigen Arme würden mich nicht mehr länger halten können.

»Alastar«, flüsterte ich, dann lösten sich meine Finger vom Gestein.

Ein schwarzer Schatten sprang über den Klippenrand, verfolgte mich mit wilden Flügelschlägen, um mich einzuholen und mir das Leben zu retten. Der Blick aus seinen eisblauen Augen fixierte mich, ließ keine Sekunde von mir ab.

Ich hörte noch den Schrei der Vorahnung, ein wie in Zeitlupe gesprochenes, langgezogenes »Neeeeeeiiiiinnnn!«, das in meinen Ohren widerhallte wie der Klang des Untergangs. Zumindest glaubte ich in diesem Moment, dass es sich so anhören musste. Dann berührten meine Finger die rauen Schuppen. Und eben jenes Verderben brach über mich herein.

16

Die Sonne erhob sich langsam über die Bergspitzen, bedeckte die schroffen Felsen mit einem warmen Schein. Es war an der Zeit zurückzukehren. Ich nahm einen tiefen Atemzug der frischen Luft, bevor ich von der Klippe sprang. Ein scharfer Wind peitschte mir ins Gesicht, prallte an meinen schwarzen Schuppen ab, trieb Tränen in meine Augen. Erst als ich jeden Augenblick auf dem Boden zu zerschellen drohte, öffneten sich meine Flügel. Sie fingen den Sturz ab, beförderten mich zurück in den Himmel und ließen mich sanft auf den Böen treiben. Ein Gefühl der völligen Unbekümmertheit durchflutete mich. Das war das Leben.

Ein Brüllen hallte in den Berghängen wieder, ich hörte den Ruf meiner Mutter und antwortete ihr mit dem gleichen Laut. Die Sonnenstrahlen brannten auf meinem Panzer. Ich wollte mich in den kühlenden Schatten unserer Höhle flüchten, als mir ein merkwürdiger Gestank in meine Nase stieg. Was war das?

Neugierig änderte ich meine Flugrichtung und nahm Kurs auf den Fuß des Berges. Dorthin, wo das weiche Gras noch wuchs, in dem ich mich manchmal räkelte, um meine Schuppen zu polieren. Meine Mutter rief erneut nach mir, doch dieses Mal ignorierte ich sie. Der Geruch intensivierte sich, wurde stärker. In mir reifte der Gedanke, dass es sich um etwas Essbares handeln musste. Ich mochte den Duft nach verbranntem Fleisch. Zur gleichen Zeit begann mein Magen zu knurren.

Sachte setzte ich zur Landung an, bremste mit meinen Flügeln den Schwung ab und lief ein paar Schritte über die Erde, bis ich schließlich zum Stehen kam. Jetzt musste ich nur noch die Quelle dieses unwiderstehlichen Duftes finden und …

Ein Geräusch ließ mich aufhorchen. Meine Sinne schärften sich und ich hörte das heftige Schlagen eines Herzens. Was war das? *Ich hatte schon den Herzschlägen aller Tiere gelauscht, die in diesen Bergen lebten, doch dieses Mal konnte ich es nicht zuordnen. Der Rhythmus war ungewöhnlich.* Moment, da war ein weiterer. Und noch mehr. *Unruhig wich ich ein paar Schritte zurück. Wer waren diese Fremden und was wollten sie hier? Ich stieß einen kläglichen Laut aus. Es war furchtbar, nicht zu verstehen, was hier vor sich ging.*

Plötzlich erklang ein angriffslustiges Brüllen, weitere Stimmen fielen mit ein. Sie waren auf einmal so ohrenbetäubend, dass ich es kaum ertragen konnte. Dann stürmten sie auf mich zu, seltsame Wesen auf zwei Beinen. Der Schein der Sonne reflektierte sich in ihren langen Stöcken, genau wie er es in den Krallen meiner Mutter immer tat. Sie liefen an ihrem Ende auch genauso spitz zu. Das sagte mir, dass ihre Waffen scharf waren.

Verängstigt wich ich zurück, spürte die Felsen hinter mir. Mir blieb nur die Flucht in den Himmel. Ich bemerkte einen Schatten in meinem Augenwinkel, etwas glitt über meine Schuppen und schnürte mir mit einem Ruck die Kehle zu. Mir wurden die Pranken weggezogen. Brüllend stürzte ich zu Boden. Etwas Dumpfes traf mich an der Schnauze und am Auge, ein Schlag, der fürchterlich schmerzte.

»Haben wir dich, du Bestie!«, riefen sie, aber ich konnte nichts mehr sehen, irgendetwas drückte mir die Lider zu.

»Bestie! Bestie! Bestie!«

Mein Bauch begann zu grollen, ich spürte die Hitze in mir aufsteigen, dann spie ich das Feuer fauchend um mich.

Schreie brannten sich in meine Ohren. Doch da war noch etwas anderes.

Das Rauschen mächtiger Flügel im Wind.

Ein Brüllen von solcher Kraft, dass die Erde vor Ehrfurcht erbebte.

Der drohende Ruf einer zornigen Mutter, die ihr Junges um jeden Preis beschütze würde.

Die Rufe wandelten sich in ein ohrenbetäubendes Kreischen, ich spürte das zischende Geräusch von Gegenständen, die nur knapp an mir vorbeiflogen. Dann war es plötzlich ganz still um mich herum.

»Mama?«, fragte ich ängstlich und schnupperte suchend nach ihrem Duft. »Mama, wo bist du?«

»Stopf der Bestie ihr hässliches Maul oder ich verarbeite ihre Krallen zu Zahnstochern!«

Holz wurde über den kalten Steinboden zur Seite geschoben. Es erklangen die schlurfenden Geräusche eines schweren Mannes, der sich grummelnd der Tür näherte. Nach einigem Klimpern und Fluchen öffnete sich die Tür. Ein sanfter Luftzug wehte durch den fensterlosen Raum. Ich sog ihn tief ein, bevor er mir entwischen konnte. Dann traf mich etwas Hartes an meiner Nase.

»Hör bloß auf, so zu winseln, du kleiner Scheißer!«, blaffte mich der Zweibeiner an. »Hier unten bist du ganz allein. Niemand kann dein Klagen hören, also spar es dir!«

Das Gewicht presste meinen Kopf auf den Steinboden. Dicke Riemen nahmen mir die Luft zum Atmen und verhinderten zusätzlich, dass ich Feuer spucken konnte. Die Ketten an meinen Beinen waren schwer, sie drückten mich nieder und hinterließen tiefe Kerben auf meinen Schuppen. Die Flügel waren an meinen Bauch gebunden und sie schmerzten so sehr.

Ich musste sie ausstrecken, musste ihnen ihre Freiheit zurückgeben. Wenn nicht … sie würden nie wieder sein wie zuvor. Sehen konnte ich noch immer nicht. Meine Augen waren bedeckt mit kratzigen Stoffen, die meine empfindlichen Augenlider aufschürften. Doch ich konnte riechen und ich wusste, dass mein Wächter sich lange nicht mehr gewaschen hatte. Der Hunger meldete sich lautstark, aber der Mann verstand das Knurren falsch. Mit voller Wucht trat er mir auf die Schnauze. Warum machte er das? Ich hatte ihm gar nichts getan …

»Wenn es nach mir ginge, hätten wir deinen Kopf ausgestopft und als Trophäe im Thronsaal drapiert! Stattdessen dürfen wir dafür sorgen, dass du dich benimmst! Der Herr wird schon sehen, was er davon hat.«

Der Druck in meinem Gesicht ließ nach, Schritte entfernten sich und Eisen schlug laut auf Eisen. Wieder allein. Ich wollte zu meiner Mama, sie fehlte mir. Doch sie war nicht mehr da. Die Zweibeiner hatten sie mir genommen.

***

Kaltes Wasser rann meine Stirn hinunter, kühlte meine glühende Haut, doch es war nicht genug. Mir war heiß, so schrecklich heiß. *Der kleine Drache! Wo war er? Jemand musste ihm helfen!* Doch ich konnte nichts sehen. Ich befand mich in einer tiefschwarzen Dunkelheit. Mein Kopf drohte zu zerplatzen, so viele Gedanken, Erinnerungen liefen ab wie ein Film, durchbrachen die Finsternis. Doch auch das war nicht die Wirklichkeit. Schmerz durchfuhr meinen Leib, bohrte sich in jede Faser meines Körpers. Geräusche drangen nur vage an mein Ohr.

»Ihr Zustand verschlechtert sich, das Fieber breitet sich aus«, hörte ich eine tiefe Männerstimme sagen. Ich kannte sie, aber mir fehlte das dazugehörige Gesicht. »Wenn wir nicht bald etwas unternehmen, dann …«

Eine weitere Schmerzwelle übermannte mich und ein leises Stöhnen entwich meinen trockenen Lippen. *Nein, halt! Was passierte dann? Was war hier los? Starb ich gerade?*

Wieder lief kühles Wasser meine Stirn hinab und ein feuchter Umschlag wickelte sich um meine Waden. Meine schweißnasse Haut wandelte sich plötzlich in eine frostige Hügellandschaft. Mir war kalt. So bitterkalt.

***

Shona.

Ein Leuchten in der Dunkelheit, ein grüner Schimmer der Hoffnung. Der Grund, weswegen ich nach so vielen Jahren immer noch nicht aufgab, sondern jeden Tag aufs Neue für unser Leben, für unsere Freiheit kämpfte.

Die eiserne Schlange zerriss die Luft mit einem gefährlichen Zischen, das mir durch Mark und Bein fuhr. Die gehörnte Kugel am Ende der Stange krachte zum wiederholten Male auf ihren Panzer, ließ die Schuppen splittern und die lederne Haut bluten. Morgenstern nannten die Zweibeiner diese Waffe, obwohl sie nicht das Geringste mit den hellen Punkten am Nachthimmel zu tun hatte.

Shona sackte entkräftet in sich zusammen, die Arbeit in den Mienen hatte ihr stark zugesetzt. Die gnadenlose Behandlung ihres Wärters trieb sie an den Rand ihrer Möglichkeiten. Sie behandelten uns wie Bestien, wie Monster, ohne dass wir ihnen jemals etwas getan hatten.

Shona war auch als Drachenjunges von ihnen gefangen worden, genau wie ich, und seitdem hatten wir keine Sekunde unter freiem Himmel verbracht. Keine frische Luft geatmet. Keine Wolken mit den Flügeln berührt.

Meine ganze Energie floss in meine Beine, ich stemmte mich erneut dem Eisen entgegen. Um ihr zu helfen, zu verhindern, dass die Zweibeiner sie noch mehr verletzten.

Ein reißendes Geräusch verriet mir, dass die Steine, in die meine Ketten eingelassen waren, meiner Kraft nicht länger würden standhalten können. Das ermutigte mich. Ich zog und zerrte, knurrte voller Zorn, sodass die Winzlinge von ihr abließen und sich panisch mir zuwandten.

Die Felsen sprangen auseinander, die Fesseln verloren ihren Halt.

Ich machte einen Satz nach vorn, begrub mehrere verdutzte Zweibeiner unter mir und hielt Ausschau nach etwas Spitzem, das meine Schnauze von den nervigen Lederriemen befreien würde. Ein Schrei lenkte meine Aufmerksamkeit auf einen jungen Burschen, der mit knallrotem Gesicht und einem gehobenen Speer auf mich zugelaufen kam. Am Ende der Waffe war eine scharfe Schneide angebracht, die auf mein Auge zielte.

Das war es, was ich gesucht hatte. Schnaubend lief ich dem Jüngling entgegen, heftete den Blick auf die Waffe vor mir, die immer näher kam. Nur noch eine halbe Schwanzlänge entfernt … Ich drehte den Kopf. Die Klinge durchbohrte das Leder, schnitt es an meinen Lefzen vorbei der Länge nach auf.

Ich war frei.

Für einen winzigen Augenblick sahen der Bursche und ich uns verdattert an. Dann erweckte mich ein bitterliches Geräusch aus meiner Starre. Shona. Ohne nachzudenken riss ich mein Maul auf, spürte das Grollen in meinem Bauch und die Hitze, die meine Kehle hinauf schoss.

Ich setzte alles in Brand, was mir zu nahe kam.

Todesschreie erfüllten meine Ohren, der beißende Geruch nach verbranntem Fleisch stieg in meine Nase, doch ich hatte nur Augen für sie. Ich zerbiss die Lederriemen um ihre Schnauze, konzentrierte all meine Kraft darauf, die Ketten zum Schmelzen zu bringen. Sie lag auf dem kalten Boden und ich schob den Kopf unter ihren, um sie zu stützen und ihr beim Aufrichten zu helfen.

Nie wieder würde ich zulassen, dass sie Shona oder mich erneut in Ketten legten. Lieber würde ich sterben.

***

»Leya, könnt Ihr mich hören?« Nur mühsam drang die besorgte Stimme zu mir durch, erkämpfte sich ihren Weg durch meine Träume, die mich völlig gefangen nahmen.

»Bitte, kommt zu mir zurück.«

Ja, ich komme! Bring mich fort von den Erinnerungen, all dem Schmerz und dem Leid. Ich kann es nicht ertragen. Mach, dass es aufhört!

»Marlo«, hauchte ich kaum hörbar. Meine zittrigen Lider öffneten sich einen winzigen Spalt und meine Augen versuchten zu erkennen, ob es die Wirklichkeit war. Doch die Gestalt blieb verschwommen, nicht mehr als ein Schemen in der Dunkelheit.

»Ich bin hier, Prinzessin. Ich gebe auf Euch Acht.«

***

Ich war glücklich.

Nicht diese Hochmomente des Glücks, in denen man vor Freude durch die Gegend hüpfte und die ganze Welt umarmen könnte. Es war viel mehr das Gefühl völliger Zufriedenheit und Ruhe, das mich durchströmte. Denn ich war Zuhause.

Die Berge, in denen Shona gelebt hatte, waren verlassen. Mit dem Überfall der Zweibeiner waren die Gründrachen weitergezogen. Doch die Schwarzdrachen hatten ihre Heimat nicht aufgegeben und Shona und mich mit Begeisterung wieder aufgenommen.

Wir hatten schnell gelernt, dass es auch friedliche Menschen gab. Sie lebten im Tal und hielten sich fern von unseren Höhlen. Man ließ sich gegenseitig in Ruhe.

Sanft trieb ich durch die Luft, näherte mich meiner Behausung und fing den Schwung mit einigen Flügelschlägen ab, bevor ich landete. Ich stieß ein kurzes Schnauben aus, damit sie wusste, dass ich zurück war. Der Klang meiner schweren Schritte hallte von den Höhlenwänden wider. Sie erwartete mich bereits. Ihre goldenen Augen sahen mir glücklich entgegen und für einen Moment war der Schmerz vergessen, der uns beide die meisten Abschnitte unseres Daseins begleitet hatte.

»Sieh nur, Alastar«, flüsterte sie und beugte ihren grünen Hals zu ihrem Bauch hinunter. Ich folgte ihrem Blick, und was ich sah, bescherte mir eben diesen Glücksmoment, in dem ich in die Luft springen wollte. Dicht an ihren schuppigen Leib gedrängt lagen drei wunderschöne, grünlich schimmernde Eier.

Ich schwor, dass ich sie mit meinem Leben beschützen würde. Jeden Tag und zu jeder Zeit würde ich die Mutter und ihre Brut behüten und bis zum letzten Atemzug verteidigen.

Was auch immer geschehen würde, unsere Kinder sollten in Sicherheit aufwachsen können.

Ein Grollen riss mich aus meinem Schlummer. Ich schreckte hoch und lauschte, doch es war alles still. Shona bewegte sich leicht, dann öffnete sie müde ihre Augen.

»Was hast du?«, murmelte sie schlaftrunken.

»Ich dachte, ich hätte etwas gehört.« Sanft berührte ich sie an der Schnauze. »Aber es ist nichts. Schlaf weiter.«

Als ich ein zweites Mal erwachte, war etwas anders. Meine Nasenflügel blähten sich auf und der Geruch von Feuer und Verderben wehte mir entgegen. Ein ungutes Gefühl stieg in mir auf.

»Shona.« Ich stupste sie an und sie sah blinzelnd zu mir hoch. »Irgendetwas stimmt hier nicht, ich werde nachsehen.«

Ihr Schwanz schliff über den felsigen Boden und legte sich schützend um die Eier. Wir hatten zu viel durchgemacht, um unseren Instinkt nicht ernst zu nehmen. Sie nickte.

»Sei vorsichtig, Alastar.«

Als ich den Höhlenausgang erreichte, bot sich mir ein Anblick der Zerstörung. Die anderen Drachen hatten ihre Höhlen verlassen, flogen durch die Luft, prallten laut brüllend auf fremde, größere Artgenossen und verschwanden hinter Wolken aus Feuer und Rauch.

Rotdrachen!

Ich war niemand, der einen Kampf herbei sehnte. Im Gegenteil, ich wollte einfach nur in Ruhe gelassen werden. Doch wie bei so vielen Rassen, gab es auch bei uns eben jene, die sogar ihre eigenen Verwandten angriffen, nur um ihren Blutdurst zu stillen. Dennoch waren sie nie zufrieden.

»Shona!« Ich sprang zurück in die Höhle. »Rotdrachen sind hier, wir müssen fort!«

Entsetzt sah sie mich an. »Ich gehe nirgendwohin«, sagte sie, während sich ihr Schwanz enger um die Eier schlang. Sie hatte recht, wir konnten nicht fortgehen, zwei Eier würden wir tragen können, aber nicht drei.

»Shona, ich …«

»Ich weiß, was du denkst«, unterbrach sie mich aufgebracht, »doch ich werde keines unserer Kinder zurücklassen!«

Fauchend stampfte ich auf. »Sie werden uns töten!«

»Dann kämpfen wir für unsere Familie!« Angriffslustig hob sie den Kopf, Entschlossenheit funkelte in ihren Augen.

Zorn wallte in mir auf, aber er galt nicht Shona, sondern den Rotdrachen. Wir hatten gerade ein neues Leben begonnen und sie kamen aus einer Laune hierher, nur um alles zu vernichten.

Ich presste meine schuppige Stirn an ihre.

»Sei stark«, murmelte ich, dann rannte ich zurück zum Höhleneingang.

Das Chaos breitete sich weiter aus. Die Rotdrachen trieben die kleineren Schwarzdrachen aus ihren Höhlen, zerstörten sie oder nahmen sie für sich selbst in Beschlag. Wer nicht getötet wurde, floh. Mir wurde klar, dass wir nicht den Hauch einer Möglichkeit hatten, hierbleiben zu können.

Der Steine unter meinen Pranken begann zu beben, Brocken lösten sich von den Wänden und prasselten unbarmherzig auf mich nieder. Dann sah ich ihn.

Er war ein Monstrum von einem Drachen, riesig und von den Nüstern bis zur Schwanzspitze mit Stacheln versehen. Seine glutroten Augen sprühten Funken, die Lefzen entblößten lange, spitze Zähne, die nur eines wollten: töten. Seine Krallen gruben sich in die Felsen, als er zu mir hochkletterte, der gewaltige Kiefer schnappte nach mir und verfehlte mich nur um eine Schuppenbreite. Ich schlug nach ihm, brüllte ihn drohend an, doch sein hasserfülltes Grinsen verspottete mich.

Er trieb mich fort von der Höhle, von meiner Familie, und ich konnte nichts dagegen tun. Sein massiver Schwanz peitschte durch die Luft. Dieses Geräusch lenkte mich ab, erinnerte mich an eine Zeit in Gefangenschaft und ließ mich erstarren. Dann traf er mich, schleuderte mich gegen die Felsen und raubte mir jegliche Sinne.

Als ich wieder zu mir kam, war es still um mich herum.

Shona! *Ich schaffte es mit großem Kraftaufwand, mich aus der engen Felsspalte zu befreien. Meine Flügel fühlten sich merkwürdig schwer an und ließen sich nur unter Anstrengung ausbreiten. Keuchend rappelte ich mich auf, schüttelte meinen Schädel, als könnte ich so die Schmerzen aus meinem Kopf vertreiben, und setzte mühselig eine Klaue vor die andere. Die Sonne war bereits aufgegangen und schien mir unbarmherzig ins Gesicht. Blinzelnd sah ich mich um. Wo waren die Rotdrachen?* Diese verdammten Biester! *Doch ich konnte sie nirgends entdecken.*

Fauchend sprang ich hoch und flog zu meiner Höhle. Sie wirkte verlassen und eine schlimme Ahnung machte sich in mir breit. Vorsichtig trat ich ins Innere und was ich sah, ließ mich würgen. Einen Moment verharrte ich mit geschlossenen Augen und holte tief Luft. Dann sah ich wieder hin. Das war ich ihnen schuldig. Drei winzige Körper lagen leblos zwischen den zerbrochenen Überresten der Eierschalen, ihre Mutter lag davor. Der Rotdrache hatte ihr den Hals zerbissen. Tränen stiegen in mir auf, wanderten meine Wangen hinunter und hinterließen eine brennende Spur auf meiner schuppigen Haut.

Es war alles meine Schuld.

Eine unbeschreibliche Kälte befiel mein Herz und ließ es zu Stein erstarren. Ich stürmte aus der Höhle und flog, ohne mich noch ein letztes Mal umzudrehen.

17

Mit einem Ruck fuhr ich hoch, keuchte, als wäre ich kilometerweit gelaufen, und spürte, wie mir der Schweiß den Rücken hinunterlief. Meine Finger zitterten und meine Stirn glühte, doch ich wollte nur eines: Fort von diesem Ort und damit fort von den Erinnerungen. Aber ich bewegte mich nicht von der Stelle.

»Leya.«

Erschrocken zuckte ich zusammen und stieß einen spitzen Schrei aus.

»Beruhigt Euch, es ist alles gut!« Marlo ergriff meine Schultern und drückte mich zurück in das Laken. »Es ist alles gut.«

Verwirrt sah ich mich um. Wir befanden uns in einer kleinen Höhle, die kaum mehr Platz bot als für vier ausgewachsene Menschen. Es war dämmerig hier drin, nur schwach schien das Licht der Sonne herein. Ich lag auf dem kahlen Boden, lediglich mit einer wärmenden Decke unter mir. Neben mir waren die Überreste einer Feuerstelle zu sehen.

»Was ist passiert?«, fragte ich mit kratziger Stimme. Meine Kehle war so trocken, dass sie sich wie Schmirgelpapier anfühlte und das Sprechen erschwerte.

»Hier.« Marlo reichte mir den Schlauch, ich richtete mich erneut auf und trank gierig. »Nicht so schnell.« Er nahm ihn mir wieder weg, ich hustete und ließ mich erschöpft zurücksinken.

»Ihr habt Alastar berührt«, sagte Marlo. »Das hat Euch völlig niedergestreckt.«

Jetzt fiel mir alles wieder ein. Unser Weg durch die Berge, Marlos und Fips‘ Streit, der Rotdrache.

»Was ist mit dem Drachen geschehen?«

»Alastar hat ihn vertrieben. Euer neuer Freund ist zäher, als er aussieht. Vor allem in Anbetracht seines Gegners. Aber Ihr wart drei Tage lang im Fieberwahn.«

»Drei Tage?« Erneut fuhr ich auf.

»Ihr müsst erst wieder zu Kräften kommen, bevor ich Euch aufstehen lasse.« Er reichte mir eine Feuerfrucht. Sie sah nicht mehr so frisch und schmackhaft aus wie am Anfang unserer Reise, aber ich wollte mich nicht beklagen. Hier in den Bergen Nahrung zu finden, war sicher nicht leicht.

Ich biss hinein und war erstaunt, wie köstlich sie noch schmeckte. Einen Moment lang vergaß ich meine Sorgen, konzentrierte mich nur auf den süßen Geschmack auf meiner Zunge und hatte das Gefühl, die Frucht gab mir neue Stärke. Es war wie ein gewaltiger Energieschub, der mich plötzlich durchfuhr, und mit einem Mal fühlte ich mich fit, beinah wie neugeboren.

»Ich dachte, ich hätte dich verloren«, murmelte Marlo. Überrascht sah ich ihn an. Es war das erste Mal, dass er die standesgemäße Anrede fallen ließ. Und erst jetzt fiel mir auf, wie dunkel die Ränder unter seinen Augen waren. Offenbar hatte er kaum geschlafen.

»Komm her.« Ich streckte meine Arme nach ihm aus und er setzte sich neben mich, erwiderte meine Umarmung, die mich glücklich machte. Er küsste mich auf den Scheitel und sein warmer Atem streichelte mein Gesicht. »Ich bin so froh, dass es dir gut geht.«

»Es braucht schon mehr als einen wilden Drachen, um mich loszuwerden«, scherzte ich, aber er fand das gar nicht so lustig. Natürlich nicht, wie konnte er auch, nach allem, was er erlebt hatte. *Fettnäpfchen, ich komme!* »Entschuldige.«

Dann erinnerte ich mich an unsere Aufgabe.

»Warum sitzen wir hier noch so rum, wir dürfen doch keine Zeit verlieren! Der Dämon ...«

»Kann erst besiegt werden, wenn du wieder bei klarem Verstand bist.« Marlo lächelte mir zu. »Da du deinen Drachen berührt und die Verbindung überlebt hast, wird es kein Problem sein, die verlorene Zeit aufzuholen.«

»Du meinst …«

»Wir werden auf ihm reiten«, vollendete er meinen Satz.

Das bedeutete fliegen.

»Und du kannst deinen Groll auf ihn einfach so vergessen?«

Der Waffenmeister seufzte. »Er hat recht, ich kann ihm nicht etwas vorwerfen, für das er nicht persönlich verantwortlich ist. Und er hat dich vor dem Tod bewahrt.«

Ja, das hatte er und sich damit seine eigenen Ketten angelegt.

Ich war noch nie in meinem Leben geflogen, weder mit einem Fallschirm noch mit einem Flugzeug oder sonst irgendetwas. Und schon gar nicht auf einem Drachen. Ganz plötzlich hatte ich das ungute Gefühl, dass es nicht gerade angenehm werden würde.

»Ich muss mit Alastar reden«, murmelte ich. »Darf ich zu ihm?«

Marlo beäugte mich kritisch, dann nickte er. »Er wartet draußen auf dich.«

Er reichte mir seine Hand und ich ließ mich von ihm auf meine wackeligen Füße ziehen. Seine Nähe tat mir gut. Ich fühlte mich wohl bei ihm und am liebsten würde ich den Platz in seinen Armen nie mehr verlassen wollen. Einen Moment lang hielt ich mich an ihm fest, sog seinen vertrauten Geruch ein und genoss das Kribbeln in meinem Bauch und die Wärme, die sich an einer ganz anderen Stelle ausbreitete …

Was tat ich hier überhaupt?

Marlo war noch nicht bereit für eine neue Beziehung und ich … war ihm wahrscheinlich eh zu naiv und dumm. Räuspernd brachte ich etwas Abstand zwischen uns. Ich musste mit meinem Drachen reden.

Als ich davon überzeugt war, dass meine Beine nicht einknicken würden, löste ich mich vollständig von ihm und taumelte zum Höhlenausgang. Alastar saß nur wenige Schritte von der Höhle entfernt und betrachtete mit seinem scharfen Blick die Bergketten. Neben ihm – und das brachte mich fast dazu, laut loszulachen – kauerte der kleine Fips und beobachtete ebenfalls die Umgebung. Ich grinste, weil ich mir in meinen Gedanken vorstellte, wie das Kaninchen ausrasten würde, wenn ich es darauf hinwies, dass es gerade mal so groß war wie eine von Alastars Krallen. Als der Kopf des Drachen sich in meine Richtung drehte, konnte ich das schelmische Funkeln in seinen Augen erkennen und hören, wie er innerlich lachte. Stimmt, er fühlte, was ich fühlte, dann konnte er bestimmt auch denken, was ich dachte.

Fips sah gleichfalls zu mir hinüber und ein erleichtertes Lächeln zeigte sich auf seinem behaarten Gesicht.

»Liebes, ich bin so froh, dass es dir wieder gut geht. Du hast mir ganz schönen Kummer bereitet.«

»Entschuldige«, murmelte ich zu Fips.

»Ich lasse euch dann mal alleine«, sagte das Kaninchen wissend und hoppelte in die Höhle, aus der ich gerade gekommen war. Unschlüssig blieb ich neben dem Drachen stehen, doch als er weiter die Berghänge beobachtete, setzte ich mich auf den felsigen Boden.

»Es tut mir so unglaublich leid«, flüsterte ich, als die Stille zwischen uns unerträglich wurde.

»*Das muss es nicht*«, antwortete er sanft.

»Ich meine nicht das, was dir widerfahren ist … also natürlich tut mir das auch leid, aber … ich wollte sagen …«

Durchatmen, Leya. So funktioniert das nicht. Am besten fängst du noch einmal ganz von vorne an.

»Du warst dein Leben lang in Gefangenschaft und nur meinetwegen bist du es jetzt wieder.« *Und zwar bis ans Ende meines oder deines Lebens. Ohne Ausweg.*

Alastar schwieg, und als ich schon dachte, er würde mir gar nicht mehr antworten, beugte er seinen schwarz geschuppten Kopf zu mir herunter und sah mich mit seinen eisblauen Augen an.

»*Ich habe dich verkannt, Mädchen. Du hast auch vieles erlitten, dennoch bist du ein ehrlicher und gutherziger Mensch. Es gibt Schlimmeres, als an dich gebunden zu sein.*« Er machte eine kurze Pause, bevor er leise weiter sprach. »*Langsam fange ich an zu verstehen, warum die Quelle uns auserwählt hat. Denn um ehrlich zu sein, gibst du mir eine Aufgabe, die mein verfluchtes Leben wieder mit Sinn erfüllt. Ich hoffe nur, dass dich ein besseres Schicksal erwartet als jene, die mir zuvor nahe gestanden haben.*«

Trauer stieg in mir hoch und ich war mir nicht ganz sicher, ob das Gefühl von mir oder von ihm ausging, doch sein niedergeschlagener Blick brachte mein Inneres zum Weinen. In dem Moment wusste ich, dass er falsch lag. Sein Herz war niemals zu Stein geworden. Nie hätte ich es für möglich gehalten, dass Drachen so einfühlsame Wesen sein konnten. Einmal davon abgesehen, dass sie überhaupt existierten. Vorsichtig streckte ich meine Hand aus und legte sie auf seine Schuppen. Sie fühlten sich rau und warm an unter meiner Haut.

»Es war nicht deine Schuld.«

Er schwieg, doch ich spürte deutlich seine aufkeimende Zutraulichkeit. Die Quelle hatte uns auserwählt, die Verbindung zwischen uns war unwiderruflich aufgebaut. Es war sinnlos, sich weiter dagegen zu wehren. Stattdessen mussten wir unser Schicksal annehmen, und zwar gemeinsam. Sein Vertrauen in mich füllte mich aus. Ich kannte nun seine Vergangenheit, seine Geschichte, und er kannte die meine. Auch wenn sein Leben so viel mehr Erfahrung bot, waren wir uns dennoch ebenbürtig. Wir waren eins.

Alastar lachte leise, und als mir die Dramatik meiner eigenen Gedanken bewusst wurde, konnte ich mir ein Grinsen nicht verkneifen. Die Situation war vollkommen absurd. Ein graues Mäuschen, das mir nichts, dir nichts eine Prinzessin sein soll und dank einer magischen Quelle auf ewig mit einem Fabelwesen verbunden ist? Oh, ich hatte vergessen zu erwähnen, dass sie auch mal eben noch die Welt retten musste. Warum auch nicht? Sie hatte ja sonst nichts zu tun.

»Wir sollten aufbrechen«, unterbrach Marlo unser Gekicher. Er war aus der Höhle gekommen, die fertig geschnürten Beutel lagen zu seinen Füßen. »Wie es scheint, geht es dir schon wieder viel besser. Die Zeit läuft uns davon, wir haben einiges aufzuholen. Schließlich wartet der Dämon nicht auf uns.«

»Oh, ich bin ja schon so aufgeregt«, murmelte Fips und rieb seine Vorderpfoten aufgrund des bevorstehenden Fluges erwartungsvoll aneinander.

Der Drache legte sich auf den Boden und bedeutete uns mit einem Nicken, dass wir aufsteigen sollten. Fips ließ sich nicht zweimal bitten und hoppelte vergnügt zu ihm, nur um dann jedoch auf mich zu warten, weil er zu klein war, um allein auf Alastars Rücken zu springen.

»Komm schon, Prinzessin«, zwinkerte Marlo mir zu. »Ich setze mich auch hinter dich und sorge dafür, dass du nicht herunterfällst. Trau dich.«

Zögerlich kletterte ich auf Alastars Bein, griff nach seinen Stacheln und zog mich daran nach oben. Dort machte ich es mir in der Mulde seines Nackens zwischen zwei Zacken bequem. Marlo reichte mir das Kaninchen und ich setzte den kleinen Kerl vor mich. Der Krieger befestigte noch unsere Beutel und schwang sich hinter mich. Sein Arm legte sich um meinen Bauch, doch wirklich sicher fühlte ich mich dadurch nicht. Der Drache erhob sich, und sofort beschlich mich das Gefühl, jeden Augenblick den Halt zu verlieren und in die Tiefe zu stürzen.

»Moment, wartet! Ich habe es mir anders überlegt!«, stieß ich panisch hervor. Wie sehr wünschte ich mir jetzt ein Pferd herbei.

»*Es wird dir gefallen, Leya*«, brummte Alastar zuversichtlich.

»Na, ich weiß nicht, ich vertrau dem Ganzen noch nicht so recht. Ihr wisst ja, dass ich nicht …« Der Drache machte einen gewaltigen Satz nach vorn und stürzte sich in die Tiefe. »… schwindelfrei bin!«, schrie ich die letzten Worte heraus, kniff die Augen zusammen und krallte meine Finger panisch um Alastars Zacken, während mir der Wind heftig ins Gesicht peitschte. Marlo hinter mir lachte schallend, dennoch spürte ich deutlich, wie sich sein Arm fester um meine Taille schlang, wofür ich ihm unheimlich dankbar war. Blinzelnd schielte ich unter meinen Wimpern hindurch. Fips vor mir lehnte sich breit grinsend an mich und schloss genüsslich die Lider. Wie konnte er nur so gelassen bleiben, wenn wir geradewegs dabei waren, uns in den Tod zu stürzen? Hoffentlich würde ich nicht gleich kotzen …

Alastar breitete seine Flügel aus, beendete den Fall kurz vor dem Aufprall und schoss zurück in den Himmel. Meine Gesichtsfarbe glich mit Sicherheit dem Hautton der bösen Hexe des Westens. Grün, grüner, Leya.

Als er hoch genug war, ließ er sich von den Windböen treiben und ich konnte endlich durchatmen.

»Mach das ja nie wieder!«, zischte ich vorwurfsvoll, doch weil mein Magen heftig zu rumoren begann, schloss ich hastig den Mund.

»*Sieh dich um, Mädchen*«, sagte Alastar nur. Vorsichtig löste ich meinen Blick von seinen schwarzen Schuppen und was ich sah, ließ mich all meine Angst vergessen. Zumindest fast.

Egal, in welche Richtung ich mich auch drehte, wir waren umgeben von der Weite des Himmels. Wolken schwebten an uns vorbei und ich glaubte, mich nur ein wenig strecken zu müssen, und schon könnte ich sie berühren. Die Versuchung war groß, aber ich traute mich nicht, die Finger von den Zacken zu lösen.

»Wunderschön, nicht wahr?«, flüsterte Marlo mir ins Ohr. Ich brachte ein schwaches Nicken zustande, lehnte mich an seine breite Brust und war weiterhin bemüht, meinen Magen unter Kontrolle zu halten.

Wir flogen den ganzen Tag und erst, als die Sonne bereits hinter den Berghängen zu verschwinden begann, sank Alastar wieder zu Boden. Es war ein mulmiges Gefühl. Zu vergleichen mit dem Moment in einem Aufzug, kurz bevor sich die Türen öffnen. Diese wenigen Sekunden, in denen der Fahrstuhl zum Stehen kommt. Oder wenn man eine steile Rampe hinunter rutscht. Diese Emotionen hatte ich nie sonderlich gemocht.

Schwach und zittrig glitt ich von seinem Rücken, torkelte ein paar Schritte, ehe ich mich lautstark erbrach.

»Du gewöhnst dich schon noch daran«, sagte Marlo zuversichtlich, während er mir die Haare im Nacken zusammenhielt. Ich konnte nur hoffen, dass es stimmte.

18

Den nächsten Tag kamen wir ohne besondere Vorkommnisse voran. Das Fliegen bereitete mir immer noch ein mulmiges Gefühl in der Magengegend, doch es war auszuhalten. Gegen Nachmittag ließen wir das Gebirge endlich hinter uns und ich war von mir selber überrascht, wie sehr ich mich freute, grün überwucherte Wiesen zu sehen. Fips hatte mir klar gemacht, dass meine Freude nicht von langer Dauer sein würde, denn zwei Tage später würden wir das Tal überflogen haben und die Berge erreichen, in denen die Fee hauste.

Als es dämmerte, schlugen wir unser Nachtlager schließlich an einem Waldrand auf, sodass wir durch das Dickicht vor neugierigen Blicken verborgen blieben, Alastar jedoch bei uns bleiben konnte. Aufgrund seiner Größe war es für ihn schwierig, den Wald zu durchqueren, da er einfach nicht zwischen den Stämmen hindurch passte. Fips war auf der Suche nach essbaren Beeren und

Pilzen, während der Drache sich zusammengerollt und bereits die Augen geschlossen hatte. Ich wusste, dass er noch lange nicht schlief, sondern viel mehr entspannte und seine Sinne somit weiterhin aktiv waren, sodass er uns jederzeit vor Gefahr warnen konnte.

»Bist du nicht hungrig, Alastar?«, fragte ich ihn vorsichtig, nachdem ich mir einen Schluck Wein gegönnt hatte. Mich verwunderte es, dass er noch nicht über Fips hergefallen war, wo doch Kaninchen auf seiner Speisekarte standen.

Er entblößte seine spitzen Zähne, als er grinsend antwortete: »*Wenn ein Drache sich satt gefressen hat, kann dieser Zustand mehrere Wochen anhalten. Mein Bedarf an Nahrung ist vorerst gestillt.*«

Irgendwie machte mich das traurig. Ich selbst aß liebend gern und wenn ich mir vorstellte, ich wäre immer satt … Nein, aufs Essen wollte ich bestimmt nicht verzichten.

»Was ist mit der Feuerfrucht?« Stirnrunzelnd besah ich das letzte Stück Obst in meiner Hand, das statt blutroter Farbe nur noch ein blasses Rosa zeigte.

»*Sie gibt uns neue Energie, doch zurzeit bin ich im vollen Besitz meiner Kräfte und brauche sie nicht.*«

»Das heißt, ihr nehmt euch nur das, was ihr wirklich zum Leben braucht?« Ich beobachtete das riesige Reptil vor mir, das aus näherer Betrachtung, noch furchteinflößender wirkte als aus der Ferne.

»*So ist es.*«

Das war interessant. Die meisten Wesen waren so ganz anders als wir. Sie nahmen sich nur, was sie benötigten, ein ständiges Nehmen und Geben. Während der Homo sapiens sich alles nahm, worauf er gerade Lust hatte, unabhängig, ob sein Überleben davon abhing oder nicht. Manchmal schämte ich mich, ein Mensch zu sein.

Ich setzte mich neben seinen Kopf und strich ihm sanft über die Schuppen. Dann kam mir plötzlich eine andere Frage in den Sinn.

»Wenn wir nur sterben werden, wenn der andere stirbt, wie ist das mit dem Alter? Ich meine, Menschen werden meistens achtzig Jahre alt, zumindest in meiner Welt, aber du … du bist unsterblich.«

»*Ich bin nicht unsterblich, Leya. Glaube das niemals. Meine Lebenszeit ist nur ein paar Jahrhunderte länger als die der menschlichen Gattung. Doch alles findet irgendwann ein Ende.*«

»Aber ist unser Leben vorbei, wenn ich alt bin, oder verlängern sich auch meine Erdentage? Werde ich dann auch zweihundert?«

»*Ich weiß es nicht sicher*«, antwortete er. »*Die Legenden erzählen, dass die Lebenszeiten sich einander angleichen.*«

Würde ich nicht schon sitzen, hätten meine Beine vermutlich ihren Geist aufgegeben.

»Das heißt, alle, die ich kenne, meine Familie … ich werde den Tod jedes einzelnen miterleben?«, flüsterte ich. *Das war ja furchtbar!*

»*So ist der Lauf der Dinge.*«

Ich verstand, weshalb es so wichtig war, jeden Augenblick mit denen zu genießen, die mir etwas bedeuteten. Man wusste nie, wann es vorbei sein würde. Ich dachte an meine Mutter und fragte mich, was sie wohl gerade tat. *Weinte sie um mich? War Ralf bei ihr, um sie zu trösten?* Ich hoffte es und noch mehr wünschte ich mir, sie bald wiedersehen zu können. Mein Blick fiel auf Marlo, der mit gesammeltem Feuerholz aus dem Wald zurückkehrte. Nein, ich würde nicht darüber nachdenken, was in ganz ferner Zukunft einmal passieren könnte.

»Was sagen die Legenden noch über Drachenkinder wie mich?«, fragte ich.

Marlo lachte und schichtete das Holz.

»Ich glaube nicht, dass es schon einmal ein Drachenkind wie dich gegeben hat«, merkte er augenzwinkernd an.

»Weil ich aus einer anderen Welt komme?«, hakte ich weiter nach.

»Du bist in einer anderen Zeit aufgewachsen als wir«, erklärte Marlo. »Aus dem, was ich deinen Erzählungen entnommen habe, vermute ich, dass eure Welt um einiges fortschrittlicher ist. Zwar kann ich mir nicht vorstellen, wie Kutschen ohne Pferde fahren sollen«, mit einer Geste forderte er den Drachen auf, das Holz zu entzünden, »aber ich glaube an eine Welt, in der Frauen mehr zu sagen haben.«

Alastar brummte zustimmend. »*Hier geben Mädchen selten Widerworte.*« Er beugte seinen Hals nach unten und hauchte einen Funkenregen auf die Äste.

»Emanzipation wird bei uns großgeschrieben«, bestätigte ich, »auch wenn die Gleichstellung von Mann und Frau in einigen Köpfen und Ländern immer noch nicht angekommen ist.«

»*Das ist auch der Grund*«, sagte Alastar, »*warum ich mich auf dich eingelassen habe.*«

Fragend blickte ich ihn an. »Weil ich eine große Klappe habe?«

Der Drache verzog die schuppigen Lippen und entblößte seine spitzen Zähne. *»Ich weiß nicht, was eine Klappe damit zu tun hat, aber ich erachte dich als würdig, weil du nicht weggelaufen bist, sondern dich der Gefahr entgegengestellt hast.«*

»Oh«, entfuhr es mir. »Fällt das nicht eher unter die Kategorie naiv und dumm?«

»Für mich hat das viel mit Mut zu tun.«

Seine Worte schmeichelten mir. Es war das erste Mal, dass ich mich über ein Kompliment freuen konnte. Nun, zugegeben, bisher hatte ich auch noch nicht sehr viele erhalten.

»Ich sage es nur wirklich ungern«, merkte Marlo irritiert an, »aber wo ist Fips?«

Erschrocken sah ich mich um. Die Dämmerung war weit vorangeschritten, der kleine Kerl musste also schon eine ganze Weile fort sein. Solange brauchte doch niemand zum Futter suchen.

»Ich werde mal nach ihm sehen«, meinte ich entschlossen.

Marlo streckte mir seine Finger entgegen und zog mich auf die Füße. »Ich begleite dich.«

Wir ließen mit Alastar auch das Licht der beiden Monde am Waldrand zurück und machten uns auf in die Dunkelheit.

»Verflucht«, brummte ich, als mein Hemd an irgendetwas hängen blieb. Wahrscheinlich ein Gestrüpp oder so. Ich zerrte daran und hörte, wie der Stoff riss.

»Das ist seltsam«, sagte Marlo dicht neben mir. »Ich kann die Hand vor Augen nicht erkennen. Wir hätten eine Fackel mitnehmen sollen.«

Ich versuchte ebenfalls, einen Punkt in der Finsternis auszumachen, um mich orientieren zu können. Doch ich sah nichts als Schwärze. Vorsichtig tastete ich mich mit ausgestreckten Armen vorwärts, berührte etwas Hartes, Knorriges. Ein Baum.

Plötzlich ertönte ein feines Summen, schwebte an mir vorbei, ähnlich wie eine nervige Mücke in lauen Sommernächten.

»Marlo, hörst du das?«

»Was?«, kam es leise von ihm zurück.

»Dieses Surren …« Der Ton veränderte sich, wandelte sich in eine tieftraurige Melodie. Willig folgte ich dem Klang durch die Dunkelheit, ließ mich von ihm führen, bis jemand meine linke Hand ergriff und mich zurückzog.

»Geh nicht weiter«, flüsterte Marlo.

»Warum? Was ist los?«

»Ein Summen in einem pechschwarzen Wald zu hören ist nie ein gutes Zeichen.«

»Aber es will, dass ich ihm nachgehe. Es ist so unendlich traurig. Vielleicht kann ich ihm ja helfen?«

Bevor Marlo mir antworten konnte, erhellte sich die Umgebung vor uns. Ein einsames, grünliches Leuchten in Form einer Kugel schwebte nur wenige Meter von uns entfernt in der Luft.

»Das ist ein Irrlicht«, flüsterte Marlo. »Es bringt Unglück, wenn du ihm folgst oder es gar zu fangen versuchst.«

»Aber vielleicht will es uns zu Fips führen.« Ich spürte deutlich, dass dieser grüne Schimmer mir etwas zu sagen versuchte, dass er mir etwas zeigen wollte, doch dafür musste ich ihn tiefer in den Wald hinein begleiten.

»Du weißt nicht viel über unsere Welt und die Kreaturen, die hier hausen«, brummte Marlo, packte mich am Arm und zog mich ein paar Schritte von dem leuchtenden Etwas fort. »Irrlichter sind die Seelen Verstorbener, die es nicht geschafft haben, in den Himmel aufzusteigen und ihren Frieden zu finden. Sie bringen nichts als Verderben.«

»Du hast auch gesagt, alle Drachen seien bösartige Monster«, entgegnete ich frech und befreite mich aus seinem Griff. »Alastar ist der lebende Beweis dafür, dass die Menschen sich zu viel mit sich selbst und zu wenig mit anderen Wesen beschäftigen.«

Marlo schnaubte. »Wenn wir uns im Wald verirren, dann …«

Das Summen der Kugel wurde lauter, dröhnte fordernd in meinem Kopf. Ihr grünes Licht flackerte.

Wie ferngesteuert bewegten sich meine Füße nach vorn, stolperten über den mit Wurzeln überzogenen Waldboden. Marlo folgte mir widerwillig, ergriff meine Hand, wahrscheinlich, damit ich ihm nicht verloren ging.

Das Irrlicht flog immer schneller durch den Wald, sodass wir Mühe hatten, ihm zu folgen.

Auf einmal erklang ein gehässiges Kichern um uns herum. Abrupt hielt das Licht an, begann in der Luft zu hüpfen, dehnte sich aus und verformte sich, bis es mit einem lauten Knall explodierte und Lichtsprenkel wie Feuerwerk zu Boden regneten.

»Kobolde«, zischte Marlo und im gleichen Moment entdeckte ich sie.

Etwa fünfzehn kleine Gestalten huschten kichernd um uns herum, wie Kinder wirkten sie auf den ersten Blick, denn sie reichten mir nicht weiter als bis zur Hüfte. Ihre Körper waren hager und - bis auf ein Blätterkonstrukt um ihre Leibesmitte - nackt. Die Rippen zeichneten sich deutlich unter ihrer ledernen Haut ab. Eine ausladende Nase zierte ihre mondförmigen Gesichter und große, an ihren Enden spitzzulaufende Ohren standen im rechten Winkel zu ihren Köpfen. Sie kreisten uns ein, versperrten jede Fluchtmöglichkeit. Ihre breiten Lippen verzogen sich zu einem gehässigen Grinsen und entblößten eine Reihe kleiner, spitzer Zähne, von denen Speichel zu Boden tropfte.

Angst breitete sich in mir aus. Ihren hungrigen Blicken nach zu urteilen, hatten diese Wesen lange nichts mehr gefressen …

»Ich hoffe sehr, die Kerle sind Vegetarier«, entfuhr es mir, wobei ich mir keine großen Hoffnungen machte.

Marlo seufzte und zog seine Waffe. »Ich habe keine Ahnung, was Vegetarier sind.«

Meine zitternden Finger legten sich ebenfalls um den Griff meines Schwertes. Erinnerungen stiegen in mir hoch, ein Bild des Schreckens vor nicht allzu vielen Tagen. Das Gesicht eines Mannes, der nie wieder atmen würde. Meinetwegen. Ich schluckte und bemühte mich, diese Gedanken zu verdrängen, doch ich konnte nicht verhindern, dass meine Beine zu schlottern begannen.

Ein Kreischen riss mich aus meiner Starre. Reflexartig zog ich mein Schwert nach oben, parierte den Hieb einer Keule, die genau auf mein Auge zuhielt.

Mit furchterregenden Geräuschen rannten fünf der kleinen Biester auf mich zu, krallten sich mit ihren spitzen Fingernägeln in meine Waden und hängten sich an meine

Arme. Sie zerrten an meiner Waffe, bis sie mir aus der Hand fiel. Der Fünfte sprang auf meinen Rücken, legte seine dürren Gliedmaßen um meinen Hals. Ich schlug und trat um mich, versuchte, diese lästigen Kerle wieder loszuwerden. Einer rutschte von meinem Bein, ich trat ihm sofort in den Allerwertesten, wodurch er anklagend aufheulte, doch es brachte nicht das Geringste.

Aus den Augenwinkeln konnte ich erkennen, dass es Marlo genauso erging wie mir. Sie waren über ihn hergefallen wie Fruchtfliegen über gammeliges Obst und begruben ihn unter sich, sodass er keine Chance hatte. Für ihre mickrige Größe waren diese Biester ziemlich stark.

Einer der Kobolde biss mir in den linken Arm und grub seine kleinen, spitzen Zähne in meine Haut. Ich schrie auf vor Schmerz und Tränen traten mir in die Augen.

Ein merkwürdiges Gackern ertönte. Ich blickte auf, sah in die hässliche Fratze der Kreatur vor mir. Breit grinsend schwang sie eine Keule über ihrem Kopf.

Brüllend riss Marlo sich los, schleuderte die Geschöpfe durch die Luft und enthauptete den einen vor mir mit dem Hieb seines Schwertes. Dann wurde der Krieger erneut niedergerungen.

Ich spürte etwas Hartes an meinem Hinterkopf, sackte entkräftet in mich zusammen und die Welt vor meinen Augen verschwand in Dunkelheit.

19

»Diese Irrlichter sind also verlorene Seelen, ja?«, fragte ich aufgebracht und zerrte an den Seilen, mit denen die Kobolde uns an einen Baum gebunden hatten. Mein Kopf schmerzte und meine Laune sank, seit ich aufgewacht war, immer weiter in den Keller. Ich wagte sogar zu behaupten, sie hatte den Nullpunkt bereits unterschritten.

Marlo knirschte mit den Zähnen. »Ich habe gesagt, sie bringen Unglück.«

»Ich dachte bei Unglück an furchtbares Wetter oder sieben Jahre schlechten Sex«, erwiderte ich, »aber doch nicht daran, dass wir als Abendessen für tollwütige Fantasy-Figuren enden!«

Mit klopfendem Herzen beobachtete ich die Kobolde, die wie kreischende Affen um etwas herum hüpften. Unter ihre Siegeslaute mischte sich ein schiefer Gesang, der mir eine Gänsehaut verursachte und mich erzittern ließ. Irgendwo erklang das rhythmische Schlagen einer

Trommel. Ich hatte das Gefühl, jeden Augenblick einem Opferritual beizuwohnen, und darauf konnte ich echt verzichten. Ich wollte nicht als Mahlzeit enden. Wir waren so weit gekommen, und jetzt das.

»Unsere Schwerter liegen hinter uns auf der Erde«, murmelte Marlo. »Sie haben uns nur festgebunden und nicht irgendwohin verschleppt. Das ist ein gutes Zeichen.«

Ich verrenkte meinen Hals, bis ich die Waffen entdeckte. Außerhalb unserer Reichweite nutzten sie uns nur leider nicht viel.

»Was sollen wir jetzt machen?«, fragte ich leise. Solange die Kobolde sich anderen Dingen widmeten, blieb uns vielleicht die Zeit, einen Fluchtplan zu schmieden. Auch wenn meine Gedanken in alle möglichen Richtungen gingen, nur in keine sinnvollen.

»Wir könnten einen Drachen gebrauchen«, antwortete Marlo.

»Die Bäume machen es für Alastar unmöglich hierher zu kommen«, flüsterte ich zurück. Hoffnungslosigkeit breitete sich in mir aus.

Marlo warf mir einen eindringlichen Blick zu. »Ich dachte eher an einen kleineren Drachen.«

»Du meinst mich?« Erschrocken sog ich die Luft ein.

»Siehst du hier noch irgendwo einen?«

Empört schüttelte ich den Kopf. »Ich kann nicht einfach so zu einem Drachen mutieren, ich weiß ja gar nicht, wie das überhaupt funktioniert.«

Marlo zog eine Augenbraue hoch. »Dann ist es wohl an der Zeit, genau das herauszufinden.«

Ein Quieken ertönte aus der Mitte unserer Entführer, ein schockierter Aufschrei, der mir nur allzu bekannt vorkam.

»Nehmt eure dreckigen Finger da weg! Das ist doch wohl die Höhe!«

»Fips?«, schrie ich.

»Leya?«, kam die quietschende Antwort zurück. »Leya, hilf mir, die wollen mich fressen! Ich bin doch viel zu jung zum Sterben! Hiiilfe!«

Die Menge der Kreaturen teilte sich, machte Platz für einen der ihren, der etwas bei sich trug … Fips! Der Kobold hatte das Kaninchen an den Ohren gepackt, sodass die Pfoten meines Freundes hilflos durch die Gegend baumelten. In der anderen Hand hielt er einen Knüppel, den er in freudiger Erwartung durch die Luft schwang. Als ich den Felsen sah, den der Kobold nun ansteuerte, erfasste mich eine ungeheure Wut. Sie würden Fips totschlagen. Meinen Fips! Das durfte ich nicht zulassen.

Mein Atem beschleunigte sich und mein Blick begann zu flackern. Ein bekanntes Gefühl ergriff mich, ich spürte, wie mir die Kontrolle entglitt, wie eine gewaltige Kraft meinen Körper durchströmte, doch dieses Mal sträubte ich mich nicht dagegen. Ich ließ es zu, erlaubte es, dass Alastar mit mir verschmolz und das Ruder an sich riss.

Meine Sicht schärfte sich, erfasste die Umgebung und die feindlichen Wesen. Ich roch den strengen Duft des Waldes, das klebrige Harz der Bäume, hörte, wie sich Insekten durch das Erdreich wühlten und das aufgeregte Schlagen der Koboldherzen. Sie hatten Hunger. Fips war ihre Vorspeise, Marlo und ich würden der Hauptgang sein. *In ihren Träumen vielleicht.*

Brüllend bäumte ich mich auf, zerrte mit ungeheurer Kraft an meinen Fesseln. Sie schnitten mir in die Haut, doch ich gab nicht auf.

»Fürchtet euch«, schrie ich mit einer Stimme, die nicht die meine war. »Lasst uns gehen oder ich werde euch alle vernichten.«

Alastar war kein Wesen, das leichtfertig Leben auslöschte, er gab jedem die Chance auf eine friedliche Lösung.

Die Kobolde wandten sich zu mir um, betrachteten mich mit verächtlichen Blicken. Leises Gemurmel machte sich unter ihnen breit, in einer Sprache, die ich nicht verstand. Doch als einer von ihnen Keule schwingend auf mich zu kam, wusste ich, worüber sie gesprochen hatten. Tote Beute konnte nicht weglaufen und sie gab auch keine Widerworte mehr. Je mehr die Panik von mir Besitz ergriff, desto gelassener blieb Alastar. Sie hatten sich entschieden. Der Drache in mir würde kein Erbarmen kennen.

Hastig zerrte ich weiter an meinen Fesseln, spürte, wie sie sich enger um meine Handgelenke schlangen. Doch der Vorteil von Schweißausbrüchen war, dass die Haut sehr glitschig wurde. Ich machte meine Hände so schmal wie möglich und versuchte, den Seilen zu entschlüpfen.

Der grimmige Kobold näherte sich mit forschen Schritten. Wenn ich es nicht bald schaffte, mich zu befreien, würde er mir den Kopf einschlagen.

Hartnäckig zog ich meine Finger aus den Schlingen, ignorierte dabei die Abschürfungen auf meiner Haut, dann war ich frei.

Blitzschnell sprang ich auf, packte den Kopf des Angreifers und brach ihm mit einer einzigen, kraftvollen Bewegung das Genick.

Für einen Moment herrschte im Wald völlige Stille. Die Trommeln verstummten und auch sonst wagte es keiner einen Laut von sich zu geben. Mit ungläubigen Gesichtern starrten unsere Entführer zu mir herüber.

Adrenalin pochte durch meine Adern und ich fühlte mich großartig. Als könnte sich mir niemand in den Weg stellen.

»Und jetzt«, sagte ich und streckte fordernd die linke Hand aus, »gebt mir mein Kaninchen zurück.«

»Leya«, raunte Marlo eindringlich und mir fiel ein, dass er noch immer gefesselt neben mir saß. Schnell bückte ich mich, fischte das Messer aus meinem Stiefel und zerschnitt das Seil.

»Hey, Fressbacke«, rief Marlo zu dem Kobold, der Fips an den Ohren hielt, schnappte sich meinen Dolch und warf ihn. Der Gnom drehte sich irritiert in unsere Richtung, realisierte zu spät die Klinge, die sich bereits in seine Stirn bohrte. Lautlos stürzte er zu Boden. Fips befreite sich aus seinen leblosen Fingern und sprintete auf uns zu, als würde ihn der Teufel persönlich jagen. Ich hatte keine Zeit, diesen Anblick zu verdauen, fing den kleinen Kerl auf, drückte ihn an meine Brust und rannte los. Marlo hatte unsere Schwerter aufgesammelt und lief nun, in jeder Hand eine der Waffen schwingend, hinter mir her.

Erst jetzt erwachten die Zwerge aus ihrer Verwirrung. Schreiend stoben sie auseinander, folgten uns keifend durch den Wald und schwangen drohend ihre Keulen.

In meinem Kopf entstand die Frage, was wohl schlimmer war: Ein feuerspeiender Drache oder eine Horde tollwütiger, menschenfressender Kobolde?

Ganz schwach schimmerte das Licht der beiden Monde durch das dichte Geäst der Bäume, es reichte gerade aus, damit wir den Weg zurückfanden.

Gehetzt sah ich über die Schulter. Diese Biester waren trotz ihrer kurzen Beine verdammt schnell unterwegs, das musste ich ihnen lassen.

»Kannst du nicht noch ein bisschen mehr?«, fragte Marlo keuchend.

»Setz mich nicht unter Druck«, entgegnete ich schnippisch. Doch ich war zu stark außer Atem, um richtig genervt zu sein. Woher sollte ich denn wissen, was für Talente in mir schlummerten? Anscheinend war nicht ich diejenige, die Kontrolle über den Drachen ausübte. Alastar beherrschte mich, wann immer er es wollte. Jetzt gerade bedauerte ich allerdings, dass er sich wieder zurückgezogen hatte. So ein kleiner Energieschub könnte nicht schaden. Denn mit seinem Verschwinden kehrte meine Angst zurück.

»Vorsicht«, rief Marlo. Ich duckte mich unter einer fliegenden Keule hinweg, stolperte und fiel der Länge nach auf den Boden. Das Kaninchen purzelte aus meinen Armen, konnte seinen Sturz jedoch besser auffangen als ich den meinen. Etwas packte mich an den Schultern, ich drehte mich um und nutze meinen Schwung, um einem Kobold mitten ins Gesicht zu schlagen. Es knackte unangenehm laut, als seine lange Nase brach. Panisch stieß ich ihn von mir herunter, rappelte mich auf und griff nach meinem Freund. Jaulend blieb der Gnom zurück. Ich verschwendete keine Zeit an ihn oder meine schmerzende Hand, drückte Fips fester an meine Brust und fixierte meine Aufmerksamkeit auf den Ausgang des Waldes. Es war nicht mehr weit. Erleichterung durchflutete mich, denn ich wusste ganz genau, wer dort auf uns wartete und schon ungeduldig mit den Krallen die Erde aufriss.

In einigen Jahren würde ich sicherlich lachend auf diesen Moment zurückblicken und sagen: »Weißt du noch damals, als wir beinah von Kobolden gefressen wurden? Das war ziemlich lustig.«

Jetzt gerade wünschte ich mich jedoch zurück in meine eigene Welt, unter meine Bettdecke mit meinem Kuschelhasen im Arm, nicht wissend, dass es solche Kreaturen wirklich gab.

»Alastar«, schrie ich keuchend und stolperte aus der erdrückenden Dunkelheit hinaus auf die Wiese. »Wir könnten ein bisschen Feuer gebrauchen.«

Fast wäre ich mitten in meinen Drachen hineingelaufen. Sein schwarzer Körper zeichnete sich nur schemenhaft vor dem dunklen Nachthimmel ab. Er hob rechtzeitig sein Bein, sodass ich noch um ihn herumrennen konnte. Erst als ich hinter seinem Schwanz angekommen war, wagte ich es, anzuhalten und nach Luft zu schnappen. Marlo war dicht neben mir, ich hörte ihn keuchen.

»Ihr nervigen, kleinen Würmer«, brummte Alastar und baute sich schützend vor uns auf. *»Ich habe euch gewarnt.«*

Ein tiefes Grollen erklang, seine Brust begann, rötlich zu schimmern. Wie Glut wanderte das Feuer seinen Rachen hinauf. Es war faszinierend.

Die kreischende Meute hielt verdutzt inne, war sich nicht sicher, was sie von der Situation halten sollte. Ich würde wetten, die hatten noch nie zuvor einen Drachen gesehen.

Plötzlich verschwand das Leuchten. Alastar öffnete seine gewaltigen Schwingen, fuhr mit den riesigen Pranken durch die Kobolde und brüllte, dass selbst mir das Herz in die Hose rutschte.

Die Wesen flüchteten schreiend zurück in die Dunkelheit des Waldes.

Damit war meine Frage wohl auch beantwortet. Ein gigantisches Reptil war definitiv schlimmer.

»Dem Himmel sei Dank«, stieß Marlo erleichtert aus, zog mich in seine Arme und küsste mich. Überwältigt hielt ich den Atem an. Seine Lippen lagen warm und weich auf meinen, und ich versuchte, mich nicht allzu doof anzustellen. Ich hatte schon einige Geschichten darüber gehört, was bei einem ersten Kuss alles schief gehen konnte - übermäßige Speichelproduktion oder so - und das wäre mehr als nur peinlich. Doch ich machte mir umsonst Sorgen, Marlo wusste ganz genau, wie man das machte und es fühlte sich unglaublich gut an. Ich erwiderte seinen Kuss mit der gleichen Erleichterung, die in Form von Tränen aus mir herausbrach. Wir lebten.

»Hey«, meldete sich Fips mürrisch zu Wort. »Ihr erdrückt mich fast mit eurer Liebe.«

Als Marlo sich von mir löste, brauchte ich einen Moment, um wieder zu Atem zu kommen. Erst ein lautstarkes Räuspern von Fips erinnerte mich daran, dass ich ihn noch immer im Arm hielt. Verlegen entschuldigte ich mich und setzte ihn vorsichtig auf den Boden.

Alastar drehte den Hals zu uns und senkte den Kopf auf unsere Höhe hinab.

»*Das hätte böse für euch enden können*«, sagte er und ich wusste, dass dieser Tadel speziell in meine Richtung ging.

»Einem Irrlicht werde ich nie wieder folgen«, gab ich zerknirscht zurück, »darauf könnt ihr Gift nehmen.«

»*Lass mich deine Verletzung sehen*«, forderte Alastar.

Zögerlich streckte ich ihm meinen linken Arm entgegen. Die Haut war aufgerissen und blutete immer noch dort, wo der Kobold mich gebissen hatte. Die Drachenschnauze näherte sich der Wunde, doch als Alastar tief Luft holte, versteckte ich meinen Arm schnell hinter meinem Rücken.

»Willst du meinen Arm in Brand stecken?«, fragte ich nicht ohne Furcht.

»*Du musst dich darauf einlassen, Leya*«, sagte Alastar ruhig. »*Du bist kein gewöhnliches Mädchen mehr.*«

»Sein Feuer kann heilen, erinnerst du dich?«, mischte sich nun auch Marlo ein.

»Also schön«, murmelte ich, kniff die Augen zusammen und streckte meinen Arm weit aus. Auf keinen Fall wollte ich mit ansehen, wie er mich verkohlte.

Ich hörte, wie Alastar Luft holte. Ein feiner, warmer Wind wehte über meinen verletzten Arm, legte sich über die offene Wunde wie eine Decke. Ein sanftes Kribbeln setzte ein, sickerte durch das Fleisch in meinen Körper. Blinzelnd wagte ich nun doch einen Blick, sah gerade noch das goldene Schimmern, bevor es verschwand und meine Haut zu heilen begann.

»Danke, Alastar«, flüsterte ich, drehte meinen Arm ungläubig hin und her, doch der Schmerz war verschwunden. Liebevoll strich ich ihm über die schuppige Schnauze. Auch wenn ich keine Ahnung hatte, ob er das überhaupt spüren konnte. »Aber ein bisschen Feuer unterm Hintern hätte diesen Gnomen mit Sicherheit nicht geschadet.«

Sein angenehm tiefes Lachen beruhigte mich. »*Leya*«, brummte er und schüttelte seinen großen Kopf. »*Ich stecke doch nicht einfach so einen ganzen Wald in Brand und zerstöre das Zuhause vieler Lebewesen. Die Kobolde haben ihre Lektion gelernt.*«

Schon wieder belehrte er mich eines Besseren und erneut entsprach das, was er sagte, der Wahrheit und erinnerte mich daran, wie egoistisch wir Menschen waren.

»*Schlaft, alle drei*«, forderte Alastar uns auf. »*Ich halte Wache.*«

Fips rollte sich auf meinem Schoß zu einem zitternden, kleinen Fellknäuel zusammen und vergrub den Kopf unter seinen Pfoten.

»Wer passt jetzt hier auf wen auf?«, murmelte ich, streichelte ihm liebevoll durch das weiche Fell und lauschte seinem sich langsam beruhigenden Herzschlag bis ich eingeschlafen war.

20

Ich erwachte, weil meine Nase juckte. Blinzelnd öffnete ich die Augen. In einer romantischen Geschichte wären die Strahlen der frühen Morgensonne schuld an meinem Erwachen. In meinem Fall jedoch war es Fips‘ Puschelschwanz, dessen weiches Fell mir ein lautes Niesen entlockte.

Erschrocken sprang er auf.

»Kannst du bitte aufhören, mich immer an den Rande eines Herzinfarkts zu treiben, Leya?«, tadelte er mich.

»Wenn du aufhörst, dich nachts auf mein Gesicht zu legen und mir die Nase zu kitzeln«, erwiderte ich grinsend.

Mürrisch streckte er mir sein wackelndes Näschen entgegen, sagte jedoch nichts mehr.

Gähnend reckte ich meine Arme weit von mir und drückte meinen Rücken durch. Langsam gewöhnte ich mich daran, die Nächte auf Waldboden und Steinen zu verbringen, doch es verstärkte auch meine Sehnsucht nach einem richtigen Bett. Ich würde sterben für ein weiches Kissen. Na gut, sterben war vielleicht ein bisschen übertrieben. Aber ich würde alles tun, um es mir endlich wieder gemütlich machen zu können. In Jogginghose und mit einer Chipstüte in der Hand auf dem Sofa rumzulungern und einen Film mit echten Superhelden zu gucken … Auf der Erde war das Leben so viel entspannter als hier. Zumindest wollte mich da nicht dauernd jemand fressen.

Erst jetzt fiel mir auf, dass Fips und ich allein waren.

»Wo sind Alastar und Marlo?«, fragte ich alarmiert und griff sofort nach meinem Schwert. Wie blöd, dass mein Messer wahrscheinlich immer noch in dem Gesicht eines Kobolds steckte.

»Beruhige dich«, antwortete Fips gelassen. »Wenn uns Gefahr drohen würde, wären sie hier geblieben.«

Entspannt lehnte ich mich zurück. Er hatte recht. Marlo würde mich niemals einer Gefahr aussetzen und Alastar … nun ja, wenn ich sterben würde, täte er es auch, damit war die Sache wohl eindeutig.

Ich betrachtete den kleinen Kerl, der zwar äußerlich ein Winzling war, aber innerlich das Herz eines Tigers besaß.

»Es tut mir leid mit deinem Ohr.«

Er erwiderte meinen Blick mit einem überraschten Ausdruck. »Es ist nicht deine Schuld.«

Verwirrt knotete ich mein Hemd mit den Fingern. »Nicht? Ich dachte, ich hätte dir den Draht kaputt gemacht.«

Er lachte. »Es ist ein Muskelfehler. Mit deiner Tollpatschigkeit hat das nichts zu tun.«

Erleichtert zerzauste ich ihm das Fell. »Dann bin ich beruhigt.«

Fips blickte an mir vorbei und murmelte: »Da ist er schon, dein Ritter in strahlender Rüstung.«

Ich verrenkte meinen Hals, um über die Schulter zu sehen, und entdeckte Marlo, der mit forschen Schritten und genervter Miene auf uns zukam.

»Ich habe nichts außer Erdbeeren gefunden«, sagte er sichtlich enttäuscht und reichte mir und Fips ein paar der Früchte. »Ich verstehe, warum die Kobolde so erfreut über unser Auftauchen waren.«

»Du bist heute aber gut gelaunt«, konnte ich eine sarkastische Bemerkung nicht unterdrücken.

»Ja, ich bin mürrisch, wenn ich nicht bald ein Stück Fleisch zu essen bekomme.«

»Wie bitte?« Entrüstet stellte sich das Kaninchen auf die Hinterläufe und reckte seinen Körper in die Höhe.

Marlo verdrehte die Augen und ließ sich neben mir auf dem Boden nieder. »Ich kann mich nicht nur von Gras ernähren, finde dich damit ab.«

»Das sind übrigens Vegetarier«, warf ich belehrend ein, »Lebewesen, die niemals Fleisch essen würden.«

Der Krieger rieb sich stöhnend das Gesicht. »Furchtbar.«

Lachend beugte ich mich zu ihm und hauchte einen Kuss auf seine Wange. Irgendwie fühlte es sich komisch an. Zwar spürte ich schon ein gewisses Flattern in meinem Bauch, aber ich hatte keine Ahnung, als was genau man das zwischen uns bezeichnen konnte. *Waren wir ein Paar? Wie verhielt man sich, wenn man zusammen war? Ob das hierzulande genauso funktionierte wie bei mir zu Hause?*

Verstohlen beobachtete ich ihn. Er wirkte müde und ausgelaugt. Die Reise und die Aufregung hatten ihre Spuren auf seinem Gesicht hinterlassen. Sein vorher glatt rasiertes Kinn war übersät mit Stoppeln und ich fand, dass ihm ein Bart sicher gut stehen würde. Seine braunen Haare waren so zerzaust wie eh und je, doch sie hatten jeglichen Glanz verloren, waren voller Staub und Schmutz. Ich wollte gar nicht wissen, wie ich aussah. Meine Haare konnten ziemlich eklig werden, wenn ich sie nicht regelmäßig wusch. Apropos waschen … nein, ich dachte lieber nicht darüber nach, dass wir bereits bis zum Himmel stanken.

Ich streckte meine Hand aus, schob sie in seine und atmete erleichtert auf, als er sie mit einem Lächeln auf den Lippen drückte.

»Hast du dir schon Gedanken zu dem Rätsel gemacht?«, fragte Marlo. »Wenn alles gut läuft, werden wir der Fee in wenigen Tagen gegenüberstehen.«

»Äh«, entgegnete ich äußerst geistreich. »Ich wurde von Drachen verfolgt und fast von Kobolden gefressen, erwartest du ernsthaft von mir, dass ich während meiner Flucht auch noch versuche, ein blödes Rätsel zu lösen?«

»Es ist wichtig, Leya. Unser aller Schicksal hängt davon ab.«

Mürrisch starrte ich in den wolkenlosen Himmel und versuchte, mich an den genauen Wortlaut zu erinnern.

»Gestochen an des Leides Dorn, roter Tropfen auf schwarzem Stein. Ein Herz gegeben in ewigem Zorn, lasst es … ähm … Wut? … Blut seines Blutes sein.« Ich zögerte.

»Der Preis, der Leben fordert«, half Fips mir auf die Sprünge.

»… zu Beginn und seinem Ende. Begierde in Flammen lodert, zeigt auf die Lebenswende. Ha!«

Immerhin wusste ich es noch so ungefähr, das war schon mehr, als die Lehrer an meiner Schule bisher von mir erwarten durften.

Ein plötzlich heftiger Wind blies mir die langen Haare ins Gesicht, ein dunkler Schatten legte sich über uns und ein Rauschen erfüllte die Luft.

Der Drache fing mit den Flügeln seinen Schwung ab und lief ein paar Schritte über die Erde, bis er vor uns zum Stehen kam.

»*Ich fürchte*«, warf Alastar nachdenklich ein, »*wir haben im Moment ganz andere Sorgen als das Rätsel der Fee.*«

»Wie meinst du das?«, fragte Fips besorgt.

»*Es braut sich etwas Schreckliches zusammen. Eine Armee des Grauens, sie marschiert mit Schnelligkeit gen Westen.*«

»Direkt auf Lichtstein zu«, murmelte Marlo.

Der Drache bewegte seinen schweren Kopf zu einem Nicken.

»Woher weißt du das?«, hakte ich skeptisch nach. Alastar fixierte mich mit seinen eisblauen Augen.

»*Der Wind hat es mir gesagt.*«

»Der Wind?« Ich konnte mir ein Lachen nicht verkneifen. »Ist klar.«

»*Sieh her.*«

Sein Blick hielt mich gefangen, selbst wenn ich es wollte, ich hätte nicht woanders hinsehen können, als in das tiefe Blau seiner Iris. Meine Fingerspitzen begannen zu kribbeln, Bienen schienen sich in meinem Bauch zu tummeln, so aufgeregt und voller Adrenalin war ich auf einmal. Ich hatte das Gefühl, als zöge er mich zu sich hin, als würde er meine Seele von dem menschlichen Körper befreien. Meine Betrachtungsweise veränderte sich.

Es fühlte sich ähnlich an wie in den Momenten, in denen Alastar von mir Besitz ergriff. Doch dieses Mal konnte ich aus seinen Augen sehen, ohne die Kontrolle zu verlieren.

Ich schaute mich um, als würde ich die Welt zum ersten Mal erblicken. Gewissermaßen tat ich das auch. Ich sah die Welt zum ersten Mal aus dem Blickwinkel eines Drachen und mir war klar, dass ich sie nie wieder aus einer anderen Sicht betrachten wollte. Erstaunt drehte ich mich um meine eigene Achse. Die Farben der Natur waren eine Pracht, viel intensiver als es Menschen wahrnahmen, das Gras tausendmal grüner und der Himmel so unglaublich blau.

Ich spürte ein Vibrieren in der Erde, hörte das Flüstern des Windes, das Wispern der Bäume. Meine Umgebung erwachte plötzlich zum Leben.

Vor lauter Glückseligkeit lief mir eine Träne die Wange hinab, doch ich bemerkte sie erst, als sie von meinem Kinn tropfte.

Ein zartes Stimmchen ließ mich aufsehen. Vor dem strahlenden Licht des Firmaments hob sich eine einzelne, weiße Wolke ab. Sie schwebte auf mich zu, veränderte ihre Form und auf einmal sah ich die zierliche Gestalt eines Kindes. Es war nicht wirklich ein Gesicht, in das ich blickte, mehr die Kontur, die sich aus der Watte formte und nahtlos in die unförmige, bauschige Substanz überging.

Unwillkürlich hob ich die Hand und winkte dem sonderbaren Etwas zu.

»*Lausche ihrer Stimme*«, flüsterte Alastar.

Das tat ich.

Das Wolkenkind redete nicht wirklich zu mir, das Wispern seiner leisen Worte war kaum zu verstehen, ich konnte nicht einmal sagen, welcher Sprache es sich überhaupt bediente.

Zögerlich schwebte es näher. Die Farbe seines watteähnlichen Körpers begann sich zu ändern, rote Fäden durchzogen das frische Hell. Ich sah näher hin.

Wie vor den Kopf gestoßen prallte ich zurück, stürzte haltlos zu Boden. Bilder prasselten auf mich nieder, kurze Momentaufnahmen, nicht mehr als einzelne Sequenzen. Was ich sah, erschütterte mich zutiefst.

Mit einem Schlag war es vorbei. Keuchend blickte ich zu dem Wolkenkind empor. Es schüttelte traurig den Schädel, dann verlor es an Substanz, löste sich auf und war nach wenigen Augenblicken verschwunden.

Ich spürte, wie Alastar sich aus meinem Geist zurückzog. Die Intensität meiner Umgebung ging verloren und kam mir auf einmal schrecklich grau vor.

»Wer war das?«, fragte ich leise.

»*Ein Naturgeist*«, antwortete der Drache.

»Warum ist mir vorher noch nie einer erschienen?«

»*Menschen können sie nicht sehen, denn sie sind blind für die Schönheit und die Wunder der Natur, die direkt vor ihren Augen liegen. Naturgeister sind immer da, Leya. Sie erhalten die Welt am Leben.*«

»Was hast du gesehen?«, wollte Marlo neugierig wissen.

Ich wechselte einen wissenden Blick mit Alastar, bevor ich mich dem Krieger zuwandte.

»Falk lebt.«

»Wie bitte?« Entsetzt sah er mich an.

»Er lebt«, wiederholte ich, »und er marschiert in diesem Moment mit einer Armee auf Lichtstein zu, um es niederzubrennen.«

»Bei den Monden«, keuchte Marlo und fuhr sich mit der Hand durch die dunklen Haare. »Wir müssen uns beeilen. Das muss ein für alle Mal ein Ende finden!«

Entschlossen suchte er unsere Sachen zusammen und packte die Taschen.

Tränen bildeten sich in meinen Augen. Ich dachte an Arnoldus und Mariana, Luri und meine Mutter. *Meine Familie.* Erinnerungen stiegen in mir auf, an die wenigen unbeschwerten Tage, die ich in Lichtstein verbracht, und an denen ich mich zum ersten Mal in meinem Leben wirklich zu Hause gefühlt hatte. Umgeben von Menschen, die mich so liebten, wie ich war.

Ich beschloss, dass es hier und heute nicht das Ende sein würde.

»Wir fliegen nach Lichtstein.«

Marlo hielt inne und sah mir mit ernstem Blick entgegen.

»Wenn wir den Dämon besiegen, könnte alles vorbei sein«, sagte er.

»Ja, wenn«, flüsterte ich. »Bis wir die Fee erreicht haben, könnte Lichtstein aber auch schon gefallen sein. Was bleibt uns dann noch?«

»Leya, das ist nicht unsere Aufgabe«, erinnerte Marlo mich. »Du hast eine Bestimmung.«

»Und du hast deinem König die Treue geschworen!«

Ich bereute die Worte, nachdem ich sie gesprochen hatte. Fips sog scharf die Luft ein und selbst Alastar brummte leise.

Mit zwei Schritten war der Krieger bei mir, drückte seinen Zeigefinger hart auf mein Brustbein. Er war mir so nah, dass ich seinen Atem auf meiner Wange spüren konnte. »Wage es nicht, an meiner Treue zum König zu zweifeln, Leya«, sagte er mit eiskalter Stimme. »Du hast keine Ahnung, was ich schon für ihn geopfert habe, was ich bereit bin zu tun. Ich gebe mein Leben für den König.«

Seinem Blick konnte ich nicht länger standhalten. Beschämt schlug ich die Augen nieder. »Es tut mir leid.«

Versöhnlich zog er mich an sich und küsste mich auf die Stirn. »Es liegt in deinem Ermessen, Leya«, murmelte er in mein Haar. »Nur bitte, zweifle nie wieder an meiner Aufrichtigkeit.«

Ich nickte, doch es machte meine Entscheidung nicht einfacher. Hilfesuchend wandte ich mich an Fips. »Was meinst du, sollen wir tun?«

Er beobachtete mich aus seinen dunklen Knopfaugen und seufzte. »Ich folge dir, wo auch immer du hingehst, Prinzessin.«

Mein Blick wanderte weiter. »Alastar?«

Der Drache verzog seine Lefzen, entblößte eine Reihe spitzer Zähne. »*Von mir aus können wir sie dem Erdboden gleich machen.*«

Ein Schauder lief mir den Rücken hinunter bei der Vorstellung, wie er Falk und seine Armee in Brand steckte. Doch mit Alastar hatten wir eine Chance, Lichtstein und meine Familie zu retten. Eine Chance, die ich nutzen musste, bevor es zu spät war. Danach würde ich mich um den Dämon kümmern.

Ich versuchte zu rekonstruieren, wie lange wir schon unterwegs waren und rechnete die Zeit zurück.

Vor neun Tagen hatten wir Lichtstein verlassen, davon waren wir vier Tage zu Fuß unterwegs gewesen, drei lag ich im Koma und die letzten zwei Tage waren wir geflogen.

»Alastar«, sagte ich, »wie viele Tage brauchst du bis nach Lichtstein?«

Er überlegte kurz. »*Drei, schätze ich.*«

Tief atmete ich ein, stieß zischend die Luft wieder aus, nickte entschlossen und wiederholte, was ich zuvor schon einmal gesagt hatte: »Wir fliegen nach Lichtstein.«

21

»Heilige Scheiße«, entfuhr es mir, als wir uns Lichtstein näherten und ich einen Blick auf die Ebene unter uns werfen konnte. Die Sonne war bereits untergegangen, doch die zwei Monde weigerten sich partout, den Nachthimmel zu erleuchten. Weswegen wir die gesamte Stärke unseres Feindes nicht genau bestimmen konnten. Nur die Fackeln und das rhythmische Schlagen von Trommeln gaben uns einen Hinweis auf deren Anzahl. Marlo und Fips waren ebenfalls gefangen in dem Anblick, der sich uns bot, sodass keiner von ihnen Anstoß an meiner Wortwahl nahm. Große, dunkle Schatten erregten meine Aufmerksamkeit. Sie sahen nicht so aus, als würden sie etwas Gutes verheißen.

»Was in drei Teufels Namen ist das?«

Es dauerte einen Moment, bis meine Begleiter wieder in der Verfassung waren, mir zu antworten.

»Das sind Riesen«, flüsterte Fips.

»So wie die beiden aus der Mondgeschichte?«, fragte ich nach.

Hastig schüttelte das Kaninchen den Kopf. »Druna und Waldo waren einäugige Riesen. Die zweiäugigen sind bösartige Kreaturen.«

Also gab es auch da Unterschiede in der Art, genauso wie bei den Drachen.

Warum konnte es eigentlich nicht einmal glatt laufen? Musste sich denn immer ein neuer Stein in den Weg legen, damit man über ihn stolperte?

»Wie viel Zeit bleibt uns noch, bis das Heer Lichtstein erreicht?«, fragte ich.

»Dank Alastar werden wir nicht mehr lange brauchen«, antwortete Marlo leise. »Zu Fuß ist der Feind langsamer. Ich gebe uns noch Zeit bis Mitternacht.«

Bis Mitternacht. Das war nicht viel, ein paar Stunden vielleicht. Ich konnte nur hoffen, dass sich der König der Gefahr bewusst war, die ihnen bevorstand. Mein Herz schlug schnell. Das flaue Gefühl in meinem Magen nahm zu. Ich war mir nicht sicher, ob es an der Höhe lag oder der bevorstehenden Schlacht, doch ich befürchtete, mich übergeben zu müssen.

»*Behalte deinen Mageninhalt bitte für dich*«, brummte Alastar.

»Die Nacht verbirgt uns, das ist unser Vorteil«, ergänzte Fips. »Wenn ihnen aber plötzlich Kotze auf den Schädel fällt, werden sie nicht mehr so ruhig nebeneinander herlaufen. Dann verwandeln wir uns ganz schnell in eine Zielscheibe.«

»Sehr witzig«, stieß ich zwischen zusammengebissenen Zähnen hervor. Selbst in Situationen, in denen ich mir vor

Angst fast in die Hosen schiss, schaffte er es, sich über mich lustig zu machen und alles ins Lächerliche zu ziehen. Na ja, eigentlich war das eine ziemlich gute Eigenschaft von ihm, denn so entwickelte sich in meinem Kopf die Vorstellung eines vollgekotzten Riesen und das war zugegeben echt komisch. Wenn man davon absah, dass diese Wesen mit ihrer Größe den Drachen durchaus Konkurrenz machen konnten.

Alastar ließ sich von den Naturgeistern des Windes tragen und glitt lautlos über die Armee hinweg. Es war komisch, auf die Streitmacht hinunterzublicken und zu wissen, dass es nicht mehr lange dauerte, bis man einander gegenüberstand, um sich zu töten. Diese Vision gefiel mir überhaupt nicht.

Als sich Marlos Griff um meine Taille verstärkte, lehnte ich mich dankbar gegen ihn. Er hatte mir viel beigebracht, mich auf genau so etwas vorbereitet, trotzdem war zwischen Theorie und Praxis ein meilenweiter Unterschied. Es wurde mir bereits klar, als uns die Männer im Wald angegriffen hatten. Ich sah das Gesicht des getöteten Soldaten immer noch vor mir, als wäre es gerade erst passiert. Doch es waren nur eine Handvoll Männer gewesen und keine Armee. Auch die beiden Rotdrachen hatten selbstständig agiert. Alastar hatte sie vertrieben, doch wie viel würde er noch aushalten? Wie viel würde ich aushalten können?

»Prinzessin«, flüsterte Marlo mir ins Ohr, »du bist nicht allein.«

Nicht allein. Wieso fühlte ich mich dann so?

Mensch, Leya, reiß dich gefälligst zusammen.

Er hatte recht. Ich war nicht einsam und es gab einen Grund, warum ich das alles tat, warum ich mich auf dieses gefährliche Abenteuer eingelassen hatte: meine Familie. Und die durfte ich jetzt nicht im Stich lassen.

»Wir sollten ohne Alastar in die Stadt gehen«, raunte Marlo. »Der König muss vorgewarnt werden, sonst kann ich nicht für seine Sicherheit garantieren.«

Der Drache landete vor den Stadttoren von Lichtstein. Im Schutz der Dunkelheit kam er nah genug heran, ohne bemerkt zu werden. Kaum waren wir von seinem Rücken geklettert, erhob er sich in die Luft und verschwand in der Nacht.

Ich nahm Fips auf den Arm und folgte Marlo, der mit forschen Schritten auf das geschlossene Tor zu ging und mit der Faust dreimal dagegen schlug.

»Wer ist da?«, erklang eine herrische Stimme über unseren Köpfen. Ich blickte nach oben und entdeckte einen Mann, der mit einer Fackel in der Hand auf der Brüstung stand. Er war nicht allein. Neben ihm konnte ich im schwachen Lichtschein mehrere Bogenschützen ausmachen. Mir behagte es gar nicht, dass deren Pfeilspitzen in unsere Richtung zeigten.

»Hier ist Marlo, der Waffenmeister Seiner Majestät«, antwortete dieser, »und Prinzessin Cataleya von Marenfels, die Nichte des Königs. Macht das Tor auf!«

Der Soldat und die Lichtquelle verschwanden und tauchten die Schützen wieder in Dunkelheit. Für einen Moment war es still, dann setzten sich mehrere Hebel in Bewegung und das Tor öffnete sich gerade so weit, dass Marlo und ich passieren konnten.

»Willkommen, Prinzessin«, empfing mich der Krieger und neigte seinen Kopf. »Waffenmeister.«

»Wie ist die Lage, Hauptmann?«, sprach Marlo ihn freundlich an.

»Nicht gut«, erwiderte dieser. »Falks Heer wird Lichtstein in wenigen Stunden erreichen, sie sind uns zahlenmäßig weit überlegen.«

Marlo nickte. »Gebt Acht, sie haben drei Riesen dabei.«

»Bei Waldos Auge«, flüsterte der Hauptmann.

»Nicht aufgeben, Lichtstein hat schon Schlimmeres durchgestanden«, ermutigte Marlo ihn. »Wir müssen dringend zum König, habt Ihr ein Pferd für uns?«

»Jawohl, Waffenmeister«, entgegnete der Hauptmann und winkte einem seiner Männer, der ein gesatteltes Pferd zu uns führte. Marlo hob mich auf den Sattel, reichte mir Fips und setzte sich hinter mich.

»Viel Glück«, sagte der Hauptmann und salutierte. Wir erwiderten die Geste, dann ritten wir durch die Stadt zum Schloss. Unterwegs begegneten uns vereinzelt Soldaten. Die Bewohner schienen die Stadt verlassen zu haben. Mit Sicherheit suchten sie Schutz im Schloss. Vor dem Graben zügelte Marlo das Pferd. Als man uns erkannte, wurde die Zugbrücke hinuntergelassen und das Tor geöffnet. Sobald wir im Hof waren, verriegelten die Männer den Eingang und richteten die Barrikaden neu.

»Leya, Marlo, was zum Henker macht ihr hier?«, erklang die Stimme des Königs. Er und sein Sohn kamen uns bereits entgegengelaufen.

»Ihr solltet längst die Höhle erreicht haben und ...« Luri stockte, starrte mich an wie ein verbeultes Auto. »Wo ist der Drache?«

Grinsend hob ich meine Hand und deutete in den Himmel.

»Du hast den Drachen nach Lichtstein gebracht?«, entfuhr es dem König. »Bist du von allen guten Geistern verlassen?«

»Beruhigt Euch, Majestät«, mischte Marlo sich zu meiner Erleichterung ein. »Leya und der Drache sind verbunden. Er ist hier, um zu helfen.« Er wandte sich an mich. »Ruf ihn.«

Fips sprang aus meinem Arm und gesellte sich zum König. Ich schloss die Augen, um tief durchzuatmen, rief in Gedanken nach Alastar und hoffte, dass er mich hören konnte.

Nur wenige Sekunden später landete der Drache hinter mir auf dem Hof. Er fand gerade so Platz, ohne mit seinen Flügeln und dem Schwanz an der Steinmauer hängen zu bleiben. Die Soldaten wichen vor ihm zurück, richteten ihre Waffen auf ihn, doch Alastar brummte nur belustigt.

Ich sah zu meinem Onkel und meinem Cousin. Ihre Blicke huschten unruhig zwischen mir und meinem Drachen hin und her und mir entging nicht, wie sich Luris Hand langsam zu seinem Schwert bewegte.

»Wage es ja nicht«, sagte ich ruhiger, als mir zumute war. »Alastar gehört zu mir, wir sind miteinander verbunden, und ohne ihn würden wir alle nicht mehr leben.«

Luri musterte mich zweifelnd, senkte dann die Lider und streckte mir seine offenen Handflächen entgegen.

»Willkommen, Drache«, stieß der König beherrscht aus. »Wir wissen deine Hilfe zu schätzen.« Es war nicht zu übersehen, wie sehr Arnoldus für diese Worte über seinen Schatten springen musste, und ich war ihm dankbar dafür.

Der König wandte sich an seine Soldaten. »Der Drache ist auf unserer Seite, fürchtet euch nicht. Konzentriert euch auf die wahren Feinde, die unsere Mauern einreißen wollen. Doch wir halten stand, denn Lichtstein ist nicht nur eine Stadt, es ist unser Zuhause. Macht euch kampfbereit, Männer.«

Zustimmendes Gebrüll folgte, Soldaten liefen über den Hof und begaben sich in Stellung.

»Wie ist Falk entkommen?«, stellte ich die Frage, die mir schon länger auf der Zunge brannte.

Der König erwiderte meinen Blick, Schuld spiegelte sich in seinen Zügen. »Wir hatten einen Verräter unter uns, der ihm die Flucht ermöglicht hat. Ich habe die betreffende Person hängen lassen. Falk wird seine gerechte Strafe erhalten.«

Ich schluckte schwer. Es hätte gar nicht erst so weit kommen dürfen.

Arnoldus winkte Marlo zu sich. »Auf ein Wort, Waffenmeister.«

Luri schloss sich den beiden an und ich blieb mit Alastar zurück.

»*Ich kann es kaum erwarten*«, raunte der Drache.

Seine Aufregung ging auf mich über, Adrenalin durchflutete mich, doch ich ließ mich davon nicht beherrschen. Sein Verlangen nach Zerstörung konnte er nicht leugnen. Ich spürte es so deutlich, wie ich seinen kräftigen Herzschlag vernahm. Es machte mir nur allzu bewusst, dass Alastar immer noch ein Tier war. Er konnte reden wie ein Mensch, hatte auch humane Züge an sich, doch das Feuer in seinem Herzen brannte wild und ungezähmt.

»Das sind Menschen vor dem Tor«, erwiderte ich.

»*Verstehe ich dich richtig: Ich soll Kobolde anzünden, die nur ihren Hunger stillen wollen, aber keine Menschen, die aus Vergnügen töten?*«

»Ich denke nicht, dass sie es aus Vergnügen tun …«

Alastar schnaubte. »*Das Ergebnis ist dasselbe. Sie tun es, um des Tötens Willen, um Macht und die Herrschaft. Dabei verdrängen sie, wie bedeutungslos das alles ist.*«

»Könnt ihr eure Gewissenskonflikte bitte zu einem späteren Zeitpunkt austragen?«, warf Marlo plötzlich dazwischen und ergriff meine Hand. »Komm, Leya, du solltest etwas essen und dich ausruhen.«

Widerstandslos ließ ich mich von ihm zu meinen Räumlichkeiten führen. Er hatte recht, ich war furchtbar müde. Ein wenig Erholung konnte sicher nicht schaden.

In meinem Zimmer hatte sich nichts verändert. Es sah noch genauso aus wie vor ein paar Tagen, als ich es verlassen hatte. Das Bett war so einladend, dass ich mich am liebsten sofort darauf schmeißen und schlafen würde. Ich öffnete die Schnalle meines Gürtels und ließ das Schwert achtlos zu Boden fallen. Zögerlich drehte ich mich zu Marlo um.

»Ist das denn okay, wenn ich mich etwas hinlege? Müssten wir nicht eigentlich unsere Taktik oder so besprechen?«

Er lächelte sanft. »Das ist nicht Lichtsteins erste Schlacht, Leya«, antwortete er.

»Nun gut, hast du dann vielleicht einen gutgemeinten Ratschlag für mich? Denn für mich ist es die erste.«

»Den habe ich tatsächlich.« Lachend beugte er sich zu mir hinunter und küsste mich. Der Kuss war anders als zuvor. Irgendwie hatte er einen fahlen Beigeschmack. Als wäre es ein Abschied.

»Und was ist dein Tipp?«, fragte ich unsicher, als ich wieder Luft zum Atmen fand.

Er reichte mir seinen Dolch und aus irgendeinem Grund gab ich dem Bedürfnis nach, die Waffe fest zu umklammern.

»Stirb nicht.«

Er verließ das Zimmer und knallte die Tür hinter sich zu. *Was war das denn für ein beschissener Rat?* Verdattert sah ich ihm nach und erst als ein Schlüssel im Schloss herumgedreht wurde, verstand ich, was gerade passiert war. Der Mistkerl hatte mich eingesperrt.

»Lass mich sofort raus«, forderte ich ihn auf und schlug mit der Faust gegen die Tür.

»Es tut mir leid, Prinzessin«, hörte ich seine gedämpfte Stimme durch das Holz. »Es ist zu deinem eigenen Schutz.«

»Marlo«, schrie ich und als er nicht reagierte, ging ich eine Stufe weiter: »Das ist ein Befehl!«

Doch er antwortete nicht mehr. Stattdessen erklang der dumpfe Laut von sich entfernenden Schritten.

»Du Mistkerl«, fluchte ich und warf den Dolch quer durch mein Zimmer. Schwingend blieb er in dem Bettpfosten stecken. Wie konnte er das nur tun? Mich einfach einzusperren, wie … wie eine Auserwählte. Natürlich. Mir durfte nichts geschehen, denn ich musste mein Schicksal erfüllen und den Dämon vernichten.

Dennoch sah ich nicht ein, hier herumzusitzen und Däumchen zu drehen, während alle anderen ihr Leben riskierten.

Wütend rüttelte ich am Türknauf, jedoch zwecklos. Mehr als ein Ächzen kam nicht dabei heraus. Das konnte doch nicht sein! Es musste noch einen anderen Ausgang aus diesem verdammten Zimmer geben. Mein Blick wanderte zu der versteckten Tür neben dem Bett. Ein Schauer des Ekels lief mir über den Rücken. Nein, der Weg durch das Plumpsklo war meine allerletzte Notlösung.

Ich öffnete das Fenster und beugte mich hinaus.

»Alastar«, rief ich, so laut ich konnte.

Kurz darauf erklang ein mittlerweile vertrautes Flügelrauschen. In der Nacht konnte ich nicht viel von dem Drachen erkennen, nur seine eisblauen Augen stachen deutlich aus der Dunkelheit heraus. Sie fixierten mich. Vorsichtig streckte ich meine Hand aus, doch der Abstand zwischen ihm und der Hauswand war zu groß.

»Du musst mich hier herausholen«, bat ich ihn.

»*Nein.*«

»Was?«

»*Ich werde dir nicht helfen*«, sagte er. »*Es ist besser, wenn du dich von dem Geschehen fernhältst.*«

»Fängst du jetzt auch schon damit an?«, fauchte ich. Wieso meinten alle, über meinen Kopf hinweg entscheiden zu müssen, was das Beste für mich war?

»*Sei vorsichtig, Mädchen*«, brummte er und verschmolz mit der Nacht.

»Verfluchter Mist!« Ich schlug gegen die raue Steinmauer und bereute es sofort, als es mir die Haut aufriss. »Scheiße!«

Das Geräusch von gleichmäßigen Schritten und rhythmischen Klängen vor dem Tor ließ mich erschrocken zusammenzucken. Ich verengte die Augen zu schmalen Schlitzen und versuchte zu erkennen, was vor der Stadtmauer passierte. Wer von den Kriegsstrategen auch immer meinte, diese Schlacht ohne Drunas und Waldos wachsame Blicke führen zu müssen, sollte eindeutig über einen Berufswechsel nachdenken. Denn ich sah so gut wie nichts … bis auf zahllose Fackeln, die unheimliche Schatten auf die gegnerischen Reihen warfen.

Plötzlich wurde es still. Das Verstummen der Trommeln bedeutete sicher nichts Gutes.

Ein Horn ertönte, dann das laute Grölen von kampfbereiten Männern und Frauen. Es war so weit.

22

Das Fenster als Fluchtoption kam leider nicht in Frage, dafür war die Mauer zu steil, ich würde haltlos hinunterrutschen. Genauso gut könnte ich direkt hinausspringen und mich von meinem Leben verabschieden. Das Plumpsklo war eine Möglichkeit, über die ich nicht weiter nachdenken wollte. Blieb also nur noch die Tür.

Hoffnungsvoll öffnete ich die Schatulle, in der Nora Utensilien verstaute, mit denen sie mir Frisuren machte. Ich fand einige Haarnadeln, nahm zwei hinaus und ging vor der Zimmertür in die Hocke. Ich biss mir vor Konzentration auf die Unterlippe, während ich die Nadeln in das Schloss steckte und ziellos damit herumstocherte. Ich hatte keine Ahnung, wie das funktionierte. Nach einer gefühlten Ewigkeit war die Tür immer noch verschlossen. Enttäuscht warf ich die blöden Dinger auf den Boden. In Filmen klappte das doch auch immer, wieso hier nicht?

Schnaubend ließ ich von der Tür ab und beugte mich erneut aus dem Fenster. Vielleicht könnte ich die Bettlaken und meine tausend Kleider aneinander knoten? Genug Stoff war jedenfalls vorhanden. Ich wagte es, hinunter zu sehen. Nein, keine zehn Pferde würden mich da hinauskriegen. Ich ließ mich verzweifelt auf das Bett fallen und war kurz davor, aufzugeben, als mein Blick auf den Dolch fiel. Entschlossen zog ich die Waffe aus dem Bettpfosten. Für das Schlüsselloch war die Klinge zu breit und ich wusste eh nicht, wie das gehen sollte. Vielleicht konnte man die Schneide ja wie eine Checkkarte benutzen. Ich steckte die Klinge in den schmalen Schlitz zwischen Tür und Wand und fuhr die Linie entlang. Irgendwie schaffte ich es nach einigem anstrengendem Drücken und Zerren, das Schloss auszuhebeln. Knarzend sprang die Tür auf. Da hatte ich mal wieder mehr Glück als Verstand. Blieb nur zu hoffen, dass die Stadtmauern mehr aushielten.

Ich schnallte mir den Gürtel mit meinem Schwert um, ergriff den Dolch und verließ das Zimmer. Im Korridor herrschte eine gespenstische Stille. Wie ausgestorben wirkte diese Etage des Palastes.

»Leya!« Erschrocken zuckte ich zusammen und drehte mich um. Da hatte ich mich wohl geirrt. Die Königin kam, dicht gefolgt von zwei Zofen, auf mich zu. Sie sah mir mit fragendem Blick entgegen. »Was machst du hier?«

»Ich werde kämpfen«, antwortete ich mit fester Stimme.

Mariana gab den Mägden ein Zeichen und als die Frauen am Ende des Korridors verschwunden waren, seufzte die Königin. »Du bist zu wichtig, mein liebes

Kind«, sagte sie leise. »Wir dürfen dein Leben nicht aufs Spiel setzen. Du solltest nicht einmal hier sein.«

»Ich weiß, aber ich werde meine Familie nicht im Stich lassen.« Erneut ließ ich mich bestimmt nicht einsperren!

»Leya …«

»Mein Drache ist mir hierher gefolgt, um für euch zu kämpfen«, unterbrach ich sie. »Glaubst du, ich sitze nur herum und warte?«

Ihre Augen befiel ein trauriger Ausdruck. Sie streckte die Hand aus und strich mir liebevoll die Haare aus dem Gesicht. »Du hast den gleichen Dickkopf wie deine Mutter.«

»Und dadurch hat sie es geschafft, Artur zu entkommen«, erwiderte ich flehentlich. »Bitte, Mariana. Ich kann helfen. Wir werden Falk zurückschlagen und dann suche ich sofort nach der Fee.«

Ihre Schultern sanken herab. »Ich kann dich nicht davon abhalten?«

Ich hielt ihrem Blick stand und legte all meine Überzeugung in die Antwort: »Nein.«

Sie atmete tief ein und richtete sich wieder zu ihrer vollen Größe auf. »Wehe, ich entdecke dich unter den Toten«, sagte sie beherrscht, ging an mir vorbei und ließ mich im Flur stehen. Die Familie war nicht immer einfach.

Ohne weitere Zeit zu verschwenden, nahm ich den Weg in den Kerker, über den Marlo und ich vor ein paar Tagen das Schloss verlassen hatten. Wenn ich mich recht erinnerte, führte er mich direkt an die äußere Stadtmauer, dorthin, wo der Feind lauerte.

Falk war ein Feigling, so viel wusste ich schon über ihn, deswegen vermutete ich, dass er nicht an vorderster Front kämpfen würde. Er war das Ziel meines Ausfluges, denn ich hatte noch eine Rechnung mit ihm offen.

Als ich die letzte Tür öffnete, schlugen mir lärmende Kampfgeräusche entgegen. Klingen, die surrend aneinander abprallten, Schreie des Schmerzes oder gar des Todes. Viele, mit Sicherheit gute Männer würden heute ihr Leben verlieren. Der Geruch von verbranntem Fleisch stieg mir in die Nase und ließ mich würgen. Ich schluckte. *Also los, Leya. Du schaffst das.*

Vorsichtig verließ ich die Sicherheit des Schlosses, verriegelte die unscheinbare Tür und nutzte die Bäume des Waldes als Deckung. Meine Augen gewöhnten sich nur langsam an die Dunkelheit und ich wünschte mir, ich könnte in diesem Moment aus Alastars sehen. Er musste mir unbedingt zeigen, wie dieses Verschmelzen funktionierte.

»Wen haben wir denn da?«

Erschrocken wirbelte ich herum, zog mein Schwert und hielt es drohend vor mich.

»Wer auch immer du bist«, keuchte ich, »fass mich an und du hast fünf Finger weniger.«

Ein Lachen ertönte, dann noch eines.

»Willst du uns etwa erstechen?«, erklang eine zweite Stimme amüsiert.

»Das muss sie sein«, wisperte der Erste. »Niemand sonst wäre so dumm.«

Wie bitte? Bevor ich reagieren konnte, schlug mir jemand das Schwert aus der Hand, fesselte meine Arme und warf mich rücklings über eine Schulter.

»Lass mich sofort runter«, schrie ich voller Angst und trommelte mit den Fäusten blind auf einen breiten Rücken ein.

»Sonst was?«, entgegnete der andere Kerl frech. »Falk kann es kaum erwarten, dich zu sehen.«

»Falk?«, wiederholte ich leise und hörte auf, wild um mich zu schlagen.

»Deinetwegen sind wir hier, Prinzessin«, sagte der Mann, über dessen Schulter ich hing.

Panik überkam mich. Sie brachten mich zu meinem Halbbruder. *War es nicht genau das, was ich gewollt hatte?*

Eine Klinge surrte durch die Luft. Ich hörte meinen Entführer röcheln, dann kippte er um wie ein gefällter Baum und begrub mich unter sich. Der Körper des Mannes lastete schwer auf mir, ließ mich atemlos röcheln. Plötzlich begann er sich zu bewegen, rollte von mir herunter und ich blickte geradewegs in Marlos zorniges Gesicht.

»Wenn ich dir befehle, in deiner Kammer zu bleiben, dann gehorchst du mir«, zischte er.

»Seit wann nimmt die Prinzessin von einem Waffenmeister Befehle entgegen?«, erwiderte ich spitz. »Und woher wusstest du, wo ich bin?«

»Fips hat gesehen, wie du ausgebrochen bist.« Marlo brummte, während er seine Waffen aus den beiden leblosen Körpern zog. »Meine Aufgabe ist es, dich zu beschützen, Leya. Mach es mir bitte nicht schwerer, als …« Er stockte mitten im Satz und starrte auf einen Punkt hinter mir. Verunsichert drehte ich mich um und sah den Riesen mit donnernden Schritten auf uns zukommen.

»Bei Waldos Bart ... Leya, lauf!«

Dieses Mal gehorchte ich sofort. Aber ich war einfach nicht schnell genug. Eine riesige Hand fegte über den Boden, erwischte mich und schleuderte mich durch die Luft. Marlo brüllte meinen Namen, doch ich sah ihn nicht mehr. Die Umgebung wirbelte an mir vorbei, verschwamm zu einem Brei aus orangenen, silbernen und schwarzen Lichtklecksen. Dann folgte der Aufprall und jagte mir jeglichen Sauerstoff aus der Lunge. Für einen Augenblick wurde mir schwarz vor Augen. Ungeheure Schmerzen, die mir durch meine Glieder schossen, holten mich zurück in die Wirklichkeit. Jede Bewegung tat höllisch weh. Ich schrie nicht, denn dazu fehlte mir die Kraft. Lediglich ein leises Stöhnen entwich meinen Lippen. Mühsam versuchte ich, mich aufzurichten. *Wo war ich? Und war ich wirklich von einem Riesen durch die Gegend geschleudert worden? Wo war Marlo?*

Klirrende Geräusche drangen an mein Ohr. Verwirrt sah ich mich um. Ich befand mich mitten auf dem Schlachtfeld. Um mich herum waren Menschen oder was wusste ich schon für Wesen, die einander bekriegten. Unter den Rüstungen konnte sich alles Mögliche verbergen. Ich schaffte es irgendwie, auf die Beine zu kommen, auch wenn mein rechtes Knie tierisch wehtat, und zog meinen Dolch. Eine andere Waffe hatte ich nicht mehr. Komischerweise schien mich keiner der Kämpfenden wahrzunehmen. Ich stolperte durch die Reihen, versuchte, die Schmerzensschreie auszublenden und selbst nicht zusammenzubrechen, und blieb abrupt stehen. Da war er. Falk.

Sein Blick begegnete meinem, die Lippen verzogen sich zu einem hasserfüllten Grinsen.

»Na sieh mal einer an«, sagte er und spuckte mir vor die Füße. »Meine Schwester, das Wunderkind, gibt sich die Ehre.«

Seine Stimme trieb mich zur Weißglut. Zorn durchflutete mich, als ich mich erinnerte, was er beinah mit mir angestellt hätte. Brüllend riss ich meinen Dolch nach oben und stürzte mich mit neu erweckter Kraft auf ihn. Er parierte meinen Angriff mit einer Leichtigkeit, die mir eigentlich hätte Sorgen bereiten sollen, doch in meinem Kopf herrschte so ein Durcheinander, dass ich wie wild um mich schlug.

Sein Schwert zischte durch die Luft und erwischte mich an der rechten Schulter. Stöhnend humpelte ich vor ihm zurück. Blut sickerte aus der Wunde, lief meinen Arm hinab bis zu meiner Hand, die das Messer weiterhin fest umklammerte. Mein Kopf dröhnte. Ich hatte mir bei dem Sturz bestimmt eine Gehirnerschütterung zugezogen, doch mir fehlte die Zeit, weiter darüber nachzudenken.

»Arme, kleine Prinzessin«, säuselte Falk. »Hast du dir wehgetan?«

Noch nie hatte ich solch eine Wut empfunden wie in diesem Moment. Ich war keine Prinzessin!

Jegliche Stimmen der Vernunft schlug ich in den Wind und attackierte ihn erneut. Seine Schläge waren schnell und kraftvoll. Selbst im vollen Besitz meiner Kräfte würde ich ihm nicht standhalten können. Die Wunden machten es nicht besser. Ich wehrte Falks Angriff ab, doch die Waffe rutschte mir aus der Hand und ich hinterher. Mein verletztes Knie konnte mein Gewicht nicht abfangen und so landete ich unsanft auf dem Boden. Aber ich gab nicht auf, rappelte mich mühselig wieder auf die Beine und starrte ihn trotzig an. Vollkommen wehrlos stand ich ihm gegenüber, seine Klinge an meiner Kehle.

»Du glaubst gar nicht, wie lange ich schon auf diesen Augenblick warte«, zischte er. »Wie oft ich davon geträumt habe, dich zu töten.«

»Aber warum?«, schrie ich. »Was habe ich dir getan, dass du mich so sehr hasst?«

»Das willst du wissen?« Lachend hielt er inne. »Von Anfang an hat dich unser Vater mehr geliebt. Du hattest ein perfektes Leben, erst hier, dann anderswo, während deine Mutter mich einfach in den Klauen des Dämons zurückgelassen hat.«

»Und dafür machst du mich verantwortlich?« Ungläubig starrte ich ihn an. Ein klassischer Fall von Eifersucht. »Du weißt, wer die wahre Schuld daran trägt.«

Für einen Moment verschwand der Zorn aus seinen Augen. Er blickte mich an, als würde er mich zum ersten Mal wirklich sehen. Seine Hand begann zu zittern, er senkte das Schwert und schluckte. Ich wich vorsichtig zurück. »Falk …«

Der traurige Ausdruck in seinem Blick machte einer gefährlichen Härte Platz, die von ihm Besitz ergriff.

»Du hast alles zerstört, Prinzessin«, spie er aus und ging auf mich los. Ich stolperte weiter, übersah in dem Dämmerlicht einen Stein und landete heftig auf meinem Hintern. Mein Körper schmerzte und ich schaffte es nicht mehr, aufzustehen, robbte stattdessen panisch über den Boden.

»Was auch immer dir widerfahren ist«, versuchte ich hastig, ihn abzulenken, »wir können darüber reden, Falk. Dafür sind Geschwister doch da.«

»Ich scheiß auf die Familie«, brüllte er und schwang sein Schwert über dem Kopf.

Ich schloss die Augen, legte die Arme schützend vor mein Gesicht und betete zu einem Gott, an den ich eigentlich nicht glaubte. Ich wollte noch nicht sterben. Nicht so.

Ein Rauschen erfüllte meine Ohren, neue Kraft durchflutete mich und ich wagte einen Blick in den Himmel.

Wütend landete Alastar zwischen uns, schlug die Waffe zur Seite und stürzte sich auf Falk.

»Nein!«, schrie ich.

Schlitternd kam der Drache zum Stehen, sah von mir zu meinem Halbbruder.

»*Er ist ein Verräter und ein Mörder*«, fauchte Alastar.

»Wenn du ihn tötest«, erwiderte ich, »bist du nicht besser als er.«

Auch wenn er es nicht verstand, ich hatte etwas in Falks Augen gesehen. Da war noch ein Funken Licht in ihm.

Der Drache schnaubte. Weißer Rauch quoll aus seinem Maul. Er riss es auf, schnappte nach Falk …

»Alastar!«

Brüllend warf er den Kopf zurück, schlug mit seinen Pranken in das Gestein, sodass sich Felssplitter lösten.

»*Wenn ich dich in die Finger kriege*«, zischte er in Richtung meines Halbbruders, »*zerquetsche ich dich.*«

Falks Gesicht war so weiß wie die Monde selbst. Unbeholfen ließ er sich auf die Knie sinken. »Nein, tu das nicht«, flüsterte er. »Verschone mich nicht.«

Verwirrt schüttelte ich den Kopf. »Ich bin nicht wie du.«

»Du hast keine Ahnung, worauf du dich einlässt«, wimmerte er und starrte mich mit vor Angst geweiteten Augen an. »Töte mich, bevor …«

Schwarzer Nebel umhüllte ihn. Wie von einer unsichtbaren Macht wurde er gepackt und in die Luft befördert. Schreiend wand er sich in einem unerkannten Griff, schlug und trat wie besessen um sich.

»*Du Narr hast dich auf einen Handel mit dem Dämon eingelassen*«, donnerte Alastar voller Abscheu. Er sprang zu mir, packte mich mit seiner Klaue und erhob sich in die Luft.

»Falk!«, rief ich mit tränennassen Augen. »Was tust du da?«

»*Dich in Sicherheit bringen. Dein Bruder ist verloren.*«

Ich klammerte mich hilflos an Alastars Kralle fest und beobachtete, wie Falk mir einen letzten flehentlichen Blick zuwarf, bevor der schwarze Nebel ihn in Stücke riss. *Nein, das kann nicht sein.*

Der Drache setzte mich in einiger Entfernung behutsam auf der Erde ab. Ich bemerkte, wie die letzten feindlichen Überlebenden das Schicksal ihres Heerführers registrierten und davon stoben wie ein Schwarm Mücken. Alastar verfolgte sie brüllend über die Ebene und trieb sie vor sich her, wie eine Katze, die mit einer Maus spielte. Mir war gar nicht aufgefallen, dass die Schlacht bereits ein Ende gefunden hatte. Ich war unfähig, mich zu bewegen, starrte einfach nur auf die Stelle, an der ich zuvor mit Falk gestanden hatte. Er war tot. Für einen Augenblick hatte ich das Licht in ihm gesehen. Jetzt war es für immer erloschen.

Als mein Verbundener zu mir zurückkehrte, hatte sich seine Wut leider noch nicht gelegt, meine jedoch ebenso wenig.

»Du hättest ihn retten können!«, schrie ich ihn an und schlug ihm gegen den Panzer, was mir mehr wehtat als ihm. Der Schmerz schoss durch meinen verletzten Arm und ich sackte schluchzend in mich zusammen.

»*Wir konnten nichts mehr für ihn tun*«, zischte er. »*Dein Leben oder seines. Dies zu verhindern stand nicht in unserer Macht.*« Vorwurfsvoll sah er mich an. »*Und solltest du nicht in deinem Zimmer bleiben, Leya?*«, fauchte er ungehalten.

»Ich …«

»*Du hättest sterben können!*«

Beschämt senkte ich den Blick. Ich vergaß immer wieder, dass ich nun nicht mehr allein meine Fehler ausbaden musste, sondern von meinen Taten auch das Leben eines anderen abhing.

»Es tut mir leid.«

Alastar schnaubte. »*Ich habe mich nicht mehr als zweihundert Jahre durchgekämpft, um jetzt wegen eines leichtsinnigen Mädchens meinen Kopf zu riskieren.*«

»Ich sagte doch schon, dass es mir leidtut!«

Der Drache starrte mich nieder. Nervös zupfte ich an meinen Haaren. Mir behagte nicht, dass wahrscheinlich der einzige Grund, warum Alastar mich nicht in Stücke riss, unsere Verbindung war. *Ich hatte wirklich ein schlechtes Gewissen, aber verflucht nochmal, woher sollte ich denn ahnen, wie ich in dieser Situation reagieren würde?* Passierte mir schließlich nicht jeden Tag, dass ich von meinem Halbbruder angegriffen wurde. Und dass dieser dann auch noch auf so grausame Weise starb …

Alastar seufzte. »*Spar dir dein Mitgefühl für diejenigen, die es verdienen.*«

Bevor ich etwas erwidern konnte, packte mich jemand an der Schulter und ich wurde an eine breite Brust gezogen. Es war Marlo.

»Ich dachte, ich hätte dich verloren«, flüsterte er, schlang seine Arme um mich und vergrub sein Gesicht in meinem Haar. »Du hättest niemals bei dieser Schlacht dabei sein dürfen.«

Seine Nähe ließ alle Dämme in mir brechen. Die Tränen strömten über meine Wangen und die Schluchzer schüttelten mich in einem fort.

»Leya«, hauchte er und strich mir beruhigend durch das Haar.

»Es geht mir gut«, murmelte ich gegen sein durchnässtes Hemd. »Du weißt doch, mich wirst du so schnell nicht los.«

»Langsam glaube ich das auch«, sagte er, brachte etwas Abstand zwischen uns und schenkte mir ein aufmunterndes Lächeln. »Du bist zäher als eine Kakerlake, Prinzessin.«

Trotz meiner Tränen erwiderte ich seinen liebevollen Blick. »Ich sehe das jetzt einfach mal als Kompliment an.«

Lachend beugte er sich zu mir vor, umfasste mein Gesicht sanft mit seinen Händen und seine Lippen legten sich auf meine. Ich vertiefte den Kuss und zum ersten Mal konnte ich sagen, dass ich es wirklich fühlte. Das Flattern in meinem Bauch, die Aufregung, die meinen Körper durchströmte.

Atemlos lösten wir uns voneinander, seine Augen strahlten und ich war so glücklich wie noch nie in meinem Leben. Und gleichzeitig so unendlich traurig.

»Du hattest recht«, gab Marlo kleinlaut zu. »Wir haben Lichtstein gerettet, deinetwegen.«

»Nur war der Preis dafür zu hoch«, sagte ich niedergeschlagen.

»Leya«, rief jemand hinter mir. Ich sah mich um und entdeckte Luri und Arnoldus, die mit schnellen Schritten auf uns zukamen. Lebendig und - abgesehen von Blutflecken auf ihrer Kleidung - unversehrt.

»Ich bin so stolz auf dich.« Luri grinste. »Auch wenn du eindeutig den größten Dickkopf in unserer Familie hast.«

»Es ist vorbei, ist das zu fassen?«, schniefte ich erleichtert, ignorierte seine Bemerkung und die Schmerzen in meinem Körper und fiel ihm stolpernd in die Arme.

»Wir haben eine Schlacht gewonnen«, bemerkte der König ernst. »Dank deiner Hilfe und der deines Drachen.«

Alastar neigte den Kopf. »*Gern geschehen, Menschenkönig.*«

Mein Onkel erwiderte die Geste respektvoll, bevor er sich wieder mir zuwandte. »Aber eine Schlacht macht noch nicht den ganzen Krieg, Leya.«

Natürlich, wie konnte ich nur so vergesslich sein. In dem ganzen Durcheinander hatte ich die Sache mit der Fee vollkommen verdrängt.

Feen, Kobolde, Drachen, Riesen ...

Vor wenigen Wochen hatte ich nicht geglaubt, dass auch nur eine dieser Spezies wirklich existierte. Nun wusste ich es besser und es wurde Zeit herauszufinden, was diese Welt noch zu bieten hatte.

»Wann werden wir aufbrechen?«, fragte ich leise und wischte mir über die Wangen.

»So schnell es geht«, antwortete Luri. »Heute Mittag setzen wir uns zusammen und werden unsere nächsten Schritte planen.«

Ich warf einen Blick auf den Stand der aufgehenden Sonne. Mir blieben noch ein paar Stunden, um mich vorzubereiten. Ein paar Stunden, um endlich die alten Brücken abzureißen und die neuen zu erklimmen.

EPILOG

Als ich durch die Tür des Klassenzimmers trat, richteten sich sofort alle Blicke auf mich. Ich beobachtete, wie den Mädchen vor Neid und Empörung die Kinnladen herunterfielen und wie die Jungs Mühe hatten, ihre Augen bei sich zu behalten. Sie konnten nicht glauben, was sie sahen. Von dem traurigen Vamp, der sich hinter seiner schwarzgefärbten Mähne und unter weiten Klamotten versteckt hatte, war nicht mehr viel übriggeblieben. Vor ihnen stand eine junge Frau, die ganz genau wusste, wo sie hingehörte. Eine tiefe Zufriedenheit erfüllte mich, gepaart mit einer ordentlichen Portion Genugtuung. Ich war zu lange das hässliche Entlein gewesen.

Mit gerader Haltung und einem breiten Lächeln auf meinen Lippen, wandte ich mich an Frau Lohrmann, die sich verdattert ihre Brille zurechtrückte.

»Leya Martens?«, fragte sie ungläubig.

Ein gehässiges Lachen ertönte.

»Nie im Leben ist das da unser Vamp«, rief Sven durch den Klassenraum. Vereinzeltes Gelächter schloss sich ihm an.

Ich drehte mich in seine Richtung, fixierte ihn und spürte, wie der Drache in mir erwachte. Alastar hätte ihn mit einer einzigen Bewegung seiner Klauen zerquetscht. Der Drang, genau das zu tun, war stark, doch ich gab ihm nicht nach. Die Prinzessin in mir verbat es. Das war dieser Idiot nicht wert. Und ich gab die Hoffnung nicht auf, dass auch in ihm ein Funken Gutes steckte.

»Weißt du, Sven«, sagte ich stattdessen, »du tust mir leid. Dein ganzes Dasein ist nichts weiter als eine Farce. Ich habe meine Bestimmung gefunden und hoffe, dass du deine eines Tages auch finden wirst. Ich vergebe dir.«

Verblüfft starrte er mich an, war viel zu überrumpelt, um mir eine bissige Antwort zu geben. Ich ließ den Blick durch das Zimmer wandern, sah jedem in die Augen, der mich in den Jahren auf dieser Schule wie Dreck behandelt hatte. Auch Frau Lohrmann.

»Ich vergebe euch allen«, sagte ich und spürte, wie mit einem Schlag eine enorme Last von meinen Schultern rutschte.

Grinsend kehrte ich meinen Mitschülern und meiner Lehrerin den Rücken zu und stolzierte aus dem Raum. Sie würden mich nie wieder sehen. Ich hatte das Gefühl, zu schweben, so leicht und beschwingt fühlte ich mich.

Glücklich verließ ich das Gebäude, ohne mich ein letztes Mal umzudrehen. Dieses Kapitel war für mich abgeschlossen. Es wurde Zeit ein Neues aufzuschlagen.

Ich öffnete die Tür unseres Audi A5 Cabriolet und ließ mich auf den Beifahrersitz fallen.

»Hast du alles klären können?«, fragte meine Mutter und sah mich über den Rand ihrer Sonnenbrille prüfend an.

Ich nickte. »Mein neues Leben kann beginnen.«

Lachend startete sie den Motor und fuhr los.

Ich lehnte mich im Sitz zurück und riss jauchzend die Arme in die Höhe. Der Wind wirbelte mir durch die Haare und wenn ich die Augen schloss, glaubte ich sogar, ein leises Flügelrauschen vernehmen zu können.

Keine Sorge, Alastar. Ich bin schon unterwegs.

Eine Viertelstunde später hielten wir vor dem kleinen See, der mich in eine andere Welt und in ein neues Leben bringen würde.

Wir stiegen aus und ein Schatten legte sich auf meine Glücksgefühle.

Meine Mutter wischte mir eine Strähne aus dem Gesicht und streichelte mir zärtlich über die Wange.

»Versprich mir, auf dich Acht zu geben«, murmelte sie mit einem Glitzern in den Augen. »Was mit Falk passiert ist …«

Ich griff nach ihrer Hand und drückte sie liebevoll. »Wenn wir den Dämon besiegt haben, komme ich dich und Ralf besuchen.«

»Vielleicht«, sagte sie, »kann ich es dann auch wagen, einen Blick auf Lichtstein zu werfen.«

Jetzt stiegen auch mir die Tränen hoch. »Du wirst deine Familie wiedersehen, das verspreche ich dir.«

Sie schluchzte auf und zog mich in ihre Arme.

»Achte gut auf dein Herz, Leya«, flüsterte sie und drückte mich fest an ihre Brust. »Du darfst es nicht verlieren.«

Danksagung

Die Geschichte von Cataleya ist die erste, die ich geschrieben habe. Bei weitem nicht in der Form, wie sie euch jetzt vorliegt. Aber die Idee dazu kam mir mit zehn Jahren. Ich schrieb die Geschichte mit krakeliger Kinderschrift nieder. Meine Tante tippte sie für mich ab und speicherte sie auf einer Diskette, damit ich sie jederzeit bearbeiten konnte. Ich druckte sie aus, heftete sie in einen Ordner und sie verschwand für lange Zeit in meinem Schrank. Vor zwei Jahren fiel sie mir dann zufällig wieder in die Hände. Ich habe es mir gemütlich gemacht und die 32 Seiten in Schriftgröße 14 grinsend durchgelesen. Die alte Cataleya war eine Kindergeschichte, in der sich alle lieb hatten, den ganzen Tag lächelten und einander mit Küssen überdeckten.

Mir war schnell klar, dass in dieser Story mehr steckt. Also habe ich mich an meinen Laptop gesetzt und eine Überarbeitung in Angriff genommen. Die Grundidee ist noch dieselbe … alles andere habe ich neu geschaffen. Es ist eine eigene Geschichte entstanden, die ich über alles liebe.

Umso glücklicher war ich, als ich einen Tag vor Weihnachten die Nachricht erhielt, dass Svenja Hawkins meine Geschichte in ihr Programm aufnehmen und mit mir telefonieren möchte. Ich bin noch nie so aufgeregt gewesen und gleichzeitig so unfassbar erleichtert. Mein Baby hat bei Hawkify Books ein Zuhause gefunden. Ein besseres Weihnachtsgeschenk gibt es nicht.

Liebe Svenja, du bist eine wundervolle Verlegerin mit einem einzigartigen Verlag. Ich danke dir für dein

Vertrauen in meine Schreibe, dein offenes Ohr für meine Wünsche und die liebevolle Hingabe, mit der du alle Bücher gestaltest. Du lässt unsere Träume wahr werden!

Meine allerliebste Jo D. Shannon. Ohne die Aufnahme dieses Buches wäre ich vielleicht gar nicht oder erst sehr viel später zu Hawkify Books gekommen. Ich bin so glücklich, dich gefunden zu haben, meine Schreibseelenverwandte ♥ Ich hoffe sehr, dass wir noch viele Geschichten gemeinsam erzählen werden. Danke für dein Korrektorat und dein offenes Ohr zu jeder Zeit.

Vielen Dank auch an alle Falken, die mich herzlich in ihrem warmen Nest aufgenommen haben. Ich bin dankbar und stolz darauf, zu eurem verrückten Haufen dazu gehören zu dürfen, und glücklich, nicht nur Kollegen, sondern auch Freunde unter euch gefunden zu haben.

Ganz besonders danke ich Jaqueline Kropmanns für das geniale Cover. Es ist perfekt!

Danke an Jennifer Jancke für das tolle Lektorat, deine lieben Kommentare und Vorschläge. Ich habe viel von dir gelernt und hoffe das alles für mein nächstes Buch behalten zu können :D

Ganz herzlich möchte ich mich auch bei Sven Haupt bedanken, denn nur durch ihn habe ich das Ende neu geschrieben und beschlossen, diese Geschichte in zwei Bände aufzuteilen.

Danke an meine liebe Andrea Ego, die die Geschichte von Cataleya testgelesen und mit hammermäßigen Kommentaren versehen hat. Deine Rückmeldung ist Gold wert und hat mir sehr geholfen! Ich freue mich darauf, weiterhin mit dir zu arbeiten und vor allem noch mehr von deinen tollen Büchern lesen zu dürfen! :*

Einen ganz großen Dank auch an meine liebe Alex! Danke für deine herzlichen Worte und deine lieben Rückmeldungen zu meinen Büchern. Du bist ein richtiger Sonnenschein. Verliere bitte niemals dein Strahlen!

Dann gibt es jemanden ganz besonderes. Ein unglaublich liebenswürdiger Mensch mit einem großen Talent. Liebe Anna, du hast nicht nur mein Buch testgelesen. Von dir stammen auch die Zeichnungen, die meine Geschichte schmücken dürfen. Ich danke dir von ganzem Herzen, du hast Alastar noch besser gemalt, als ich ihn mir vorgestellt habe!

Besonders wichtig ist mir meine Familie. Ich liebe euch alle und bin dankbar für eure Unterstützung, für euren Zuspruch und einfach dafür, dass ihr immer für mich da seid. Ich werde nie vergessen, wie mein Papa an Heiligabend meinen Verlagsvertrag inspiziert hat und voller ernst zu mir sagte: »Ich bin stolz auf dich.« Das sind die Momente, die das Leben besonders machen. Wenn du spürst, dass jemand an dich glaubt. (@Martina: Die Diskette habe ich immer noch :D)

Auch möchte ich meinem großen kleinen Bruder Jean-Pierre danken, dem ich dieses Buch gewidmet habe ♥ Wir sind ein gutes Team voller Geschwister-Power und ich hoffe, dass das noch lange so bleiben wird.

Kommen wir zu dir, Phil ♥ … Ach, es gibt nichts, das ich hier schreiben könnte, was ich dir nicht schon unzählige Male gesagt habe. Du bist das Wichtigste in meinem Leben, mein Purzel. Ich liebe dich. So einfach ist das.

Ich danke auch allen Bloggern und Leseratten für eure Rückmeldungen, Rezensionen, Fotos und lieben Worte.

Mithilfe eurer Kritik kann ich lernen, mich und meinen Schreibstil stetig weiter zu entwickeln und verbessern. Wenn meine Worte euer Herz berühren, euch für eine Weile die Realität vergessen lassen, dann kann ich sagen: Ich habe einen guten Job gemacht! :D Scheut euch nicht davor mich wissen zu lassen, wie euch meine Bücher gefallen. Ich freue mich über jedes einzelne Feedback von euch.

In Liebe

Jacqueline

Über die Autorin

Jacqueline V. Droullier wurde 1994 in Wuppertal geboren. Sie ist gelernte Industriekauffrau und absolvierte ein Fernstudium zur Betriebswirtin internationales Management. Mit 12 Jahren entdeckte sie ihre Begeisterung fürs Schreiben und seit 2016 veröffentlicht sie Kurzgeschichten und Gedichte. Ihr erster Roman erschien im Mai 2017. Sie schreibt in den Genres Fantasy, Romance und Kindergeschichten.

www.jacqueline-droullier.de.

Devil Inside - Finde mich (Jo D. Shannon & Jacqueline V. Droullier)

Wie entscheidest du dich, wenn das Bestehen deiner Welt von einer einzigen Seele abhängt? 1000 Seelen für seine Sterblichkeit. 1000 Seelen, um endlich wieder ein Mensch zu sein.
Caym Winterbourne ist nicht nur ein skrupelloser CEO, sondern Halbdämon auf einer höllischen Mission. Doch er ist nicht der einzige, der dieses Ziel verfolgt: Astara Graham, Tochter eines Erzengels will ebenfalls 1000 Seelen sammeln, um endlich ihre Sterblichkeit zu erlangen.
Als die beiden aufeinander angesetzt werden, beginnt ein Wettkampf zwischen Himmel und Hölle. Halbengel gegen Halbdämon. Kann es in diesem Spiel einen Gewinner geben?

Angel Inside - Befreie mich (Jo D. Shannon & Jacqueline V. Droullier)

Was würdest du tun, wenn dein eigener Vater alles zerstört, was dir wichtig ist?

Längst ist aus dem Kampf um die Seelen ein Krieg zwischen Himmel und Hölle entbrannt. Um ihre Liebsten zu beschützen, geht Astara auf Lucifers Deal ein und stürzt sich ins eigene Verderben. Caym setzt alles daran, sie zurückzuholen.

Doch kann er sie retten, ohne sich selbst dabei zu verlieren?

Der Dämonenprinz und ich (Johanna B. Becking)

Ich bin Chloe Sanchez, Halbdämonin und Privatdetektivin. Eigentlich hatte ich diesen Freitag nur vor, Mr. Allingston beim Fremdgehen zu überführen, da läuft mir doch ausgerechnet der verdammte Dämonenprinz höchstpersönlich vor meine Karre! Blutüberströmt… von Vampiren und Ghulen verfolgt.
Mir bleibt keine andere Wahl, als den verwöhnten Prinzen mit in mein Büro zu nehmen. Hätte ich geahnt, was auf mich zukommt, als er mich daraufhin anheuert, hätte ich mir das zwei Mal überlegt und ihn vielleicht doch den Blutsaugern überlassen. Ausgerechnet ich soll Beweise gegen das Arschloch finden, das es auf ihn abgesehen hat. Und ab da ist die Kacke am Dampfen: Ein Prinz, der mir näher kommt, als mir lieb ist, von einem Golem verfolgt und mit der alten Baba Yaga konfrontiert. Ich muss sagen, dass mir die Untreue von Mr. Allingston erstmal scheißegal ist…

Mentira – Stadt der Lügen (Christina Hiemer)

In einer Welt, in der die **Wahrheit** alles ist, was zählt, kann eine einzige **Lüge** alles verändern.

Seit Melia denken kann, ist Lügen in Mentira streng verboten. Doch außerhalb der Stadtmauern liegt eine Welt, in der die Wahrheit kein Gewicht hat. Als Melia einen wichtigen Auftrag bekommt, gerät das Vertrauen in ihre Schwesternschaft immer mehr ins Wanken. Sie nimmt all ihren Mut zusammen und flieht. In Sombra, der Schattenstadt, erhofft sie sich endlich die Antworten zu finden, die sie in Mentira vergeblich gesucht hat.

Doch die fremde Stadt birgt ein dunkles Geheimnis. Niemand spricht über die Dunkelheit, die die Menschen befällt und ihnen jegliches Gewissen raubt. Wird Melia den Schatten der Stadt entkommen, oder wird auch ihre reine Seele der dunklen Seite zum Opfer fallen?

Und über uns das Licht
(Katharina Groth & Alisha Mc Shaw)

»Ich kann dich einfach nicht in meinem Leben brauchen«, flüsterte er an meinem Hals und ich hielt unwillkürlich die Luft an. »Aber ...«, fuhr er noch leiser fort, »ich will dich in meinem Leben.«

Wir schreiben das Jahr 2684. Nach einer Klimakatastrophe lebt die Menschheit 10.000 Meter unter der Meeresoberfläche in einer riesigen Unterwasserstation, genannt »D.U. Atlantis«.

Als sich Valea und Corvin das erste Mal begegnen, überkommt beide das seltsame Gefühl, sich schon zu kennen. Nach anfänglicher Skepsis und einer unerklärlichen Sehnsucht nach einander fangen sie an, den Dingen auf den Grund zu gehen. Gemeinsam kommen sie einem Geheimnis auf die Spur, dessen Tragweite sie zu spät begreifen.

Bound to Suffer (Jay El Nabhan)

Demetria ist eine Göttin unter den Vampiren, die ihresgleichen sucht. Ihre Grausamkeit und ihre Macht sind unübertroffen. Sie ist das Zentrum, der Inbegriff an Perfektion.

Zumindest glaubt sie das als Erstgeborene der Schöpferin aller Vampire. Um einen Krieg zu entfesseln, verstrickt sie sich in ein Netz aus Lügen, Hass und Intrigen. Gemeinsam mit ihrer Schöpfung, den Lillim, bindet sie einen mächtigen Vampirkrieger an sich und formt eine Armee der Dunkelheit. Aber Macht hat ihre Schattenseiten und daraus wächst Misstrauen und Verrat. Die Herrschaft über die Vampirwelt scheint weiter entfernt denn je und zeitgleich zum Greifen nah.

Doch Demetria ist bereit. Bereit zu töten. Bereit zu kämpfen.

Bereit, den Thron zu besteigen...